나는 나의 꿈이다

QUAND LES GRANDS ETAIENT PETITS
by William Leymergie

Copyright © Librairie Arthème Fayard, Paris, 2009
Korean Translation Copyright © ESOOPE Publishers, Inc. 2009
All rights reserved.

This Korean edition was published by arrangement with
Librairie Arthème Fayard (Paris)
through Bestun Korea Agency Co., Seoul

QUAND LES GRANDS ETAIENT PETITS

성공한 사람들의 어린 시절

나는 나의 꿈이다

윌리암 레메르지 지음
김희경 옮김 | 이정학 그림

알숲

파바로티는 언제부터 노래에 소질을 보였을까요? 조앤 롤링은 어떻게 해리 포터 이야기를 구상하게 되었을까요? 어릴 적 프로이트는 혹시 강박에 사로잡힌 아이는 아니었을까요? 세계적 갑부가 된 빌 게이츠는 학창 시절을 어떻게 보냈을까요?

아마 여러분도 한 번쯤은 이런 의문을 품었을 겁니다. 그리고 세계적으로 유명한 다른 인물들의 어린 시절은 어땠을지 호기심을 느낀 적이 있을 겁니다. 저도 마찬가지입니다. 성공적인 삶을 살고, 세계적 명성을 얻은 사람들은 어린 시절에 다른 아이들과 과연 무엇이 어떻게 달랐을지 자못 궁금합니다. 정말 그들에게는 우리 평범한 사람과는 다른, 뭔가 특별한 구석이 있었을까요? 될성부른 나무는 떡잎부터 다르다는 말이 사실일까요?

그러나 어린 루이 암스트롱은 입술이 부르트도록 트럼펫을 불었고, 카이사르가 세계적 지도자가 되는 데에는 온 가족의 집중적인 노력이 있었으며, 레오나르도는 일찍부터 할아버지가 천재성을 일깨워주었기에 오늘날 우리가 아는 다빈치라는 인물이 존재할 수 있었다는 사실을 알고 나면 여러분도 저처럼 "아하, 그래서 그랬구나!" 하고 고개를 끄덕이게 될 겁니다.

제가 1987년 프랑스 엥테르(France Inter) 라디오에서 「꼬마들의 주파수(Fréquence-Mômes)」라는 시리즈를 매주 방송했던 것도 오로지 이런 유명인들의 어린 시절에 대한 호기심 때문이었습니다.

원래 이 방송의 취지는 초등학교를 졸업한 아이들이 어떻게 청소년의 세계에 적응하고 있는지, 학교와 가정에서 그들이 가장 원하고, 아쉬워하고, 괴로워하는 것은 무엇인지, 그들의 생생한 목소리를 들어보자는 데 있었습니다. 사실, 저는 날로 심각해지는 학교 폭력이나 집단 따돌림, '교실 파괴'와 같은 현상의 근본적인 원인을 알고 싶었습니다. 교사의 수가 초등학교보다 여섯 배나 많은 프랑스의 중·고등학교에서 어떻게 아이들이 집단적으로 따돌림을 당하고 외톨이가 될 수 있을까? 친구를 따돌리는 아이들은 대체 무슨 생각을 하고, 그들의 마음 속에는 무엇이 숨어 있을까? 저는 그 모든 것이 궁금했고, 그 이유를 알려면 초등학교를 갓 졸업한 아이들의 솔직한 이야기를 들어보는 것이 무엇보다 중요하다고 생각했습니다. 그래야만 그들이 변모하게 되는 근본적인 원인을 알 수 있고, 더욱 효과적인 대책을 세울 수 있으리라 믿었기 때문입니다.

저는 매주 수요일 라디오 방송국에서 소년도 아니고 청년도 아닌, 어정쩡한 연령대의 중학생들을 만났습니다. 그 아이들을 방송국으로 데려온 사람은 대부분 그들의 어머니였고, 그곳에 모인 모든 사람 가운데 아이들의 미래를 가장 걱정하는 사람도 바로 어머니들이었습니다.

어머니들은 방송을 시작하기 전에 "우리 아이에게 어떤 질문을 할 거죠?"라고 물었고, 방송이 끝나면 "우리 아이가 무슨 얘기를 하던가요?"라고 물었습니다. 그들은 늘 똑같은 질문을 했습니다. 그럴 때마다 저는 아이들의 비밀을 지켜주려고 애매하게 대답을 얼버무리곤 했습니다. 이 두 질문 사이의 삼십 분 동안, 아이들은 부모, 교사, 이성, 친구, 텔레비전, 게임, 방학, 신체 변화 등 그들 삶의 많은 부분을 이야기했습니다. 그렇게 십여 년 동안 저는 수천 명의 아이와 이야기를 나눴습니다. 이제 그들은 서른을 훌쩍 넘긴 어른이 됐지만, 요즘도 우리는 서로 속내를 털어놓을 정도로 친하게 지냅니다.

앞서 말했던 궁금증, '세계적으로 유명한 인물이나 위인들은 어떤 어린 시절을 보냈을까?'라는 질문에 답하려면 그들의 인격형성에 영향을 끼친 여러 가지 요인, 다시 말해 그들이 살아가면서 보냈던 중요한 순간들, 잊을 수 없는 감동적인 사건들, 그리고 그에 못지않게 중요한 만남들을 두루 살펴봐야 합니다.

어린 시절이 한 사람의 인격 형성과 성공적인 삶에 얼마나 중요한 역할을 하는지는 구태여 강조할 필요가 없을 겁니다. 이 책에서 언급한 사례들을 살펴보면서 여러분은 그 중요성을 새삼 공감하게 되시리라 믿습니다. 그리고 인류 역사에서 중요한 인물로 성장한 아이들의 가정, 그들이 살았던 사회, 그들이 연루되었던 역사적 사건을 돌아보면서 여러분은 그들의 성장환경을 머릿속에서 그려보고, 그들이 꿈꾸었던 성공에 도달하게 된 비결을 이해하게 되시리라 믿습니다.

그들과 비슷한 환경과 조건에 놓여 있었던 수많은 사람, 이웃, 형제가 모두 그들처럼 성공적인 삶을 살았던 것은 아닙니다. 그것은 꿈을 이룬 사람들의 성장환경에 정형화된 규칙이 있는 것은 아니라는 사실을 말해 줍니다. 그러나 이들 젊은 영웅에게 몇 가지 공통점이 있다는 것은 부정할 수 없는 사실입니다. 그중에서도 가장 두드러진 점은 그들이 어떤 어린 시절을 보냈든 간에 늘 꿈을 잃지 않았고, 평범한 삶에서 벗어나 자신만의 독특한 재능, 더 나아가 천재성을 계발하고 꽃피웠다는 것입니다. 그들의 개성은 너무도 강하여 때로 주변 사람들과 마찰을 빚기도 했지만, 어떠한 시련과 강압도 그들을 굴복시킬 수 없었습니다.

바로 그것이 아버지 몰래 숨어서 그림을 그리던 소질 있는 수많은 어린 파블로 중에서 우리가 아는 천재 피카소도, 다섯 살부터 춤을 추었던 가난하고 불행한 수많은 찰리 중에서 채플린도, 유일한 친구였던 인형을 땅에 묻어준 수많은 우울하고 반항적인 가브리엘 중에서 샤넬도 이 세상에 단 한 사람밖에 없는 이유입니다.

이 책은 성공의 비결을 가르쳐주는 기발한 매뉴얼이 아닙니다. 그대로 따라 하기만 하면 누구나 성공할 수 있다고 주장하는 기적적인 자기계발서도 아닙니다. 저는 이 책에서 세상을 놀라게 한 업적을 이룬 사람들이 과연 어떤 어린 시절을 보냈는지, 때로 외롭고, 고통스럽고, 비극적인 상황을 어떻게 극복했는지, 그리고 반드시 지켜야 할 약속처럼 가슴에 품고 있던 꿈을 어떻게 실현하여 그 꿈의 증거가 되었는지, 담담하게 그들의 삶을 조명할 것입니다.

이 책을 읽는 청소년이 있다면, 그들의 삶을 통해 자신의 삶을 돌아보는 지혜를 얻기 바랍니다. 남의 삶에 대한 관심은 주변 사람들에게로 이어져 그들 역시 자기 꿈만큼이나 소중한 꿈을 가슴에 키우고 있고, 눈에 보이지 않는 수많은 어려움에 맞서 외롭게 싸우고 있음을 깨닫게 되기를 바랍니다. 그러다 보면, 집단 따돌림이니, 학원 폭력이니 하는 어리석은 현상도 저절로 자취를 감추겠지요.

청소년의 부모가 이 책을 읽는다면, 자녀가 어떤 꿈을 꾸고 있는지, 그 꿈을 이루게 하려면 어떤 부모가 되어야 하는지, 여기에 소개한 성공한 인물들의 사례를 통해 그 해답을 찾기 바랍니다. 그리고 특히 그들에게 성공이란 부유한 삶이나 높은 지위, 세계적 명성 자체가 아니었음을 확인하는 계기가 되기를 바랍니다.

지난 세기 어느 작가는 이렇게 말했습니다.
"어린 시절은 잊어버린 여행이다."
자, 이제 우리 성공적인 삶을 살았거나 살고 있는 세계적 인물들의 어린 시절을 향해 함께 여행을 떠나도록 하지요. 그 여행길에 그동안 잊고 살았던 우리 자신의 어린 시절을 돌아보는 것도 좋지 않을까요?

윌리암 레메르지(William Leymergie)

Chapter 1

가업을 이어
꿈을 이룬 아이들

세계 최고의 갑부 빌 게이츠는 "세상이 공평하지 않다는 사실에 익숙해져야 한다." 라고 말합니다.

부유한 부모, 유리한 교육환경, 뛰어난 두뇌와 건강한 신체를 타고난 사람에게 세상은 자신의 역량을 마음껏 펼칠 수 있는 무한한 도전의 장처럼 여겨집니다. 남들이 그러한 조건을 만들기 위해, 아니 단지 생존하기 위해 몸부림치는 사이에 그들은 벌써 저만큼 앞서 가고 있기에, 어찌 보면 공평하지 않은 세상이 그들에겐 성공하기에 유리한 조건이라고 말할 수도 있을 겁니다. 특히 지난 한 세기 신자유주의 열풍이 미국을 비롯한 선진국들을 휩쓸고 지나간 오늘날 자본주의 사회에서 불평등이 더욱 심화하고 있다는 사실을 부정할 사람은 없을 겁니다.

그러나 세상은 빠른 속도로 변하고 있습니다. 한 사회가 영향력 있는 20퍼센트의 사람과 그들의 영향을 받는 나머지 80퍼센트의 사람으로 구성되어 있다던 파레토 법칙은 오늘날과 같은 웹 2.0 시대에는 다수가 더 큰 영향력을 발휘한다는 롱테일 법칙으로 대체되는 경향을 보이는 것 같습니다.

하지만 그렇다고 해서 선택받은 계층의 주도권이 약해졌다거나 그들의 영향력이 사라졌다는 얘기는 아닐 겁니다. 그리고 그들 선택받은 사람 사이에서도 살아남기 위한 치열한 경쟁은 더욱 숨 가쁘게 전개되고 있습니다.

이 장에서는 선대가 일구어 놓은 가업이나 유지해 온 지위를 물려받아 사회, 경제, 정치적으로 성공한 사람들을 소개합니다. 그들 가운데에는 엘리자베스 2세나 카이사르처럼 왕권을 계승하거나 획득한 사람도 있고, 빌 게이츠나 윈스턴 처칠처럼 부모가 이루어 놓은 업적을 훨씬 뛰어넘어 세계적인 명성을 얻은 사람도 있습니다. 그런가 하면, 로미 슈나이더처럼 부모가 닦아놓은 길을 따라가 세계적인 배우가 되었지만, 결국 비극적 종말을 맞은 사람도 있습니다.

이들은 비록 선대가 닦아놓은 성공의 탄탄대로를 달렸지만, 가는 길이 늘 즐겁고 행복했던 것만은 아닙니다. 가문에 대한 막중한 책무에 시달렸고, 때로 부모의 요구에 저항하기도 했으며, 성장해서는 위기의 벼랑 끝에서 돌이킬 수 없는 결단을 내려야 할 때도 있었습니다. 그러나 한 가지 분명한 사실이 있습니다. 미국의 유명한 경영 컨설턴트 짐 콜린스가 '위대함'에 대해 말했듯이, 그들은 추락할망정 작은 패배에 안주하지 않는 위대한 인물이었습니다. 모두가 나치 독일에 항복하자고 했을 때 결연히 일어나 "절대로, 절대로, 절대로 포기할 수 없다!"라고 외쳤던 처칠이나, 목숨이 위태로운 지경에서도 지배자 술라와 타협하기를 거부했던 카이사르, 부모의 반대를 무릅쓰고 주저 없이 하버드 법대를 떠났던 빌 게이츠의 용기는 어린 시절부터 키워온 꿈과 의지에서 비롯된 것이었고, 그들은 개인의 운명이 아니라 세계의 운명에 도전하는 삶을 살았습니다.

그들이 걸어간 길이나 그 종착지는 다르지만, 세계적인 명성을 얻고 역사에 이름을 남긴 인물로 성장한 과정에는 우리가 살펴봐야 할 몇 가지 소중한 교훈이 있습니다.

1. 어린 시절부터 확고한 목표를 설정하고 계획을 세워라

이 장에서 소개하는 사람들은 어린 시절 미래에 대한 목표가 이미 확고하게 설정되어 있었습니다. 기나긴 역사의 긴 흐름에 비추어 볼 때 인간의 삶은 한순간에 불과합니다. 그 짧은 시간에 사람들의 기억에 오래 남는 무언가를 이루려면 일찍이 인생의 목표를 정하고 거기에 도달하기 위해 무엇을 어떻게 할 것인지, 분명한 계획을 세우는 일이 무엇보다 중요합니다. 살아가면서 그 목표는 달라질 수 있고,

계획은 수정될 수도 있지만, 그렇다고 해서 그 진지한 노력의 결과까지 사라지는 것은 결코 아닙니다. 주위를 둘러보면 사회에 나와서도 자신이 진정 무엇을 원하는지조차 모르는 채 살아가는 젊은이가 많습니다. 자기 삶의 목표가 뚜렷하고, 계획이 분명한 사람은 그들보다 저만큼 앞서 가고 있다는 사실을 누구도 부정할 수 없겠지요.

2. 소속 집단에 대한 자부심을 가져라

인생의 목표를 설정하는 데에는 주변 환경이 매우 중요한 역할을 합니다. 그럴 때, 가문이든 공동체이든 자신이 소속한 집단에 대한 자부심이 없다면 목표에 대한 신념도 있을 수 없습니다. 아이가 성장하여 미래에 어떤 인간이 되느냐 하는 것은 단순히 직업과 업종을 정하는 것보다 훨씬 더 중요한 문제입니다. 율리우스 카이사르나 윈스턴 처칠이 그러했듯이, 부모와 선조에 대한 존경심과 소속에 대한 자부심을 품고, 그들을 하나의 롤모델로 설정하여 지속적으로 교훈을 얻는다면, 그 아이는 이미 성공의 지름길로 들어섰다고 말할 수 있을 겁니다. 자기 가족이나 집단을 상대적으로 비교하여 열등감을 갖거나 부정적으로 바라보기보다는 다른 가족이나 집단이 가지지 못한 장점과 긍정적인 측면을 살펴보고 거기서 자부심을 느끼는 것은 성공적인 미래를 위해 매우 중요한 일입니다.

3. 최상의 교육을 받아라

어린 시절에 받은 교육은 평생을 좌우합니다. 교육은 세상을 더 넓고, 더 깊고, 더 선명하게 바라보게 하는 최상의 무기입니다. 세상의 지배를 받는 사람이 아니라, 세상을 이끌어 가는 지도자가 되려면 남보다 더 뛰어난 학식과 교양과 체력이 있어야 함은 물론입니다. 어린 시절 카이사르가 받았던 정신적·육체적 교육이 훗날 지도자로서 그의 운명에 결정적인 역할을 했던 것은 물론이고, 무명의 신인 배우 로미 슈나이더가 영화계의 높은 장벽을 쉽사리 뛰어넘을 수 있었던 것도 배우인 어머니의 활동을 늘 지켜보며 학습한 결과입니다. 비록 환경이 열악하여 좋은 교육을 받기 어렵다고 하더라도, 배우겠다는 의지를 가슴에 품고 하루하루 발전하려는 노력을 기울이는 일이야말로 성공을 향한 중요한 자산이 됩니다.

4. 미래 삶의 환경에 일찍부터 익숙해져라

아이가 장차 그 안에서 활동할 환경을 미리 살펴보는 일은 동기를 유발하고 호기심을 자극할 뿐 아니라, 현실감각을 기르는 효과적인 방법입니다. 아무 준비 없이 세상과 맞닥뜨린 사람은 적응하는 데 시간과 정력을 소모하고 많은 시행착오를 겪게 됩니다. 카이사르의 아버지가 어린 아들로 하여금 로마인들 삶의 현장을 자주 돌아보게 한 것이나, 처칠이 매체를 통해 아버지의 정치활동을 꾸준히 살펴보고 숙지한 것은 그들의 미래에 결정적인 요소로 작용했습니다. 익숙한 환경에서 자신의 꿈을 펼칠 때 성공의 가능성은 배가되겠지요.

5. 의지와 신념을 잃지 말아라

아무리 훌륭한 환경과 탄탄한 교육이 뒷받침되었다고 하더라도 자신이 옳다고 믿는 바에 대한 군건한 신념과 그 신념을 지키려는 의지가 없다면, 세류에 영합하는 영리한 기회주의자가 될 뿐입니다. 카이사르는 주위의 강요에 맞서서 자신이 속한 계급에 대립하는 이념을 지지했습니다. 그리고 실리적으로 유리한 정치적 야합이나 배우자 선택도 단호하게 거부했습니다. 처칠 역시 2차 대전에서 패색이 짙은 조국의 현실에서 대부분 정치가가 항복을 택했을 때 끝까지 투쟁의 의지를 굽히지 않았던 것으로 유명합니다. 그리고 역사는 그들의 선택이 옳았음을 증명했습니다. 이러한 결단성은 끝까지 자신의 선택에 충실했던 그들의 의지와 신념을 역설하는 사례입니다.

6. 때를 기다릴 줄 아는 통찰력을 길러라

모든 일에는 때가 있습니다. 인생의 중요한 국면에서 섣부른 결단으로 파멸에 이르는 사람을 우리는 주변에서 종종 목격합니다. 적대적인 술라와 정면으로 대결하기보다는 힘을 기르며 때를 기다렸던 카이사르의 인내심은 통찰력에서 비롯된 것입니다. 상황을 정확하게 파악하고, 자신에게 유리한 때가 오기를 기다리는 카이사르의 통찰력은 오늘날에도 절실히 요구되는 덕목입니다.

사람은 누구나
자신이 원하는 것을 믿는다.

율리우스 카이사르

Gaius Julius Caesar
가문의 희망, 율리우스 카이사르

율리우스 카이사르(Caesar, Julius)의 어린 시절은 로마의 명문가 사회를 대표하는 완벽한 표본이라 할 수 있다. 어린 가이우스는 정치 이외에는 다른 어떤 미래도 꿈꿀 수 없었다. 주위 사람들은 모두 집정관을 지낸 선조의 예를 따라 그도 정계로 나아가야 한다고 믿었다. 그리고 그가 선조만큼 훌륭한, 아니 그들보다 더 나은 집정관이 되리라고 기대했다.

그날, 로마 중심가에 있는 율리우스의 집은 흥분의 도가니였다. 기원전 101년 7월 13일. 가이우스의 탄생을 축하하러 집안의 친지와 친구들이 몰려들었다. 당시에는 생후 일주일이 되기 전에 죽는 아이가 많았기에 그들은 9일간 가이우스를 지켜보며 무사히 살아남기를 기원했다.

그의 아버지는 친구들이 모인 자리에서 아이를 요람에서 꺼내 높이 들어올리며 크게 외쳤다.

'가이우스!'

그것은 또한 자신의 이름이기도 했다.

그렇게 가이우스 율리우스 카이사르는 로마 역사에 등장했다. 이교도들에게 일종의 세례식과도 같은 이 의식은 공화국에서 아이의 가족이 행사하는 권세와 영향력에 걸맞게 거창하고도 엄숙하게 거행되었다.

물론, 율리우스 집안이 로마 최고의 가문은 아니었다. 그의 가문은 약 7세기 전 강력한 로마를 건설한 백여 개 가문 가운데 하나일 뿐이었지만, 카이사르가 태어날 무렵 그들은 로마 세습귀족의 일원이 되었다. 기원전 509년 공화정이 설립된 이래 이들 탐욕스러운 귀족계급에는 부와 권력이 집중된 상황이었다.

사실, '공화정'이란 말처럼 기만적인 것도 없다. 로마 공화정은 이전의 군주제와는 달랐지만, 민주정치와는 아무런 상관이 없었다. 공화국 로마를 통치하던 세습귀족들, 즉 행정관과 원로원들은 거대한 땅을 소유한 대지주들이었다. 그들은 넓은 평야에서 목축사업을 하고, 도시의 구역을 개발하여 재산을 축적했으며, 강력한 군대를 양성하면서 권력을 유지했다. 그들은 지주 출신이었지만 민중과는 거리를 두고 그들을 핍박했다.

그러나 가이우스의 집안은 여느 세습귀족과는 달리 품격과 세련미를 갖춘 율리 가문에 속했다. 그들은 전쟁의 불길에 휩싸인 트로이를 떠나 오랜 여정 끝에 로마를 건설한 트로이 왕자 아이네이아스의 후손이라는 사실을 가문의 영광으로 여겼다. 로마의 유명한 시인 베르길리우스도 자신의 서사시 「아이네이스」에서 그를 영웅으로 떠받들지 않았던가? 그는 뭐라고 했던가? 아이네이아스가 베누스*의 후손이라고 하지 않았던가? 우리 조상이 베누스라니! 어린 가이우스는 식사를 마치면 반드시 가문의 수호신들이 늘어선 제단으로 나아가 자신의 수호신 베누스 상 앞에 음식을 바치며 경배하곤 했다.

이처럼, 카이사르와 그의 가족은 신의 후손으로 널리 알려졌다. 신의 후손이 최고집정관이 되겠다는 것이 뭐 그리 놀라운 일이겠는가? 그러나 야심 찬 그가 권력의 정상에 도달하기에는 여전히 갈 길이 멀었다. 사실, 전 세대에 그의 가문에서는 두 명의 집정관이 나왔다. 로마 공화정에서는 행정권과 군사권을 장악한 집정관에게 국가원수와 같은 임무가 주어졌다. 그러니 카이사르의 가문은 충분히 자부심을 느낄 만했다. 하지만 그 후 오랜 세월이 흘렀고, 가문

* Venus: 로마신화에 나오는 사랑과 미와 풍요의 여신. 그리스신화에서는 '아프로디테'라고 부른다.

베누스
(루브르 박물관 소상)

의 권세도 다소 기운 상태였다.

　그렇다고 해서 아버지가 아들에게 선조에 대한 존경심을 심어주지 못할 이유는 없었다. 그들이 진정한 전범으로 삼은 위대한 선조에 대한 숭배에 가까운 존경심은 밀랍으로 만든 그들의 데스마스크를 저택 중앙 홀 아트리움에 전시하고 있다는 사실만 보아도 충분히 알 수 있었다. 미래의 정복자는 선조의 역사를 훤히 알고 있었기에 그 데스마스크들을 구태여 눈여겨볼 필요도 없었지만, 조용한 시간이면 남몰래 다가가서 뭔가 이야기하는 모습을 보았다는 사람도 있었다.

　아이들에게는 신나는 일이었겠지만, 당시 공화국에는 학교라고 부를 만한 기관이 없었다. 따라서 가이우스의 교육은 가정에서 이루어졌다. 전통적으로 교육은 가장의 책임이었으니, 아버지 가이우스도 자신의 의무를 소홀히 할 생각은 없었을 것이다. 하지만 율리 씨족의 장손인 그의 집안에서 실제로 자녀 교육을 전담한 사람은 어머니 아우렐리아였다. 고상한 귀족 출신인 그녀는 어린 아들을 위해 엄격한 라틴식 교육에 그리스의 영향을 가미했고, 특히 예술, 문화, 철학을 전담하는 교사들을 고용했다. 그들은 대부분 자유를 얻은 노예로서 먼 나라에서 벌어진 전쟁 중에 포로가 된 동양의 예술가나 과학자들이었다. 그중에는 진정한 문학가, 재능 있는 예술가, 수학자, 수사학자, 웅변 교사들이 포함되어 있었다.

　어린 가이우스는 그들에게서 최상의 지식을 전수받았다. 어려서부터 비범한 재능을 보인 이 천재 소년은 가족의 기대에 부응하는 왕성한 지식욕이 있었기에 그를 가르치는 일은 그다지 어렵지 않았다. 얼마 지나지 않아 그는 그리스어와 라틴어를 구사하고 문학에 통달했으며 동양 예술과 문학을 찬란히 꽃피운 알렉산드리아에서 온 노예 출신의 가정교사에게서 최고의 지식을 마음껏 습득할 수 있었다.

대 로마제국의 수많은 수호신, 호사스런 저택, 높은 학식…. 하지만 로마의 역사에서는 전쟁이 빠질 수 없었다. 빈번히 발생하는 대규모 전쟁은 로마 문화를 구성하는 요소 가운데 하나였다. 도시 외곽에는 귀족 자제들이 무기 훈련과 이륜마차 경주를 하던 연병장이 있었는데, 아우렐리아는 거기서 아들에게 체육과 군사교육을 받게 함으로써 장차 훌륭한 군인이 되는 데 모자람이 없도록 주의를 기울였다.

율리우스 카이사르는 미남형에 키가 큰 편이었으며 근육이 잘 발달한 매력적인 청년으로 성장했다. 선수가 되겠다는 꿈은 없었지만, 단숨에 티베르 강을 헤엄쳐 건넜으며, 끊임없이 달리기를 훈련했고, 팔짱을 낀 채 말을 타고 전속력으로 달릴 정도로 승마 솜씨 또한 훌륭했다. 이러한 훈련을 통해 그는 자신을 단련했고, 미래의 정복자에게 필요한 강한 체력을 길렀다.

젊은 가이우스가 체력 단련장에서 격투기 훈련을 마치고 귀가할 때면 가끔 아버지가 마중을 나와 그를 기쁘게 했다. 하인들을 거느린 아버지는 영원한 도시 로마의 포럼, 공중목욕탕, 재판소, 때로는 원로원으로 그를 데리고 다녔다.

훗날 카이사르는 이 시절 아버지와 함께 원형경기장에서 관전한 경기를 오래도록 기억했으며, 특히 술라*가 구경거리로 제공한 검투사들의

혈전을 잊지 못했다. 로마 집정관 술라는 모리타니에서 사자들과 검투사들을 데려와 경기에 내보냈다. 그는 나중에 카이사르의 가장 위협적인 정적이 되지만 그때까지만 해도 젊은 가이우스는 그 사실을 모르고 있었다.

아버지는 아들을 조용히 지켜보았다. 그리고 이 아이가 자신의 후계자로서 충분한 자격이 있음을 알아차렸다. 로마에서 정치는 가업이었다.

그는 권력의 중심에 접근하고자 주저 없이 누이 율리아를 마리우스와 결혼시켰다. 마리우스는 게르마니아에서 쳐들어온 야만족 킴브리족, 튜튼족과의 전투에서 승리한 장군이었다. 세력 있는 군인과 맺은 이 동맹으로 그는 장관 자리에 오를 수 있었으니, 율리 집안의 가장으로서는 옳은 선택을 한 셈이었다. 장관은 집정관이 되기 직전의 단계로서 행정관 직위에 야심을 품은 자라면 누구나 꿈꾸는 자리였다.

소년 가이우스에게 고모 율리아의 남편은

유명한 장군일 뿐만 아니라 정치 지도자였다. 그는 6년간 집정관을 지냈으며, 당시 민중의 삶을 개선하려고 노력하는 도당의 우두머리였다. 요즘 말로 하자면 좌파라고 할 수 있을 것이다. 다시 말해서 그의 노선은 엘리트 부유층을 대표하는 보수주의자 술라에 정면으로 대립하는 것이었다.

아우렐리아는 자신과 같은 세습귀족 출신인 남편이 정치적으로 반대 세력에 속하는 민중당을 지지하는 것을 이해할 수 없었지만, 남편은 아내가 자신의 정치활동에 간섭하는 것을 원치 않았다. 아우렐리아가 단지 아내의 위치에 만족했다면 좋은 아내로서 남편의 정치적 성향을 이해해줄 수도 있었을 것이다. 하지만 그녀는 율리우스 카이사르의 어머니였다. 그리고 그녀에게 아들은 장차 이 세상을 지배할 지도자였으며, 그가 로마에서 핵심적인 역할을 하리란 것은 의심할 수 없는 사실이었다. 가이우스는 그녀의 전부였다.

그는 젊고, 결단력 있고, 지성과 교양을 갖췄을 뿐만 아니라 어느 정도의 재산도 축적하고 있었고 권력층과도 무난한 관계를 유지했다. 게다가 용모까지 수려했다. 크고 검은 눈과 윤기 있는 흰 피부만으로도 그는 벌써 세간의 주목을 받았다. 특히 여성들의 관심을 한 몸에 받았다.

이 늠름한 베누스의 후손은 이미 열한 살에 직업 유녀에게서 사랑의

---

* Lucius Cornelius Sulla(B.C. 138?~B.C. 78): 고대 로마 장군 겸 정치가. 공포·반동정치를 펴 정적을 몰아내고 몰수한 정적의 토지를 노병들에게 분배했다. '국가재건을 위한' 독재관이 되어 호민관 및 민회의 권한을 축소하고 원로원 지배체제의 회복을 위한 각종 개혁을 단행했다.

기술을 익힌 바 있었다. 아주 훌륭한 학생이었던 그는 이 분야에서도 역시 빛을 발했다.

역사가 수에토니우스는 젊은 가이우스가 "사랑에 관대"했다고 전한다. 그는 훗날 다른 지역을 점령할 때 먼저 그 지역 사람들의 마음부터 정복했다. 그도 법의 집행자이기 이전에 인간이었던 것이다.

로마인은 열네 살에 공식적으로 성인이 된다.

그날, 율리 집안은 다시 한 번 흥분에 휩싸였다. 이번에는 젊은 가이우스가 성인이 된 것을 축하하려고 친지와 친구들이 몰려들었다. 감격의 눈물을 흘리는 부모 앞에서 그는 어린 아이의 상징인 금 펜던트를 벗어버리고 성인의 상징인 토가를 걸쳤다.

이제 당당하게 남자가 된 그는 자랑스럽게 아버지와 함께 포럼에 가서 유피테르*에게 바치는 제사를 주재했다. 그러나 근엄하고 자부심이 강한 청년은 이 경건한 순간이 대중 앞에서 아버지와 함께하는 마지막 순간이 될 줄은 꿈에도 몰랐다.

몇 주 후 그의 아버지는 이제 막 성년이 된 소년에게 가장이라는 막중한 임무를 맡긴 채 당시의 사람들이 '명부(冥府, les Enfers)'라 부르던 곳으로 떠났다.

---

* Jupiter: 로마신화 최고의 신으로 그리스신화의 제우스에 해당한다. 전쟁에서는 로마에 승리를 가져다주는 수호신이며 정의와 덕을 다스리고 서약과 법률을 지키는 신으로 숭배되었다. 집정관이 취임하면 우선 유피테르 신전에 참배했으며, 원정에서 돌아온 장군의 개선 행렬도 이 신전으로 향하는 것이 관례였다.

아우렐리아는 은밀히 정세를 관망했다. 그러나 원래 술라나 벌족파*
와 정치적 성향이 같았던 그녀에게 평민파가 주도하는 세상에서는 별다
른 선택의 여지가 남아 있지 않았다. 마리우스는 이미 죽었지만, 정치적
으로 성향이 같은 킨나가 그의 후계자가 되었다. 프랑스 극작가 코르네
유의 고전극 「시나(Cina)」로 널리 알려진 루시우스 코르넬리우스 킨나는
로마의 중요한 정치가이며 네 번이나 집정관을 지낸 인물이었다.

가이우스는 이 혼란스런 정쟁에 과감히 뛰어들었다. 어머니의 영향으
로 그가 귀족의 편에 서서 민중을 멀리했으리라고 생각하기 쉽지만, 사
실은 그렇지 않았다. 율리 씨족의 젊은 상속자는 아버지보다 한층 더 진
보적인 진영을 선택했다. 그는 어머니 아우렐리아가 찬성하든 반대하든
상관하지 않고 부모가 정해준 귀족계급의 약혼자 코수티아와 파혼하고,
킨나의 딸 코르넬리아와 결혼했다. 가이우스는 열여섯 살에 이미 자신의
진영을 선택함으로써 킨나의 동지가 되었고, 술라의 적이 되었다.

당시 킨나는 권력을 장악하고 있었고, 젊은 가이우스는 매우 빠르게
유피테르 제관에 임명되었다. 내란을 치르는 동안 이 성직자의 지위는
더욱 높이 평가되었기에 이제 누구도 그를 위협할 수 없었다. 물론, 집정
관의 비위를 거스르지만 않는다면 말이다.

기원전 82년 동양에서 승전에 승전을 거듭한 덕에 술라는 화려하게

---

* Optimates: '最善의 사람들'이라는 의미로 포풀라레스(평민파)의 상대어이다. 원로원의 권위
를 중시하여, 원로원을 중심으로 모든 일을 계획하려는 정치적 집단이었다. 공화정 말기에 일
어난 로마의 내란은 이 파와 평민파 사이의 전쟁이었다.

로마로 개선할 수 있었다. 벌족파의 수장인 그는 곧 다시 권력을 잡았고, 몇 주 후 독재관*이 되었다.

열여덟 살도 채 안 된 젊은 가이우스에게는 오랜 시련과 고통의 세월이 시작되었다. 젊은 혈기의 가이우스가 "국가의 적들"이 중임을 맡아 국가를 운영하는 현실을 어떻게 용인할 수 있었겠는가? 그에게서 정치적 적대감을 느낀 술라는 "이 젊은이에게서는 마리우스의 여러 가지 면모를 찾아볼 수 있다."라고 평했다. 술라는 가이우스를 평민파로부터 추출할 목적으로 부인과 이혼하라고 명령했다. 하지만 가이우스는 술라의 명령을 거부했고, 그 결과 사제직, 코르넬리아의 지참금, 재산과 유산을 모두 빼앗겼고, 심지어는 사형선고까지 받았다.

그때부터 쫓기는 신세가 된 그는 끊임없이 은신처를 바꾸며 베누스 여신의 보호를 방패 삼아 저항했다. 이제 로마의 중심에 있는 율리 씨족의 집에서도 사람들이 북적거리는 모습은 볼 수 없게 되었다.

기원전 78년 술라가 죽자 카이사르는 그가 원하는 절대권력을 향해 돌이킬 수 없는 행보를 시작했다. 그는 기원전 59년 처음 집정관에 임명되었으며, 기원전 58~51년 갈리아를 정복하여 군사적으로 대단한 명성

---

* Dictator: 원래 집정관과 공동으로 직무를 수행하던 관직이었으나 점차 독립적 지위가 부여되어, 왕권의 제한적 부활이라 할 수 있을 정도의 절대적 권능을 발휘했다. 임기는 6개월을 넘기지 않았으며, 당면한 직무를 수행한 후에는 즉시 사직하였다. 기원전 216년 이후 독재관이 임명되지 않다가 공화정 말기에 술라 및 카이사르가 독재관의 관직에 올라 부활시켰는데, 이때에는 본래의 성격을 잃고 원수적 성격을 띠게 되었다.

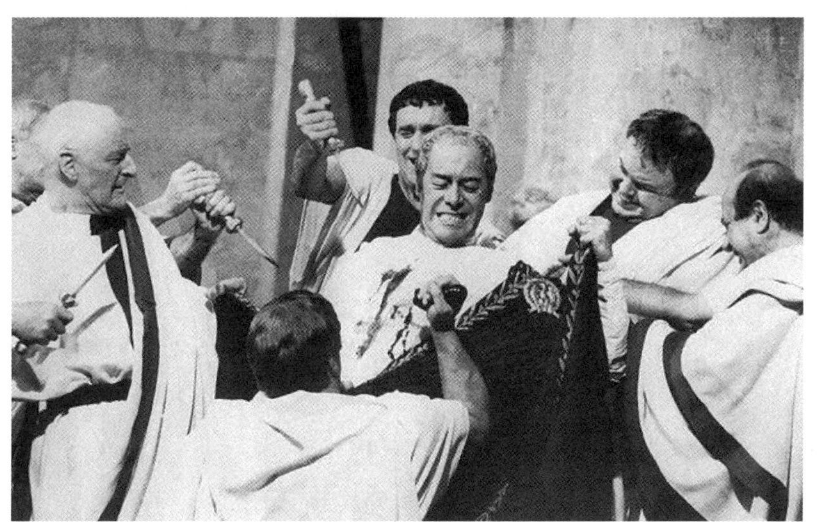

조셉 L. 맨키위즈 감독의 영화 「클레오파트라」에서 카이사르가 원로원에서 살해당하는 장면

을 얻음으로써 그의 앞길에 최후의 장애물인 정적 폼페이우스를 공격할 수 있었다. 기원전 48년 그는 폼페이우스를 물리치고, 여세를 몰아 스스로 종신 독재관이 되었다. 기원전 44년 3월 15일 그가 자신에게 유리한 군주제를 부활하려고 계획하는 사이에 마지막 공화정 옹호자들은 그를 원로원에서 암살했다.

하지만, 그것은 또 다른 이야기의 시작이다.

비관주의자는
기회에서 곤경을 보지만,
낙천주의자는
곤경에서 기회를 본다.

윈스턴 처칠

Winston L. S. Churchill

사랑에 굶주린 아이, 윈스턴 처칠

한때 화려했던 명성을 잃어버린 쇠락한 명문가의 후손 윈스턴 레너드 스펜서 처칠(Winston Leonard Spencer Churchill)은 사교계 출입으로 분주한 부모의 보살핌을 받지 못한 매우 특이한 열등생이었다.

사립 중학교의 기숙생이 되었지만, 운동에도 공부에도 소질이 없었던 그는 초라하게만 보였다. 그러나 그런 그의 내면에 숨은 범상치 않은 기질을 감지한 사람은 아무도 없었다. 하원의원인 아버지에 대한 끝없는 존경심은 그에게 정치에 대한 열정을 심어주었다.

외할머니의 솔직한 미국식 표현에 따르면 랜돌프 처칠 경의 장남 윈스턴 레너드는 '빨간 머리의 작은 불도그'였다. 이 전형적인 영국 젊은이의 유난히 붉은 머리카락만으로는 각진 턱과 어두운 시선 그리고 고집스러운 표정을 감출 수 없었다.

"이 소년은 뛰어난 구석이 전혀 없다."라고 말할 정도로 그는 눈에 띄지 않는 학생이었다. 가문의 수치는 아니었지만, 그렇다고 해서 가문이 기대할 만한 인물도 아니었다.

1893년 6월 열여덟 살이 된 윈스턴은 자긍심을 느꼈다. 행운의 여신이 비로소 그에게 미소를 보내기 시작했다. 끔찍한 라틴어와 수학 과목 점수 탓에 두 번이나 낙제한 그가 마침내 보병과 기병 장교를 양성하는 샌드허스트 육군사관학교에 입학했기 때문이다.

그것은 대단한 소식이었다. 그날 저녁 윈스턴은 자신이 가진 것 중에서 가장 좋은 펜으로 아버지에게 편지를 썼다. 자신의 성공을 알리는 기쁨이 배어 있지만, 겸손하게 보이려고 애쓴 흔적이 역력한 편지였다.

군복무는 말버러 공작, 즉 처칠 가문의 전통이었다. 군인 기질은 아버지에게서 아들에게로 대를 이어 전해졌다.

처칠 가문이 배출한 최초의 공작은 존 처칠 장군으로, 그는 18세기 초 스페인 계승전쟁에서 루이 15세의 군대와 맞서 싸워 이긴 공로를 인정받아 공작의 작위를 얻었다. 영국의 앤 여왕은 작위와 함께 그가 대승을 거둔 지역인 오스트리아 블렌하임의 지명을 따서 이름을 지은 거대한 블레넘 궁을 그에게 하사했다. 300여 개의 방과 거대한 성벽, 1,400헥타르의 영지를 포함하는 블레넘 궁은 영국의 대규모 개인 호화주택 가운데 하나로 손꼽힐 정도로 대단한 저택이다.

블레넘 궁의 전경

1874년 11월의 어느 비 오는 밤 어린 처칠은 이런 대단한 환경에서 세상에 태어났다.

사실 왕궁처럼 보이는 이 성에는 또 다른 진실이 숨어 있었다. 19세기 말 말버러 가문은 파산했다. 사교계의 총아였던 후손들은 재산을 탕진했고, 훌륭한 조상의 명성을 실추시켰다. 윈스턴은 게으르고, 놀기 좋아하고, 술에 탐닉하는 집안 내력의 희생양이었다. 공작들은 이 거대한 성을 제외한 대부분 집안의 재산을 탕진했고, 해가 갈수록 성을 유지하는 것조차 버거워졌다.

제니 제롬(레이디 처칠, 1893)

윈스턴이 태어났을 때 처칠 가문은 사실상 몰락한 상태였다.

그의 아버지 랜돌프 경은 말버러 공작 7세의 둘째 아들이었다. 장남은 당시 풍속 사건에 연루되었기에 집안의 기대는 둘째인 랜돌프에게로 향했다. 집안에서는 '새로운 혈통과 자금이 보장'되리라는 기대로 그를 미국 부호의 딸 제니 제롬과 결혼시켰다. 그러나 이러한 계획은 이내 실패로 드러났다. 랜돌프의 정략결혼이 재정적으로 실망스러운 결과로 나타났던 것이다. 랜돌프의 아내 역시 재산을 탕진하는 데에는 누구 못지않게 타고난 소질을 발휘했기 때문이었다.

기운 가세를 어떻게 회복할 것인가? 처칠 가문에 사업가는 없었다. 전쟁하는 군인이나 정치하는 정치가, 혹은 이 둘을 겸한 사람은 있었지만, 그마저도 큰 성공을 거두지는 못했다. 두 사람의 공작이 재무장관을 지냈고, 윈스턴의 할아버지는 벤저민 디즈레일리 총리의 정부에서 장관을

랜돌프 처칠(1849~1895)

지냈다. 그 후 아일랜드 총독에 임명되었으나 그 지위를 유지할 경비를 마련하지 못해서 고사해야만 했다.

블레넘 궁이 세워지고 나서 말버러 공작들은 대를 이어서 소유지 인근 마을인 우드스톡을 대표하는 하원의원이 되었다. 선대의 뒤를 이어 랜돌프 경도 하원의원이 되었다. 그는 윈스턴이 태어나기 직전 첫 하원의원직을 수행했다. 풍자에 능한 화술과 '촌철살인'의 명수인 그의 재능이 곧 빛을 발하여 그는 보수당을 대변하는 인물 가운데 한 사람이 되었다.

이제 왜 랜돌프 경이 인생의 중요한 시기를 런던에서 보냈는지 이해할 수 있을 것이다. 세계적인 도시이자 영국의 수도에서 이 야심 찬 사나이는 주저 없이 자신의 길을 걸어가며 격동의 삶을 살았다. 찰스 가에 있는 그의 저택은 런던 사교계에서 가장 중요한 장소 가운데 하나가 되었다. 그는 장차 에드워드 7세가 될 웨일즈의 왕자와도 가까이 지냈다.

그러나 공작이나 하원의원도 하나의 인간일 뿐이다. 여자관계가 복잡했던 랜돌프 경은 결혼 전에 걸린 매독이 완치되지 않아 20년 후 사망했다. 사교계 사람들은 그의 아내 제니를 '가여운 레이디 처칠'이라고 부르며 동정했지만, 그녀도 요조숙녀는 아니었다.

1876년 처칠 가문은 또다시 쇠퇴기를 맞았다. 랜돌프 경이 웨일즈 왕자의 영지에서 사냥하던 중에 그의 애인을 유혹하는 큰 실수를 저질렀던 것이다. 그는 이 사건으로 런던에서 추방되었다. 연로한 그의 아버지 말버러 공작은 아일랜드의 총독이 되어 가족과 함께 잉글랜드를 떠나라는 명령을 수락할 수밖에 없었다. 명예가 실추된 랜돌프 경은 아버지의 비서가 되어 식솔을 이끌고 더블린으로 갔다. 그때 윈스턴은 겨우 두 살이었다.

윈스턴 처칠(1881)

　한편으로는 왕국의 이익을 보호하고, 다른 한편으로는 가난한 백성을 위한 기금을 마련하느라 조부모가 노심초사하는 동안, 윈스턴의 부모는 다시 사교생활을 시작했다. 랜돌프는 사냥과 조정을 즐겼고, 제니는 더블린의 저녁 파티를 휩쓸고 다녔다. 따라서 그들에게는 '빨간 머리의 작은 불도그'를 돌볼 시간이 전혀 없었다. 런던에서 살던 때와 마찬가지로 윈스턴은 부모에게 버림받은 채 유모 에베레스트 부인의 보살핌을 받으며 자랐다. 그는 점차 무기력하고 쇠약해졌다. 폐가 약했던 그는 아일랜드의 습한 기후에 적응하지 못해서 만성적인 감기와 기관지염에 시달렸다. 하지만 그의 부모는 전혀 개의치 않았다.

　사랑받지 못한 이 아이의 성격이 끔찍할 정도로 고집 세고 변덕스러워진 것은 놀랄 일도 아니었다. 에베레스트 부인만이 그를 받아줄 수 있었다. 아이는 책을 읽어주고 매일 산책시켜주는 그 헌신적인 부인에게 애착을 느꼈다.

　그렇게 4년이라는 세월이 흘러 1880년이 되었다. 왕실에서 처칠 가에 대한 추방령을 거두자 그들은 다시 런던으로 돌아왔다. 이제 일곱 살이 된 어린 윈스턴은 런던으로 이사하면 그토록 좋아하고 존경하는 아버지와 가까이 지내기를 바랐다.

랜돌프 경은 아무런 제약 없이 정계에 복귀하기를 원했고, 실제로 잃어버린 시간을 만회했다. 사람들은 그가 정치에 복귀한 지 얼마 후에 들어선 자유당 정부와 격론을 벌이는 모습을 자주 볼 수 있었다. 이제 그는 영국의 정계에서 무시할 수 없는 인물이 되었다.

보수주의자들이 다시 권력을 장악했을 때 그는 인도 대사로 임명되었으며, 곧이어 재무장관으로 승진했다. 그때 그의 나이는 서른일곱이었다. 랜돌프 경은 그의 정치 경력에서 최고의 지위에 올랐지만, 그 자리를 오래 지키지 못했다. 그가 자신이 계획한 예산안을 거부하면 사임하겠다고 위협하자 솔즈베리 수상은 그의 사임안을 즉시 수락했다. 모든 것이 무너졌고 윈스턴의 아버지는 다시 평범한 하원의원으로 돌아갔다.

청년이 된 윈스턴은 불안한 마음을 떨쳐버리지 못하고 아버지가 걸었던 불확실한 길을 따라갔다. 아버지를 모방하려는 심리의 영향으로 그에게 정치는 군대 다음가는 열정이 되었다. 하지만 그때까지만 해도 그는 현실정치와는 거리를 두고 있었다. 가족이 런던으로 돌아온 후 그는 애스컷 부근의 세인트조지 기숙 중학교에 들어갔다. 고전 과목에 재능이 없었던 그는 특히 규율을 지키지 않는 학생으로 유명했으며, 포악한 교장에게 구박과 매질을 당하며 학생들의 조롱거리가 되었다.

윈스턴의 부모가 이런 심각한 상황을 제대로 인식한 것은 4년이 지난 후였으며, 그제야 비로소 윈스턴은 그 지옥 같은 학교에서 벗어나 브라이튼에 있는 훨씬 소박하고 규율도 덜 엄격한 학교로 옮길 수 있었다. 브라이튼의 바다 공기는 쇠약해진 그의 건강을 회복시켜 주었으며, 그곳에서의 삶은 야외 활동을 좋아하게 된 계기가 됐지만, 윈스턴의 잦은 결석이 문제가 되기도 했다.

역사를 제외하면 그가 유일하게 좋아했던 것은 최근 전쟁에 관한 신문기사였다. 그는 남아프리카에서 영국군과 줄루족 사이에 벌어진 전쟁에도 관심을 보였고, 또 미국의 내전과 보불전쟁에도 큰 관심이 있었다. 그는 부모의 별장에 나무 요새를 지어놓고, 네 살 아래 동생 잭과 함께 몇 시간씩 납으로 만든 병정 인형을 가지고 전쟁놀이를 했다. 그는 사단병력에 해당하는 1,500개의 병정과 대포도 가지고 있었다.

1888년 드디어 사립 중등학교 입학시험을 치러야 하는 공포의 순간이 찾아왔다. 윈스턴은 그의 조상과 달리 명문 이튼칼리지에 갈 실력이 없었다. 형편없는 점수에도 혈통 덕분에 그를 받아준 곳은 런던 근교의 해로우칼리지였다. 그는 여전히 학과목에 재능이 없었으며, 크리켓이나 럭비도 잘하는 편이 아니었다.

윈스턴이 해로우의 기숙사에서 머문 4년 동안 그의 어머니는 네 번, 아버지는 단 한 번 그를 찾아왔다. 부모를 간절히 그리워하는 만큼 부모를 생각하는 마음도 깊어졌다. 청년이 된 그는 아버지를 진심으로 존경했으며, 후일 아버지의 삶을 미화한 전기를 쓰기도 했다. 그는 어머니 또한 무척 소중하게 생각했다. 그는 "어머니는 내게 밤하늘의 별처럼 빛나는 분이셨다. 나는 어머니를 무척 사랑했지만 가까이 다가갈 수 없었다."라는 기록을 남겼다.

자신이 사랑하는 사람들에게서 버림받은 젊은이는 편두통, 안구 통

증, 심지어 서혜부 탈장까지 겹쳐 여러 가지 질병으로 고생했다. 열두 살에 담배를 피우고, 열네 살에 술을 마시고, 열여섯 살에는 닥치는 대로 싸움을 했다.

그는 학교 밖에서 즐거움을 찾았으며, 많은 책을 읽고 글을 썼다. 그는 남의 이름을 빌려 해로우칼리지 교지에 기사를 보냈다. 그의 논쟁적인 문체와 예리한 유머는 아버지의 연설을 떠올리게 했다. 아버지를 모방하는 행동은 계속되었다. 그는 조금이라도 아버지와 관련된 기사를 찾으려고 여러 신문의 정치면을 샅샅이 뒤지고 탐독했다. 그리고 랜돌프 경의 연설을 외워서 큰소리로 낭송했다. 해로우에서도 브라이튼에서도 그는 힘 닿는 데까지 보수당을 지지하는 캠페인을 벌였다.

윈스턴은 열등생이었을까? 물론 틀린 말은 아니다. 하지만 그는 열등생이라기보다는 특이한 학생이었다. 그는 엄청난 독서량만큼이나 많은 글을 썼다. 그가 특히 좋아한 것은 모험소설책과 역사책이었는데, 그는 이러한 독서를 통해 뛰어난 그의 기억력을 더욱 계발했다. 그는 위대한 역사가 토마스 매콜리의 책 전문을 암송하는 시합에서 단 한 번의 실수도 하지 않았다. 그의 아버지는 공부에 전혀 관심이 없는 아들이 변호사보다는 학교성적이 그리 중요하지 않은 군인이 되기를 바랐다. 윈스턴은 아버지의 권유에 따라서 자신이 좋아하는 영국사와 논술을 중심으로 입학시험을 준비했다. 그렇게 샌드허스트 육군사관학교 입학시험에 합격했던 것이다.

윈스턴은 그토록 열망했던 성공의 기쁜 소식을 알리려고 아버지 앞에

섰다. 그날 저녁 그는 자신이 매우 자랑스러웠다. 어쩌면 아버지가 '작은 불도그'를 난생처음 호의적인 시선으로 바라볼지도 모르는 일이었다.

아버지의 대답은 일주일이 지난 후에야 들을 수 있었다. 젊은 윈스턴이 얼마나 설레는 마음으로 아버지에게서 온 편지의 겉봉을 뜯었을지는 쉽게 상상할 수 있을 것이다. 그는 자주 흉내 내어 쓰곤 하던 아버지의 글씨체가 낯익은 편지를 펼쳤다. 편지에는 축하의 말 대신 다음과 내용이 쓰여 있었다.

"게으르고 무익하고 쓸모없이 보낸 너의 학교생활과 최근 몇 달간의 생활을 그만두지 않는다면 너는 사회의 쓰레기에 불과하며, 사립 중학교를 졸업한 수많은 실패자 가운데 하나가 될 것이다. 또한, 형편없이 불행하고 시시한 삶을 살다가 사라질 것이다."

윈스턴은 찬물을 뒤집어쓴 것 같았다. 하지만 그도 적응되어 있었다. 이처럼 노골적인 무관심을 참고 견디려면 진정한 용기와 대단한 유머가 필요할 것이다. 다행히도 그는 이 두 가지를 다 갖추고 있었다. 몇 년 후 그는 자신의 용기와 유머를 실제로 증명해 보였다.

윈스턴 처칠은 스물여섯 살에 보수당의 하원의원이 되었고, 여러 차례 장관을 지냈으며, 해군장관(1911~1915)을 거쳐 보수당 당수와 수상(1940~1945, 1951~1955)을 역임했다. 1939년부터 영국이 전쟁에 승리하는 데 온 힘을 기울였고, 2차 대전의 추축국인 독일, 이탈리아, 일본에 대항하여 연합국을 승리로 이끈 주역 가운데 한 사람이 되었다. 또한 그는 1953년에 노벨문학상을 수상했다.

하지만, 그것은 또 다른 이야기의 시작이다.

It's all to do with the training:
you can do a lot if you're properly trained.

모든 것은 훈련에 달렸다.
제대로 훈련받는다면
많은 것을 이룰 수 있다.

엘리자베스 2세

Elizabeth II
모두가 사랑한 공주, 엘리자베스 2세

어린 시절 엘리자베스 공주는 국왕이 될 교육을 받은 적은 없었지만, 여러 왕손 가운데 가장 인기가 높았다. 그녀 자신도 영국 국민에게서 특별한 사랑을 받고 있다는 사실을 잘 알고 있었다. 혹시 그것이 엘리자베스가 스스로 인격을 도야하고 왕가의 후손으로서 위엄이 있고 신중한 인물로 성장하는 데 도움이 되었던 것은 아닐까? 비록 여러 상황이 맞물리면서 왕위계승 순위가 높아지긴 했지만, 그녀가 열한 살에 영국 왕위를 계승할 공주가 된 것은 그리 놀랄 일은 아니었다.

1945년 5월 8일 환호하는 인파가 런던의 버킹엄 궁전 발코니 아래로 모여들었다. 2차 세계대전의 휴전을 선언한 이 날, 영국인들은 승리를 축

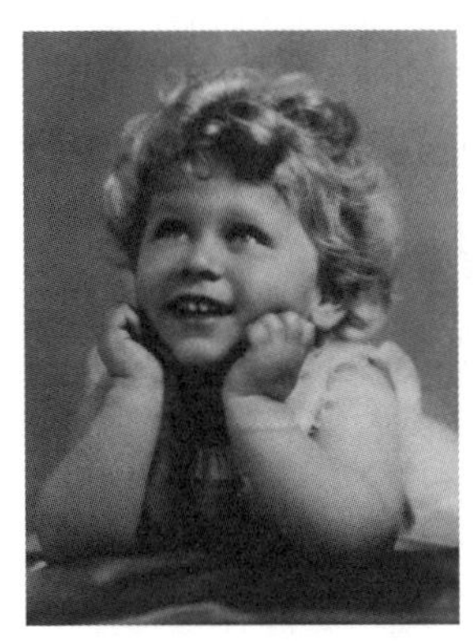

엘리자베스(1928)

하하며 이제 막 끝난 전쟁의 상징적인 인물인 국왕 조지 6세와 총리 윈스턴 처칠에게 경의를 표했다. 그러나 이 순간 사람들의 시선은 이 근엄한 인사들과 약간 거리를 두고 서 있는 젊은 여인에게로 향했다. 군복을 입고 수줍은 듯 빛을 발하는 아름다운 왕위 계승자 엘리자베스 공주는 미래 자신의 백성에게 다시 살아난 승전국의 희망이자 앨비언* 그 자체였다. 이제 그녀의 운명은 국가의 운명과 하나가 되었다.

1926년 4월 21일 조지 5세의 둘째 아들 요크 공작과 스코틀랜드의 14대 스트라스모어 공작의 딸 엘리자베스 보우스 라이언의 딸로 태어난 알렉산드라 메리 엘리자베스(Elizabeth Alexandra Mary)는 왕위계승 서열 3위였다. 왕의 큰아들 에드워드는 건강했고 아직 아이를 생산할 수 있는 나이였다. 따라서 곱슬곱슬한 금발에 우윳빛 피부, 길고 검은 눈썹에 파란 눈의 이 아이는 미래의 여왕이 아니라 공주로 성장했으며, 그녀의 부모는 오직 그녀가 행복하기만을 바랐다.

요크 공작의 집안은 나라를 대표하는 공무에 헌신하는 왕가의 일원이라기보다는 평범한 부르주아의 삶을 살았다. 그럴 수 있었던 가장 중요한 원인은 친구들 사이에서 '버티(앨버트의 애칭)'라고 불리던 엘리자베

---

* Albion: 그레이트 브리튼 섬을 지칭하는 가장 오래된 명칭. 오늘날에도 그레이트 브리튼 섬 또는 잉글랜드 자체를 시적인 의미로 부를 때 사용하는 표현이다.

스의 아버지 앨버트 프레더릭 아서가 명성을 좇거나 대중 앞에 나서기를 꺼리는 내성적인 사람이라는 데 있었다. 어릴 적부터 말을 더듬었던 그가 장애를 극복한 것은 엘리자베스가 태어난 무렵이었다. 아버지 조지 5세에게서 무시당했던 그는 언론과 대중의 관심에서 벗어나 그가 꿈꾸던 화목한 가정을 이루며 위안을 얻었다.

요크 공 부처와 리즈벳(1926)

요크 공작 부부가 1930년 태어난 둘째 딸 마가렛과 함께 엘리자베스를 키우며 살던 런던 피커딜리 가 145번지의 대저택에는 여러 명의 고용인이 일하고 있었지만, 그들의 삶은 소박했다. 낮에 공주들은 정원에서 고용인들의 자녀와 함께 놀았고, 밤에는 런던 사교계를 자주 드나들지 않았던 부모가 직접 돌보았다. 훗날 저술된 영국 왕실의 공식 역사는 어린 엘리자베스가 마치 천재였던 것처럼 묘사하지만, 사실 그녀는 '리스벳' 혹은 '릴리벳'이라 불리는 평범한 소녀였을 뿐이다. 그녀는 사냥을 즐기는 아버지를 따라서 자연스럽게 말과 개를 좋아하게 되었다. 다른 아이들과 떨어져 지내야 했던 어린 시절에 동물은 그녀의 중요한 친구였다.

사랑을 받긴 했지만, 집 안에 갇혀 살던 엘리자베스가 학교에 갈 나이가 되자 아버지는 집에서 영어, 프랑스어, 역사 수업부터 받게 했다. 열 살이 된 엘리자베스는 일주일에 겨우 일곱 시간 공부했을 뿐, 책상에 앉아 있는 시간보다는 말 타는 시간이 더 많았다. 당연한 일이겠지만, 요크 공은 작은 딸의 교사들에게 글씨를 멋지게 쓰는 법을 가르치라는 과제도

주었다. 왕가의 평범한 일원으로서 한가로운 생활에 만족하던 그는 저녁에 수를 놓으며 보내는 시간을 가장 좋아했다. 훗날 조지 6세가 된 앨버트는 윈저성 정원에 있는 여름 별장 로얄 로지의 열두 개 의자에 직접 십자수를 놓은 덮개를 만들어 씌웠다.

엘리자베스의 유모는 매리언 크로포드 혹은 크로피라고 불리던 스코틀랜드 여인이었다. 그녀는 엘리자베스에게 부족한 것들을 채워주려고 애썼다. 학위도 있는 이 지적인 젊은 여인은 요크 공작 몰래 공주에게 바깥세상을 보여주고 싶어했다. 그녀는 공주에게 몇 권의 책을 권했고, 교육 목적의 여행을 계획했으며, 심지어 공주와 함께 신분을 숨긴 채 런던 지하철을 타고 짧은 여행을 감행하기도 했다.

비록 이러한 교육에는 분명히 한계가 있었지만 일찍부터 부모의 감탄을 자아낼 정도로 침착하고 신중한 성격적 특성을 보인 어린 공주는 왕가에서 특별한 위치를 차지하고 있었다. 자기 자녀는 물론이고 아이 자체를 싫어했던 조지 5세조차도 이 어린 손녀가 태어나자 그녀에게 반하여 다정한 모습으로 함께 사진을 찍기도 했다. 엘리자베스는 조지 5세에게 거의 마법에 가까운 영향력을 행사했다. 1928년 겨우내 병석에 누워 있어야 했던 그는 매일 아침 아기를 자기 방에 데려오게 하여 몇 시간씩 함께 보냈다. 귀여운 아기와 함께 있는 것만으로도 병이 빨리 나을 것 같은 기분이 들었을 것이다.

이러한 사실 하나만 봐도 모든 영국인의 관심이 릴리벳에게 집중되었다는 것을 어렵잖게 짐작할 수 있을 것이다. 비록 그녀가 왕위계승 서열에서 중요한 위치에 있진 않았지만, 1930년대 초부터 이미 영국 국민

은 마음으로 그녀를 숭배하고 있었다. 사람들은 초콜
릿, 어린이 병원, 심지어 남극대륙에 있는 영국 영토에
까지 '프린세스엘리자베스랜드'라고 그녀의 이름을 붙
이며 그녀에 대한 경의를 표했다.

조지 5세(1921)

　요크 공작 내외는 딸이 너무 어린 나이에 대중적인
인기를 한 몸에 받는 데서 생기는 여러 가지 부작용으
로부터 그녀를 보호하려고 애썼지만, 다행스럽게도 어
린 공주는 국가적 호의를 받는 사람의 책임감이 어떤
것인가를 일찍이 터득하고 있었다. 어린 공주는 자신의
지위와 의무가 무엇인지 잘 알고 있었으며, 1936년 '세 왕의 해'라는 유
례없는 사건이 벌어졌을 때 이를 진정시키는 중요한 역할을 했다. 엘리
자베스가 왕위 계승자가 되는 데 결정적인 계기로 작용한 이 사건의 전
말은 다음과 같다.

　1936년 1월 20일 노쇠한 조지 5세가 서거했다. 예정대로 엘리자베스
의 큰아버지이자 장래가 촉망되는 인기 있는 웨일즈의 왕자 데이비드가
그의 뒤를 이어 에드워드 8세가 되었다. 새로 즉위한 마흔한 살의 국왕이
여전히 독신이라는 사실에 의원들과 국민은 당혹감을 감추지 못했다. 그
러나 곧바로 국왕과 미국인 이혼녀 월리스 심프슨 사이의 염문이 정계와
언론에 파다하게 퍼졌다.

　사실 왕가에서는 이미 1934년부터 심프슨 부인을 바람기 있는 여자
로 간주하고 있었고, 에드워드 8세가 왕위를 포기할 가능성을 걱정하고
있었다. 그러나 내각에는 오히려 이들의 적절치 못한 관계가 행운으로

작용했다. 장관이나 의원들은 군주가 자신의 새로운 직무에 충실할 것인지 확신하지 못하고 있었다. 이 고질적인 바람둥이는 자주 회의를 취소했을 뿐만 아니라 기밀문서에 칵테일 잔 자국을 남기기도 했다. 하지만 가장 심각한 문제는 그가 당시 사람들을 현혹한 편향된 경향에 휩쓸려 외교부를 거치지 않고 독단적으로 나치 독일과 수상쩍은 교류를 구상하고 있다는 점이었다. 실제로 당시 영국이 취해야 할 최선책은 독일과의 교류를 단절하는 것이었다.

1936년 말 모든 사람은 왕위 계승자로 지명된 요크 공작에게 관심을 보였지만, 정작 공작 자신은 국왕이 될 자격이 없다고 생각하고 있었다. 왕위를 물려받아야 한다는 부담 때문에 두려움에 떨며 눈물을 흘리는 그를 진정시킬 수 있는 사람은 그의 장녀 엘리자베스뿐이었다. 12월 8일 예상대로 에드워드 8세는 두 번째로 이혼한 월리스 심프슨과 결혼하기 위해 왕위에서 물러났다. 조지 6세로 임명된 그의 동생은 국왕에게서 버림받은 영국 국민의 신뢰를 회복해야 하는 거의 불가능한 임무를 떠맡게 되었다. 결국, 1936년 영국에서는 한 해에 세 사람의 국왕이 차례로 왕위를 물려주는 희한한 상황이 벌어지고 말았다. 이런 상황에서 당시 국민의 사랑을 한 몸에 받고 있던, 겨우 열한 살의 나이 어린 공주가 어떤 역할을 해야 했을지는 쉽게 상상할 수 있을 것이다.

그러나 엘리자베스가 같은 나이에 자신이 나라를 통치해야 한다는 사실을 알고, "나는 그 지위에 합당한 사람이 될 것이다."라고 선언했던 빅토리아 여왕과 같은 수준에 도달하려면 아직 갖춰야 할 것이 많았다. 어린 공주는 가족과 함께 피커딜리 가를 떠나 버킹엄 궁으로 들어가야 했을 때 오히려 거부감을 느꼈다. 비록 왕궁이 어린 시절을 보낸 집에서 불과 몇백 미터 거리에 있었지만, 그곳에서는 모든 것이 달랐다. 늘 한 무리의 군중이 창문 아래 모여 왕가의 행동과 동태를 낱낱이 훔쳐보고 있었다. 이제 그녀의 부모에게도 의무적으로 해야 할 일들이 새로 생겼다. 저녁에 침실로 돌아온 왕은 속이 상했다. 대중 앞에 모습을 드러내는 것은 그에게 고문과 같은 일이었다. 엘리자베스도 사복경찰관이 늘 따라다녔으며, 가벼운 감기만 걸려도 즉시 신문에 보도되었다.

1937년 5월 12일 웨스트민스터 대성당에서 거행된 아버지의 대관식에서 엘리자베스는 자신에게 주어진 역사적인 사명에 대한 계시를 받았다. 신비하고 엄숙한 대성당의 분위기에서 거의 충격에 가까운 깊은 인상을 받은 어린 소녀는 자신이 얼마나 중요한 위치에 있는지를 새삼 깨달았다. 엘리자베스는 이제 여느 왕가의 자손이 아니었다. 대영제국의 영광을 되찾아야 할 막중한 임무를 짊어진 군주의 길로 들어섰음을 자각했던 것이다.

외국에서 온 군주와 대사들과 자주 접촉하면서 그녀는 격변하는 국제정세를 관찰하며 서서히 정치를 배워나갔다. 그리고 윈저성 근처에 있는 이튼칼리지에서 일주일에 두 번 영국 헌정사에 관한 강의를 들었고, 프랑스 문학과 유럽사를 가르치는 교사 한 명이 그녀에게 배정되었다.

제2차 세계대전의 발발은 그녀가 좀 더 빠르게 성숙하는 계기가 되었을 뿐만 아니라, 진정한 왕위 계승자로서 그녀를 새로운 인물로 탄생시켰다. 동생과 함께 살게 된 윈저성에서 그녀의 일상은 이전과 별로 다르지 않았다. 독일어 수업이 미국사 수업으로 대체되기는 했지만, 보충수업이 계속되었고 다시 정원에서 말을 타고 긴 산책을 할 수 있게 되었다. 왕과 왕비는 버킹엄에 계속 머무르면서 주말에만 딸들과 만났다.

1941년 엘리자베스는 처음으로 왕립 무도회에 참석했고, 이듬해에는 처음으로 공식 사냥에 참여했다. 전쟁의 불길에 휩싸인 이 시련의 시기에 모든 사람이 왕가를 주시하고 있었기에 정부에서는 공주들이 얼마나 고립된 생활을 하고 있는지를 강조하면서 전쟁의 고통을 묵묵히 견디는 그들의 모습을 영국 국민에게 소개했다. 1940년 가을 BBC 방송에 처음으로 모습을 드러낸 엘리자베스는 자신도 부모 곁을 떠나 전쟁터에서 싸우는 수천 명의 병사와 같은 운명이라고 말했다. 정부에서는 왕실이 국민을 생각해서 배급받은 식량, 난방, 물만으로 매우 검소하게 살아가고 있음을 강조했다. 신문에는 병사들에게 보낼 스웨터를 뜨는 두 공주의 사진이 실렸다. 국왕 부모의 눈에는 흰 양말에 소녀다운 옷을 입은 엘리자베스가 여전히 나이 어린 소녀로만 보였지만, 1942년 열여섯 살의 엘리자베스는 근위정예병 연대의 명예대령으로 승진하며 드디어 성인 남성들의 권력 세계에 발을 들여놓았다.

전쟁이 끝나갈 무렵 어린 '전쟁 공주'의 인기는 부모의 인기를 앞질렀다. 그녀를 찾는 곳이 많아지면서 엘리자베스는 국왕 부부를 동반하지 않고 혼자서 군중 앞에 모습을 드러내는 일이 점점 더 잦아졌다. 1945년 초 그녀는 망설이는 부모를 설득하여 영국군에서는 드문 여성 부대 가운

버킹엄 궁에서 열린 엘리자베스 2세의 즉위식(1953. 6. 2)

데 하나인 준국방의용군에 지원하였고, 군대장비 사용법까지 배웠다. 왕궁에 갇혀 지내는 삶에서 벗어난 그녀의 최초이자 유일한 경험은 몇 달 후 종전과 함께 막을 내렸다. 이제 엘리자베스는 왕권과 다시 태어나는 영국의 상징이 될 자격을 충분히 갖췄다.

1953년 조지 6세가 서거하자 공주는 잉글랜드의 엘리자베스 2세가 되었다. 그녀는 영국과 영연방의 운명을 상징하는 존재가 되었다. 1992년 자녀가 사랑에 실패하고 윈저성에 불이 나는 등 끔찍한 시간을 보내기도 했지만, 그녀의 위엄과 인기는 크게 손상되지 않았다.

하지만, 그것은 또 다른 이야기의 시작이다.

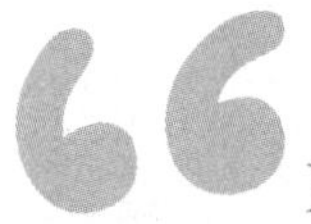

Le talent, c'est une question d'amour.

재능이란 열정의 문제이다.

로미 슈나이더

Romy Schneider
알프스의 하이디, 로미 슈나이더

(1938~1982)

어린 시절 로자 마리아 막델레나 알바흐 레티(Rosa maria Magdelena Albach-Retty)의 가장 큰 상처는 사랑하는 아버지의 부재였다. 배우 집안에서 태어난 그녀는 산에서 자유로운 삶을 살다가 오스트리아 황후가 된 캐롤린 엘리자베스의 이야기를 그린 영화의 주인공을 연기하여 영화 팬들에게는 영원히 '시씨(Sissi)'로 기억되고 있다.

1956년 봄 영화감독 에른스트 마리슈카는 오스트리아 빈의 프라터 놀이공원에 카메라를 설치했다. 촬영장의 긴장은 최고조에 달해 있었다. 오스트리아 황후의 이야기를 소재로 한 대작 「시씨」 시리즈 2부 「황후 시

「황후 시씨」(1956)

씨(Sissi, Die junge Kaiserine)」의 촬영 현장은 열광의 도가니였다. 새벽부터 모여든 수백 명의 빈 시민은 이제 수천 명으로 늘어나 그들의 새로운 우상 "로미! 로미!"를 박자에 맞춰 연호했다. 사람들은 대부분 로미가 로자 마리아의 약칭이라는 사실을 몰랐다. 이 젊은 여배우의 성 슈나이더는 배우이자 그녀의 어머니인 마그다 슈나이더의 성이었다.

놀이공원의 철책 앞에 모여드는 군중이 점차 불어나면서 웅성거리는 소리도 점점 커졌다. 그러나 영화 감독은 개의하지 않았다. 그 무엇도 그를 방해하지 못했다. 그는 영화의 성공에 대한 기대도 매우 컸고, 목표도 아주 거창했다. 불과 몇 달 전인 1955년 12월 22일 오스트리아 빈에서 상영된 「시씨」는 곧바로 독일에서도 상영되었고 반응은 가히 폭발적이었다. 「바람과 함께 사라지다」의 관객 수를 넘어서는 653만 8천여 명의 관객이 이 영화를 관람했다. 며칠 만에 밀물처럼 전 유럽을 휩쓴 열기는 여주인공에게 예기치 못했던 영예를 안겨주었다.

파르르 떨리는 입술에 청순한 눈빛의 젊은 여배우는 이제 겨우 열여덟 살로 독일어권 사람들의 우상이 되었다. 패전으로 잃어버린 자존심을 오스트리아 여인이 되찾아주었던 것이다. 그녀가 베르히테스가덴에서 성장했다는 사실을 알게 된 사람들의 기쁨은 하늘을 찌를 듯했다. 그곳은 아돌프 히틀러의 요새인 '독수리 둥지'에서 불과 1킬로미터도 떨어지지 않은 곳에 있었다. 그러나 전 유럽인의 사랑을 받은 이 여인이 이전에 총통의 이웃이었다는 사실을 누가 알았을까?

1938년 9월 뮌헨회담의 결과에 전 유럽은 경악을 금치 못하고 비탄에 잠겼다. 강대국으로 여겼던 민주국가 영국과 프랑스가 급성장한 독재국가 독일과 이탈리아에 정치적으로 굴복했기 때문이었다. 당시 오스트리아 공화국은 이미 6개월 전에 나치 제국에 합병된 상태였다. 9월 23일 로미는 이처럼 험악한 분위기가 감도는 빈에서 태어났다.

얼마 후 그녀의 어머니 마그다는 숨이 막힐 것 같은 오스트리아의 수도를 벗어나 딸을 데리고 알프스 산맥에 자리 잡은 베르히테스가덴에 사 두었던 산장으로 갔다. 그곳에서 아이를 기르기로 작정했던 것이다.

마그다의 남편 볼프강 알바흐 레티 역시 배우였다. 그는 히틀러 총통이 좋아하는 별장과 가까운 곳에 있는 산장을 매입한 아내에게 화를 냈다. 볼프강은 1930년대 초부터 독일이 지배력을 확장하면서 오스트리아가 겪게 된 수치스런 상황을 절대로 용서할 수 없었다. 그는 처음부터 나치와 인종말살 정책을 펴는 그들의 이데올로기에 반대했다.

마그다가 반독 저항운동에 가담하지 않았다고 해서 이러한 정세 변화에 순응했다고 말할 수는 없다. 하지만 베르히테스가덴에 정착한 그녀는 여러 차례 히틀러를 만나서 이 독재자를 즐겁게 했던 것이 사실이다. 가수와 배우들을 매우 좋아했던 총통은 어느 날 저녁 알프스가 내려다보이는 별장 테라스에서 그녀에게 말했다.

"부인, 내가 15년 전에 당신이 춤추고 노래하는 모습을 보려고 일부러 뮌헨의 대극장까지 갔다는 사실을 아십니까?"

그러나 15년 전 그녀는 미처 세상에 이름이 알려지지 않았을 뿐더러 인정받은 배우가 아니었기에 당시 유행하던 오페레타에서 조연으로 만족해야 했다.

　로미는 오베르잘츠베르크의 맑은 공기를 들이마시며 생명력이 강한 작은 나무처럼 무럭무럭 자랐다. 어린 시절 그녀는 동화 속 하이디와 어딘가 닮은 구석이 있었다. 천진난만한 그녀는 이웃 별장에 끔찍한 인물이 드나든다는 사실도 몰랐고, 전 유럽을 초토화한 전쟁도 인식하지 못했다. 마치 야생마처럼 알프스 고산지대의 방목장을 뛰어다니며 행복한 시골 소녀의 하루하루를 보냈다. 긴 산행으로 로미의 작은 다리에 힘이 빠지면, 아버지는 그녀를 배낭에 넣어서 등에 지고 다녔다. 그리고 그런 묘한 모습으로 자전거를 타고 마을에 내려가기도 했다.

　그러나 불행하게도 그토록 활달한 아버지 볼프강은 산장에 자주 오지 않았다. 어머니 마그다도 마찬가지였다. 이처럼 직업상의 이유로 부모가 자주 집을 비웠기에 어린 로미는 혼자서 힘든 시간을 보냈다. 아이에게 아버지와 어머니의 부재는 큰 비극이었다. 로미는 사랑하는 부모를 빼앗아간 배우라는 직업을 저주했다.

　어려서부터 배우가 되기를 꿈꾸었던 마그다에게 연극은 끊을 수 없는 마약과 같았다. 그녀는 아우크스부르크 예술학교에서 성악을 전공했고, 그 후 토슈즈를 신고 시립극장에서 발레 수업을 들었다. 그리고 얼마 지나지 않아 빈에서 유행하던 오페레타에 출연하며 명성을 얻었다.

　그녀의 야심을 충족하려면 어떻게 해야 할까? 마그다에게는 또 다른 것이 필요했다. 그녀는 비중 있는 역할에 굶주렸으며, 특히 명예에 목말

랐다. 당시 영화 시장은 한창 성장하는 중이었다. 1930년 마그다는 에른스트 마리슈카 감독의 영화에서 첫 역할을 맡았다. 막스 오퓔스가 「리벨라이」의 주역을 그녀에게 맡긴 것은 그로부터 3년 뒤였다. 이 역할은 그녀를 일약 스타로 만들어주었다. 마그다라는 로켓은 일단 발사되자 멈출 줄을 몰랐다. 그녀는 영화 촬영, 모델 활동, 인터뷰 등 쉬지 않고 일에 파묻혀 살았다. 억제할 수 없는 소용돌이였다.

1933년 그녀는 갑자기 머리가 멍해지면서 정신을 잃었다. 그러나 그녀를 쓰러뜨린 현기증의 진짜 원인은 무리한 생활리듬이 아니라 스물일곱 살의 배우 볼프강 알바흐 레티였다. 영화에서 건달 역할을 멋지게 연기한 그는 오스트리아와 독일에서 대단한 인기를 누렸다. 열정적이고 사랑스러운 그를 심지어 바람둥이, 색마라고 부르는 사람도 있었다.

그도 가업을 물려받은 배우였다. 그의 어머니 로자 역시 열정적인 배우로서 수십 년간 빈의 부르크 극장에서 명성을 얻은 스타였다. 1912년 그녀는 노 황제 프란츠 요셉의 궁정극단에서 활동하기도 했다.

베르히테스가덴에서 나치 독일의 최고 권력자들이 무개차를 타고 베일에 싸인 이웃사람에게로 향하는 행렬에 익숙해진 어린 로미는 별다른 호기심을 느끼지 않았다. 부모가 집에 없을 때, 특히 그토록 좋아하는 아버지가 없을 때 로미는 유모 헤드위제의 치마폭에 싸여 있거나, 외할아버지 프란츠 슈나이더와 외할머니 마리아의 무릎에 앉아서 대부분 시간을 보냈다.

드문 일이긴 했지만 아주 가끔 친할머니 로자가 부르크 극장을 떠나 잠시 바이에른에 들러서 머물다 가기도 했다. 그녀에게서는 도시의 향기가 풍겼고 무대의 열기와 그녀만의 고유한 분위기가 느껴졌다. 로미는 대수롭지 않은 일도 대단한 이벤트로 만들어 내는 이 인상적인 귀부인의 놀라운 재능에 감탄했다. 로미가 연극을 덜 싫어하게 된 것도 그처럼 독특하고 재치 있는 친할머니 덕분이었을 것이다.

1941년부터는 장난꾸러기이면서도 늘 칭얼거리는 어린 동생 볼프가 로미의 곁을 따라다녔다. 그가 태어난 지 얼마 되지 않아서 마그다와 볼프강이 이혼하는 바람에 동생은 부모와 함께 하는 가족생활을 경험하지 못했다. '못 말리는 떠돌이' 볼프강은 여배우 트루데 마를렌을 만났다. 마그다보다 나이도 어리고 함께 살기에도 편한 마를렌을 따라 볼프강은 일말의 주저도 없이 가족을 버렸다. 로미는 우상처럼 숭배하던 아버지만이 아니라 그녀의 어린 시절을 밝혀주었던 친할머니와도 헤어지게 되었다. 다섯 살 어린 소녀에게 그것은 극복할 수 없는 끔찍한 고통이었다.

선택의 여지가 없었던 마그다는 빈의 무대에 다시 서야 했다. 그녀는 생계를 위해 이류 무대에 출연할 수밖에 없었으며, 가끔 산장에 들르는 것조차 어려워졌다.

베르히테스가덴에 남은 초등학생 로미는 슬펐지만, 눈물을 참았다. 그녀는 절대로 울지 않겠다고 결심했다. 주먹을 움켜쥐고 용기를 냈다.

1945년 그녀의 끔찍한 이웃은 사라졌다. '독수리 둥지'로 올라가는 길목을 지키던 총통의 호위대는 연합군 기갑부대에 자리를 내주었고, 그때부터 호기심이 발동해서 관광버스를 타고 온 사람들이 줄을 이었다.

1948년 열 살이 된 소녀는 오스트리아 그문덴에 있는 기숙학교에 들어가 단체생활의 혹독함과 즐거움을 동시에 경험하게 되었다. 그러나 태어나면서부터 계속 산에서 살았던 그녀에게는 맑은 공기, 넓은 공간, 자유로운 삶이 절실히 필요했다. 그녀는 전에 살던 아름다운 산장이 간절하게 그리웠다.

이듬해 상황은 더욱 나빠졌다. 로미는 잘츠부르크 근처에 있는 티롤 성 골덴슈타인 수도원에서 운영하는 기숙학교로 전학하여 거기서 열다섯 살이 될 때까지 살았다. 일요일이면 가끔 어머니가 찾아왔지만, 아버지는 생일과 크리스마스에 편지를 보내는 것이 전부였다. 로미는 무심한 아버지가 야속했지만, 그렇다고 해서 낭만적이고 감상적인 아버지가 보여준 애정을 잊은 것은 아니었다. 마그다의 새 남편 한스 헤르베르트 블라츠하임은 볼프강과 많이 달랐다. 그는 늘 사업 얘기, 빌어먹을 식당 설비 얘기만 떠들어 댔다.

품격이라곤 찾아볼 수 없는 그의 저택 한구석에서 로미는 주먹을 더욱 굳게 쥐고 마음을 다잡았다. 그녀가 좋아하는 미술 수업이 끝나면 시간을 내어 기숙사 극단에서 준비하는 연극에서 단역을 맡으려고 부지런히 연습했다. 오디션하는 날, 자기 차례가 된 로미는 작은 무대에 올라가 어머니, 할머니, 특히 아버지 역할을 멋지게 연기했다. 무대 위에서 로미는 드디어 마음껏 숨을 쉴 수 있었다. 마치 연기 지도라도 특별히 받은 것처럼 그녀는 자연스럽게 주인공 역할에도 도전했고, 깜짝 놀라서 바라보는 친구들 앞에서 훌륭한 연기를 펼쳐보였다.

"로미, 너 굉장하다, 재능이 있어!"

로미가 좋아한 역할은 아버지가 연기했을 남자 역할, 즉「파우스트 (Faust)」의 메피스토 같은 역할이었다. 그녀가 사내아이처럼 머리를 짧게 자른 날, 어린 친구들은 그녀를 보고 놀리듯이 "꼭 영화배우 같다."라고 말했지만, 그녀는 그 말이 기분 나쁘지는 않았다.

로미에게 단 하나밖에 없는 진실한 친구는 일기장이었다. 그녀는 친한 친구와 얘기하듯 거기에 모든 것을 털어놓았고, 일기장에 '페기'라는 이름까지 지어주었다. 열한 살 때 그녀는 일기장에 이렇게 썼다.

"오늘 밤은 정말 도망이라도 가고 싶어. 파리나 멕시코로 갈 거야. 거기 극장에서 카우보이 역할을 할 거야."

또 몇 년 뒤엔 이렇게 썼다.

"할 수만 있다면 지금 당장 엄마처럼 배우가 되고 싶어. 하지만 엄마와 그런 얘기를 해본 적은 없어. 집에서 그런 얘기는 하지 않거든."

딸과 거의 대화가 없었던 마그다는 배우가 되고 싶어하는 딸의 은밀한 소망을 전혀 눈치 채지 못했다.

1953년 입학 시즌이 되자, 마그다는 로미가 원하는 쾰른 예술학교에 입학하는 것을 허락하면서 딸이 의상디자이너가 될 수도 있으리라고 생각했다. 그러나 그녀의 운명은 이미 개학 전에 다른 방향으로 정해진 상태였다.

그해 여름 마그다는 뮌헨에서「흰 라일락이 다시 필 때(When the White Lilacs Bloom Again)」라는 소품을 촬영하고 있었다. 그런데 딸 역할을 맡았던 젊은 여배우가 마지막 순간에 나타나지 않았다. 그때 마그다는 로미를 떠올렸다. 그녀의 첫 연기 시도는 결정적이었다.

젊은 여인 로미는 이 기회에 자신의 미래가 달렸다는 것을 잘 알고 있었다. 귀엽고 발랄한 얼굴, 장난기 있는 미소, 가냘픈 윤곽… 모든 것이 환상적이었다. 더군다나 로미는 촬영장 세트와 카메라 레일로 어수선한 환경을 마치 제 집처럼 오가며 편안하게 행동했다.

드디어 로미의 꿈이 이루어졌다. 그녀는 어린 시절 그녀에게서 아버지와 어머니를 빼앗아 갔던 배우라는 직업이 그녀에게는 운명이었음을 깨달았다. 그녀는 자신도 모르는 사이에 아버지와 어머니에게서 배우의 삶을 터득했고, 작은 일상조차도 재미와 흥분으로 각색하는 친할머니 로자에게서 배우의 능력이 무엇인가를 배웠던 것이다. 자신의 내면에 숨어 있던 천성적인 배우의 기질을 발견한 그녀에게는 이제 거칠 것이 없었다. 영화가 상영되자, 단 몇 주 만에 그녀는 대중의 마음을 사로잡았으며 그녀에게 매료된 언론은 "독일 젊은이들의 우상"이라며 극찬했다.

마그다 역시 기회를 잡았다. 딸의 성공은 이제 확실했다. 마그다는 자신의 분신인 로미를 정글과도 같은 영화사 스튜디오로 인도했다. 그녀는 자신에게 기회를 주었던 감독 에른스트 마리슈카에게 로미를 소개했다. 그는 테크니컬러 기법의 영화 「여왕의 젊은 시절(The Story of Vicky)」의 주인공 역할을 로미에게 맡겨 젊은 시절의 매혹적인 빅토리아를 연기하게 했다. 하지만 노장 감독이 성공의 열쇠를 거머쥔 것은 1955년 전설적이고 신비스러운 오스트리아의 황녀의 캐릭터에 경쾌하고 대중적인 '시씨'라는 젊은 처녀의 순진한 모습을 투영했을 때였다.

「사랑은 오직 한 길」(1958)

1956년 여름. 로미는 벌써 세 차례나 뷔스티에*를 끌어올리고, 가냘픈 손으로 어깨를 쓸고, 몸을 굽혀 옷자락을 펴고 있었다. 치마의 호박단 가장자리가 자갈에 쓸렸다. 재단사가 달려오고, 다른 사람들도 뒤따라 쫓아왔다. 짙게 화장한 로미는 인형처럼 뜬 눈을 고정한 채 꼼짝도 하지 않고 있었다. 그녀는 움직이면 안 된다는 걸 알고 있었다. 눈을 감았다. 시간이 한없이 흐른 것 같았다. 그들은 그녀의 등 뒤에서 익숙한 손놀림으로 단단하게 조여 놓았던 상반신의 끈을 하나씩 풀었다가 다시 조이며 마침내 허리 부분에서 끝까지 조여 매었다. 날씨는 무척 더웠다. 로미가 물 한 잔을 달라고 요청하자, 사람들은 서둘러 그녀에게 부채를 가져다주었다.

그녀는 비록 몇 분 되지 않는 짧은 통화지만 촬영이 끝난 후 전화로 아버지의 목소리를 들을 수 있으리라는 기대로 피곤함을 잊었다. 얼마 전부터 그는 정기적으로 그녀에게 전화했다. 할머니 로자도 그녀에게 전화를 걸었다.

이제 곧 영사기가 돌아갈 것이다. 또다시 뜨거운 조명이 자신감에 넘치는 오스트리아 여인의 천사 같은 얼굴을 비칠 것이다…

---

* bustier: 브래지어와 코르셋이 연결된 형태의 여성용 상의.

1958년 「사랑은 오직 한 길(Christine)」의 촬영을 위해 「시씨」 시리즈 4편의 촬영을 포기하고, 프랑스로 건너간 로미는 배우로서 제2의 인생을 살았다. 1968년 그녀는 자크 드레 감독의 「태양은 알고 있다(La Piscine)」로 큰 성공을 거두고 나서 1969년 「즐거운 인생(Les Choses de la vie)」에 출연하여 클로드 소테 감독에게 프랑스 최고 권위를 자랑하는 루이 델릭 상을 안겨주었다. 그녀는 이때부터 청초한 여인에서 도발적이고 요염한 여인으로 변신하는 데 성공했다. 그녀는 1976년 「중요한 것은 사랑(Mado)」, 1979년 「단순한 이야기(Une histoire simple)」로 두 차례 세자르 여우주연상을 받았다.

로미 슈나이더(1965)

배우 알랭 들롱과의 사랑은 세인의 이목을 끌었으나 그들의 관계는 순탄치 못했고, 그 후 두 번의 결혼과 두 번의 이혼을 경험하면서 그녀는 큰 고통을 받았다. 게다가 아들 다비드마저 어이 없는 사고로 사망하자, 로미는 절망에 빠져 다시는 일어서지 못했다.

하지만, 그것은 또 다른 이야기의 시작이다.

66 Life is not fair;
get used to it.

세상이 공평하지 않다는
사실에 익숙해져야 한다. 99

빌 게이츠

Bill Gates
꼬마 사업가, 빌 게이츠

(1955~)

변호사 아버지와 은행가 어머니 사이에서 태어난 빌이 1968년 레이크사이드 프로그래머 그룹을 창립했을 때 그의 나이 열세 살이었다. 그는 장래 정보처리 기술자가 되려는 친구들과 함께 대기업 컴퓨터의 결함을 찾아내는 일을 시작했다. 그는 하이테크 환경에서 성장한 젊은이 가운데 한 사람으로 시대를 앞서 간 '지식인'이었던 셈이다.

리처드 웨일랜드, 켄트 에반스, 폴 앨런 그리고 빌 게이츠. 이들 네 사람이 그룹의 구성원이었다. 약간 모자란 듯한 행동, 얼빠진 듯한 시선, 긴 머리에 게을러 보이는 이 미국 젊은이들은 겉모습과는 다른 능력을 감추고 있었다. 찢어진 청바지에 해괴한 로고가 인쇄된 티셔츠를 아무렇게나

걸치고 있었지만, 이들 사인방은 시애틀의 부유한 주택가에서 살고 있었다. 태평양 연안 미국 북서부 지방에 있는 시애틀은 희고 깨끗한 건물이 많고 날씨가 온화하며 인구의 5분의 4가 산업과 기술 분야에 종사하는 대도시이다.

1970년 봄까지 이들의 사업은 전혀 진척이 없었다.

게이츠의 부모는 이제 아들이 공부에 전념해야 할 때라고 판단하고 그룹 리더인 빌에게 그의 열정인 컴퓨터 프로그래밍을 그만두라고 했다. 그러나 빌은 공부가 지겨웠고, 탁월한 소질을 보인 컴퓨터 수업 외에는 다른 어떤 과목에도 관심이 없었다.

컴퓨터에 대한 이 젊은이의 열정은 곧 수입으로 연결되었다. 그는 레이크사이드 중학교 프로그래머 그룹을 설립하고, 컴퓨터 전문기업으로서 외주계약을 따냈다. 그들의 첫 번째 작업은 컴퓨터 센터 주식회사 지사의 컴퓨터에서 버그를 찾아내어 목록을 작성하는 일이었다. 그 대가로 그들은 회사 컴퓨터를 마음대로 사용할 수 있었다. 최신 프로그램을 작동해보고 싶었던 네 소년의 꿈이 이루어졌던 것이다. 그들은 방과 후에 밤새도록, 그리고 주말 내내 컴퓨터 앞에서 살았다. 그들은 젊었고, 재능이 있었으며, 모험을 두려워하지 않았다. 그렇게 빌은 해킹당한 컴퓨터망에서 일어날 수 있는 심각한 문제점들을 찾아낼 수 있었다.

일찍부터 어린 빌에게는 무서울 정도의 승부욕이 있었다는 점은 놀라운 일이 아니다. 그의 승부욕은 바로 그의 핏속에 흐르는 성공에 대한 갈망, 돈에 대한 열정, 일에 대한 애정으로 표출되었다. 그의 부모는 게이츠 가문의 3대째 빌 게이츠인 그를 '트레이'라고 불렀다.

가족의 재산은 어머니 소유였다. 미국에서 흔히 볼 수 있는 이 집안의 성공 이야기는 마치 한 편의 소설과 같다. 아이오와 주의 농가에서 태어난 빌의 외증조 J.W. 맥스웰은 1906년 내셔널시티뱅크를 창립하며 시애틀에서 가장 큰 은행을 소유한 은행가가 되었다. 그의 아들, 즉 빌의 외할아버지는 퍼시픽내셔널뱅크의 부행장이었다. 이 은행가 집안에서 태어난 메리는 집안이 축적한 재산을 물려받을 유일한 상속인이 되었다. 빌의 어머니 메리는 워싱턴 주립대학에서 평범한 집안의 빌 게이츠 2세를 만나 결혼하여 첫 아이 크리스티를 얻었다. 그리고 일 년 후 1955년 10월 28일 윌리엄 헨리 게이츠(William Henry Gates) 3세가 태어났다. 그가 바로 우리가 잘 알고 있는 빌 게이츠로 그는 윌리엄의 애칭인 '빌'이라는 이름으로 불렸다.

빌의 아버지는 야망이 대단한 사람이었다. 법대를 졸업한 그는 장래가 촉망되는 변호사였으며, 훗날 워싱턴 주 변호사협회장이 되었다. 1966년 변호사로 개업한 그는 시애틀에서 명성이 자자했다. 물론, 아내의 후원이 큰 역할을 했던 것도 사실이다. 교사였던 메리는 빌이 태어나자 자녀 양육을 위해 직업을 포기하고 자원봉사활동에만 전념했다. 그러나 그녀에게는 남다른 능력이 있었다. 자선단체인 유나이티드웨이 인터내셔널의 이사가 된 그녀는 타고난 사업 수완을 발휘하여 퍼스트 인터스테이트 뱅크와 퍼시픽 노스웨스트 벨과 같은 대기업의 이사장이 되었다. 그녀는 단순히 은행가의 손녀이자 딸이라는 역할만에 만족할 수 없었다.

빌은 어려서부터 매우 활동적인 아이였다. 심지어 갓난아이 시절 요람에서도 몸을 유별나게 많이 움직였다고 전해진다. 명사의 특출한 어린 시절을 과장하는 전설일까? 어쨌든 늘 활동적이었던 그는 성인이 되어서도 안락의자에 편히 앉아 있지 못했다. 평균 이상의 지능과 수학적 재능을 보인 젊은 빌은 주위 사람들이 놀랄 정도로 집요하고 인내심이 강했다. 초등학교 시절 다른 아이들의 숙제가 겨우 세 쪽을 넘기지 못할 때 그는 서른 쪽이 넘는 두툼한 노트를 제출했다. 빌은 일단 목표를 세우면 달성하려는 노력을 멈추지 않았다. 그의 성격에는 자신의 한계를 극복할 정도로 고집스러운 구석이 있었다. 이러한 그의 성격을 잘 드러내는 일화가 전해진다. 열 살 때 그는 스카우트에서 여름 행군을 간 적이 있었다. 그는 하루 20여 킬로미터의 행군을 강행하기에 적당한 신발을 신고 있지 않았지만, 발이 피범벅이 되어 한 발짝도 떼지 못할 지경이 될 때까지 사흘 동안 팀원들과 함께 걸었다. 또 열한 살 때는 교회 목사가 마태복음의 길고 어려운 산상수훈을 암기하는 사람에게 시애틀의 전경이 내려다보이는 레스토랑에서 저녁을 사주겠다고 약속하자, 전문을 외워서 목사 앞에서 단 한 자도 틀리지 않고 암송해 보이기도 했다.

부유한 부모 덕에 엘리트만 다니는 사립학교 레이크사이드 고등학교에 진학한 빌은 시애틀의 명문가 자제들과 어울렸다.

천재성이 있었던 그는 학교수업을 지루하게 여겼고, 교사들을 무시했다. 당연히 학교생활을 시작한 첫해는 무기력하게 보냈다. 그런 생활이 계속되었다면 그가 어느 정도까지 학업에 흥미를 잃을지 모를 상황이었다. 그러나 1968년 봄 교장은 컴퓨터 교육 프로그램을 개설했다. 당시로 써는 그것이 전국적으로 거의 최초의 사례일 정도로 컴퓨터는 극소수의 전문가들에게만 허용된 분야였다.

빌이 처음 컴퓨터를 대한 것은 열두 살 때였다. 그 세계의 무한한 가능성을 발견한 빌은 컴퓨터에 열중하고 또 심취했다. 항상 새로운 것에 도전하는 그의 지성이 드디어 신나는 놀이터를 만난 셈이었다. 그때부터 빌은 기회만 있으면 자판을 두드렸다. 그는 책을 보며 혼자 실력을 쌓았고, 얼마 지나지 않아 교사들의 실력을 뛰어넘었다. 그는 프로그래밍의 기본 원칙들을 상당히 빨리 습득했으며, 그것을 응용하여 같은 나이 또래가 좋아하는 게임을 즐기며 시간을 보냈다. 그는 모노폴리 게임의 승리전략을 알아내려고 시뮬레이션 게임을 수없이 반복하기도 했다.

1970년 빌은 부모의 엄명으로 컴퓨터를 하지 못하게 되었다. 그가 학업에 전혀 신경을 쓰지 않았던 것은 사실이다. 조숙하고 특이했던 그를 이해하지 못한 다른 아이들은 그를 냉소적으로 대하며 조롱했다.

컴퓨터를 빼앗긴 그는 공상과학 소설에 파묻혀 지내거나 기업에서 발행하는 전문잡지를 탐독하며 시간을 보냈다. 이렇게 9개월을 지낸 그는 '컴퓨터로 돈을 벌겠다.'라는 뚜렷한 목표를 세우고 단호하게 돌진했다. 그는 '서른 살 전에 백만장자'가 되겠다고 다짐했다.

1971년 초 컴퓨터실을 다시 찾은 그는 열다섯 살에 사업가로 데뷔했다. 이웃 오리건 주에 있는 컴퓨터 회사 ISL은 레이크사이드의 어린 프로그래머들이 실력이 대단하다는 소문을 익히 들어 알고 있었다. 빌은 자

빌 게이츠와 폴 앨런(1983)

기가 좋아하는 패스트푸드 식당에서 이 회사 경영진과 만나 협상에 들어갔다. 회사는 그에게 1만 달러 상당의 프로그램을 주문했다. 빌과 동업자들은 고등학생 신분으로 어떻게 학업과 주문받은 용역을 동시에 해낼 수 있었을까? 대답은 간단했다. 그들은 중학생들을 저렴한 비용으로 고용해서 문제를 해결했던 것이다.

빌은 명실 공히 기업의 대표가 되었다. 동업자 가운데 한 명인 폴 에번스가 산악사고로 사망하자 그는 새로운 인원을 영입했다. 그는 학교 라이벌인 폴 앨런에게 접근하여 그와 함께 매우 효율적인 공동작업을 시작했다. 주문받은 프로그램을 개발하여 ISL에 납품할 수 있었던 것도 사실 폴 덕분이었다. 그들은 이 프로그램 개발로 각각 2천 400달러를 벌었다. 빌은 그 돈으로 포드사의 빨간색 머스탱을 구입했다.

외톨이 컴퓨터 '폐인'이었던 그에게 세상에 복수할 기회가 찾아왔다. 그는 학교 컴퓨터의 운영체계를 프로그래밍하여 반을 편성할 때 가장 예쁜 여자 아이들만 선별한 다음 남자 학생 명단에는 자기만 넣었다. 그리고 한 걸음 더 나아가서 전교생의 수업시간표에서 반나절에 해당하는 강의를 삭제해 버렸다. 이 조작으로 예전의 '왕따'는 학교에서 갑자기 최고의 인기를 한 몸에 받게 되었다.

1973년 여름, 빌이 고등학교에서 보내는 마지막 해가 끝나가고 있었다. 빌은 하버드 법대 입학을 위해 다시 한 번 자신의 열정을 뒤로 미뤄야 했다. 물론 법조인이 되리라는 확신은 없었다. 단지 아버지가 자신의 변호사 사무실을 아들에게 물려주려는 계획을 세우고 있었고, 아직은 그런 계획에 정면으로 맞설 때가 아니라고 판단했을 뿐이었다. 그러나 빌은 3학년 때 수학과 정보처리 과목에 등록하는 것까지 포기하지는 않았다.

대학에서 만난 그의 룸메이트 앤드류 브레이터는 복잡한 수학 문제를 푸는 데 그보다 훨씬 재능이 있었고 창의적이었다. 당황한 빌은 특히 좋아하는 정보처리에 다시 심취했고, 이어서 폴 앨런에게도 다시 연락했다. 당시 폴은 하버드에서 얼마 떨어지지 않은 보스턴에서 하니웰이라는 회사의 프로그래머로 일하고 있었다. 이들 두 사람은 머지않은 미래에 컴퓨터가 텔레비전만큼 널리 보급되리라고 예측하고 있었다. 특히, 당시 미개척 분야였던 대중적인 소프트웨어 개발과 보완이 필요하리라는 것을 정확하게 예상하고 있었다. 물론 이 같은 큰 계획을 구상하고 있던 사람이 그들만은 아니었다. 1975년 초, 역사상 최초의 마이크로컴퓨터 앨테어는 일반인을 대상으로 개발되어 출시되었다. 하지만 초보자들이 쉽게 접근할 수 있는 소프트웨어는 미처 개발하지 못한 상태였다. 하버드의 천재들에게는 다행스러운 일이었다. 무보수로 도움을 준 대학 친구들 덕분에 빌과 폴은 마침내 기술적으로 대단한 업적을 이루었다. 앨테어를 본 적도 없었지만 다른 기계에서 앨테어의 반응을 시뮬레이션하면서 몇 주 동안 집요하게 일한 그들은 결국 하버드 중앙 컴퓨터의 운영체계 프로그램을 보완하는 데 성공했다.

이제 열아홉 살이 된 빌은 깊이 생각한 끝에 법학 공부를 포기했다. 부모는 그의 결정에 심한 절망감을 느꼈다. 1975년 여름, 앨테어를 만든 회사 근처에서 일하기 위해서 빌은 폴 앨런과 함께 뉴멕시코의 앨버커키에 자리를 잡았다. 이들은 공동으로 마이크로소프트사를 창립했고, 정보처리만큼이나 사업수완도 좋았던 빌은 마이크로소프트 지분의 64퍼센트를 소유하였다.

마이크로소프트사를 창립한 이후, 빌 게이츠는 전 세계에 독점권을 보유한 소프트웨어 윈도우를 출시하기 위해 새로운 운영체계에 대한 권리를 획득했다. 1996년부터 2007년까지 그의 개인 재산은 590억 달러 이상으로 평가되어 세계 제1의 부자가 되었다. 현재 그는 복지재단을 설립해 부인과 함께 전 세계의 소외된 어린이들을 돕고 있다.

하지만, 그것은 또 다른 이야기의 시작이다.

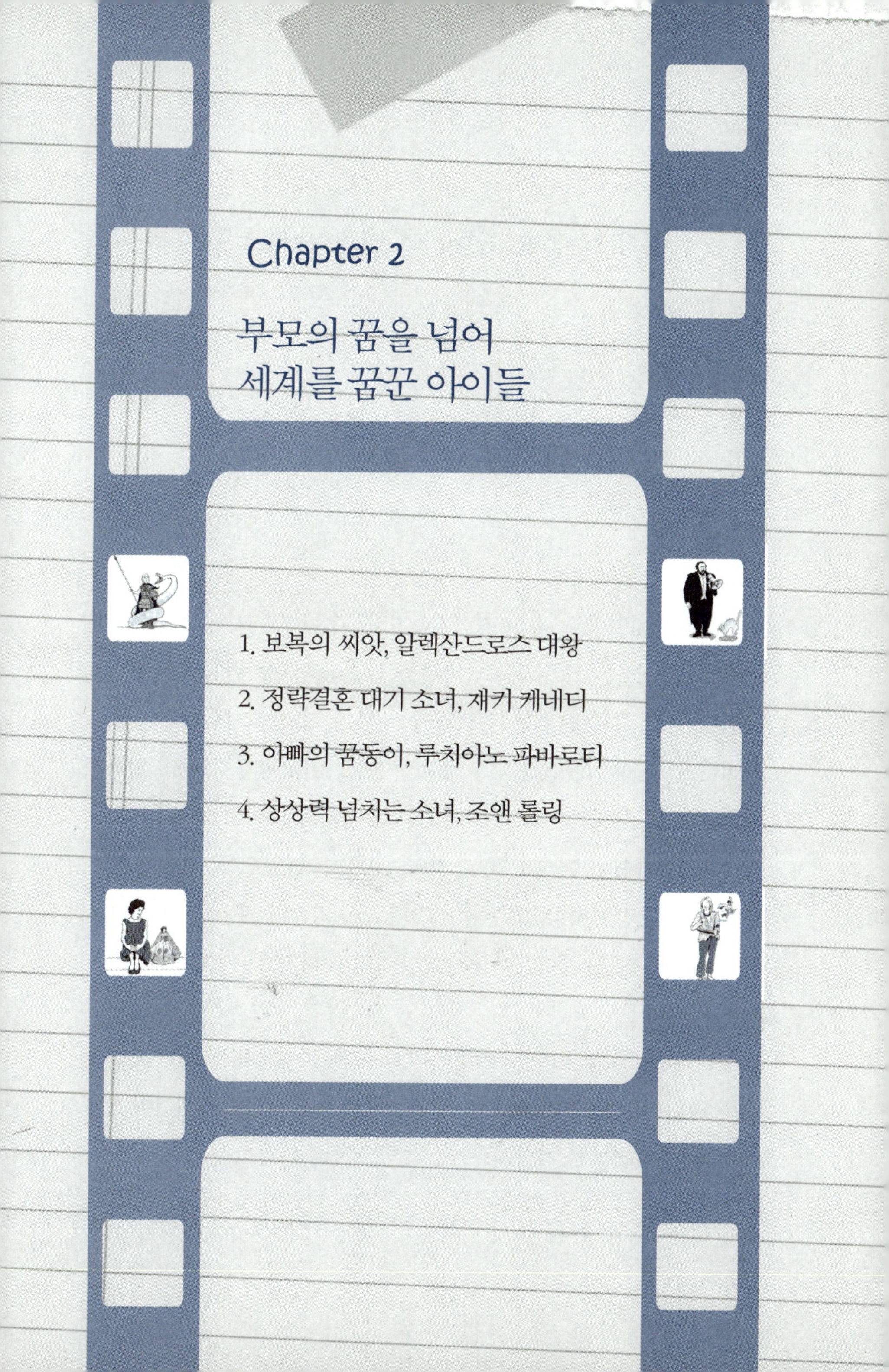

Chapter 2

부모의 꿈을 넘어
세계를 꿈꾼 아이들

부모의 꿈은 좁다, 더 넓은 세상으로 !

　　17세기 네덜란드 출신 철학자 스피노자는 "내일 세계의 종말이 오더라도 오늘 한 그루의 사과나무를 심겠다." 라는 감동적인 명언을 남겼습니다. 그렇습니다. 부모에게 자식은 희망의 사과나무입니다. 어머니가 자식에게 맹목적인 사랑을 쏟고, 아버지가 자녀의 장래를 위해 스스로 희생하는 모습을 우리는 주변에서 흔히 보게 됩니다. 그들 부모는 자신이 이루지 못한, 아니 이룰 수 없었던 꿈을 자녀가 이루어 주기를 간절히 바랍니다. 그러나 부모의 희망과 아이의 꿈이 서로 다를 때 봉합할 수 없는 상처를 남기기도 하지요.

　　이 장에서는 부모가 일찍이 아이의 미래를 설계하고 가장 좋은 환경을 만들어 주려고 노력하여 결국 자신의 꿈나무를 세계적인 인물로 키워낸 사례를 소개합니다.

물론, 부모가 자신의 빗나간 희망을 실현하는 수단으로 자식을 이용한 사례도 있습니다. 예를 들어 남편 필리포스 2세를 증오하여 어린 알렉산드로스를 복수의 도구로 삼으려 했던 올림피아스의 경우가 바로 그것입니다. 또한, 딸이 상류사회에 진출하기를 원하여 오로지 부유하고 명망 있는 배우자를 찾는 것만이 인생의 목표인 것처럼 어린 재클린을 교육하고 조종했던 재닛 리 역시 이상적인 어머니의 모습은 아닌 듯합니다.

그러나 설령 그들의 집념이 악의적인 의도와 헛된 욕망에서 비롯되었다 하더라도, 자녀를 무명의 어둠에서 떠오르게 하여 세계적인 인물로 키워낸 것만은 부정할 수 없는 사실입니다.

우리는 그들보다 훨씬 소박하고 진실한 사례를 루치아노 파바로티나 조앤 롤링의 부모에게서 찾아볼 수 있습니다. 그들은 넉넉하지 않은 살림에 소시민적 삶을 살면서도 자녀에게 열정을 심어주고 꿈꿀 수 있는 환경을 만들어 주었으며 재능을 발휘할 토대를 제공하여 자녀의 어린 시절에, 혹은 자녀가 태어나기도 전에 미래를 설계했던 사람들입니다.

만약 퇴역 군인 피트가 자녀의 올바른 교육을 위해 삭막한 도시생활을 버리고 시골로 내려가겠다는 결단을 내리지 않았더라면, 그리고 그의 아내 앤 볼런트가 아이에게 책을 읽어주고 상상력을 키워주며 자녀 교육에 헌신하지 않았더라면, 『해리 포터(Harry Potter)』의 작가 조앤 롤링은 무명의 작가로 살아갔을지도 모릅니다. 만약 빵가게를 운영하는 페르난도가 음악에 대한 열정을 어린 아들과 함께 나누고, 늘 아름다운 곡이 들리는 환경에서 자라게 하지 않았다면, 위대한 성악가 루치아노 파바로티는 탄생하지 않았을 겁니다. 그러나 그들이 부모의 노력만으로 세계인이 부러워하는 성공을 일궈낸 것은 아닙니다. 물론, 부모의 노력이 성공의 발판이 되었던 것은 사실이지만, 그들은 오히려 부모가 기대했던 한계를 뛰어넘어 세상을 향해 더 높이 날아간 사람들입니다.

비록 국적과 계층과 직업은 각기 달랐지만, 이들의 성공에는 몇 가지 공통점이 있고, 그것은 오늘날 자녀를 양육하는 부모나 자녀 자신에게도 소중한 교훈이 됩니다.

1. 성공지향적 환경을 조성하라

한 알의 씨앗이 땅에 떨어져 싹이 트고 가지를 뻗어 큰 나무로 자랄 때까지 토양과 햇빛과 기후 등 자연환경은 결정적인 역할을 합니다. 집안에서 대대로 전해지는 가풍이나 분위기도 중하지만, 부모와 자식 간에 조성된 정서적 환경이나 가족이 사는 지역의 물리적 환경은 그보다 더 직접적으로 아이의 인격 형성에 영향을 미칩니다.

어릴 적 묘지 근처에 살았던 맹자(孟子)는 친구들과 장사 지내는 놀이를 하며 지냈습니다. 이를 본 어머니는 어려운 살림에도 집을 시장 근처로 옮겼습니다. 그랬더니 이번에는 시장에서 장사하는 흉내를 내며 놀았습니다. 그래서 또다시 서당 근처로 이사했고, 그제야 아이는 공부에 열중하여 오늘날 존경받는 맹자가 탄생했습니다. 널리 알려진 이 '맹모삼천지교(孟母三遷之敎)'의 일화는 아이의 성장과정에 물리적 환경이 얼마나 중요한가를 설득력 있게 보여줍니다.

어린 시절 조앤 롤링이 중세의 신비스러운 분위기가 살아 숨 쉬는 웨일즈 딘 숲 근처에서 성장하지 않았다면, 그리고 재클린 부비에가 롱아일랜드 상류층이 모여 사는 지역에서 성장하지 않았다면, 그들은 아마도 전혀 다른 삶을 살게 되었을지도 모릅니다.

2. 성공의 동기를 부여하라

부모가 아무리 좋은 환경에서 최상의 교육을 제공하더라도 자녀에게 성공하겠다는 동기가 부여되지 않는다면 소용없는 일입니다. 그러나 어린 자녀가 스스로 동기를 부여하는 경우는 매우 드뭅니다. 왜냐면 어린 아이에게는 세상 모든 것이 마치 굴곡 없는 풍경처럼 똑같이 새롭고 신기하기 때문입니다. 그중 어떤 것과 특별한 관계를 맺는 데에는 세상의 지형을 이해하고 나름대로 깨달음을 얻은 부모의 역할이 아주 중요합니다.

백만장자 레스 브라운(Les Brown)은 일찍이 자녀에게 부자가 되는 것은 태어날 때부터 누구에게나 부여된 권리라고 가르쳤습니다. 성경에도 나오듯이 '돈이 최선의 방어책(Money is thy defense)'이라는 철학을 따른 그의 아들 존은 열다섯 살 어린 나이에 시간당 2천 500달러를 버는 고소득자가 되었습니다. 그런 그가 성장하여 남들처럼 평범한 직장에 다니면서 봉급에 연연하며 살아갈 수 있을까요? 그래서 그의 아버지는 아들에게 새로운 동기를 부여하기 위해 사업을 권하며 돈 버는 방법을 가르쳤습니다. 다시 말해 부를 축적하는 데 필요한 인격적 수양을 독려하고, 돈 자체를 벌기보다 돈을 버는 데 필요한 변화, 즉 스스로 노력하고 실천하고 이루려는 자세가 바로 부자가 되는 비결이라는 사실을 깨닫게 한 겁니다. 존은 그때까지 한 번도 해본 적이 없는 일을 하려면 이전과는 다른 모습으로 다시 태어나야 한다는 사실을 깨달았고, 그에게는 새로운 동기가 부여되었습니다.

아이에게 동기를 부여하는 방법으로 흔히 위인전을 읽게 하거나 성공한 사람의 사례를 들려주어 그들을 롤모델로 삼게 하는 부모도 있습니다. 그런가 하면, 아이에게 꿈을 심어주고 그 꿈이 마치 실제로 존재하는 것처럼 믿게 하여 미래에 대한 확신을 품게 하는 부모도 있습니다. 우주비행사를 꿈꾸는 소년에게 우주선 사진을 벽에 붙여놓고, 그 안에 타고 있는 자기 모습을 그리게 한다든가, 위대한 스포츠 선수를 꿈꾸는 소녀에게 올림픽 시상대에 오른 선수의 사진에 자기 얼굴을 붙여 놓게 하는 등 아이의 꿈을 구체화하고 가시화하는 방법이 그것입니다. 이런 모든 노력은 결국 아이에게 성공의 동기를 부여하여 모든 노력을 한곳으로 집중하게 하려는 시도라고 말할 수 있겠지요.

3. 부모가 아이의 멘토가 되어라

스승이나 선도자를 뜻하는 멘토(mentor)는 제자나 입문자가 올바른 방향으로 나아갈 수 있도록 충고하고 이끌어 주는 사람으로서 롤모델과는 다른 존재입니다. 롤모델은 미래에 자신이 그렇게 되거나 닮고 싶은 본보기나 모범이 되는 사람을 뜻합니다. 따라서 모든 부모가 자녀에게 롤모델이 될 수는 없겠지만, 멘토가 되는 것은 바람직한 일입니다.

부모를 가장 좋은 스승으로 둔 자녀는 남들보다 성공에 한 걸음 더 가까이 다가갔다고 말할 수 있겠지요. 올림피아스는 자식이 장차 강력한 군주로 성장하고 세계를 제패하는 위인이 되는 길을 제시하여 그를 성공의 반석 위에 올려놓았습니다. 어린 재키가 어디에서나 환영받는 여성으로 성장하게 하고 남자 다루는 기술까지도 전수한 재닛 리 역시 나름대로 멘토의 역할을 훌륭히 해냈습니다. 아들을 성악의 길로 들어서게 한 페르난도 파바로티 역시 세상에 둘도 없는 멘토였습니다. 그들 멘토가 있었기에 자녀는 그들이 들어선 길에서 흔들림없이 성공을 향해 달릴 수 있었던 겁니다.

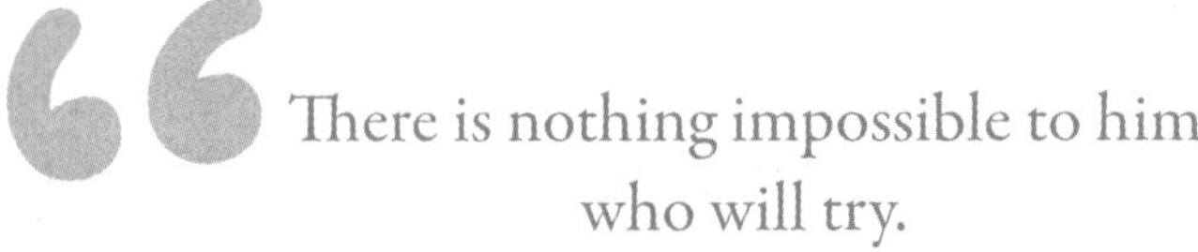

There is nothing impossible to him
who will try.

노력하는 자에게
불가능이란 없다.

알렉산드로스 대왕

Alexandros the Great
보복의 씨앗, 알렉산드로스 대왕

(B.C.356~B.C.323)

인류 역사에 가장 큰 영향을 끼친 모험의 주인공 알렉산드로스.

그를 끝없는 정복의 길로 내몰았던 포토스의 저 깊은 곳에 어머니를 기쁘게 하려는 끈질긴 희망이 숨어 있었던 것은 아닐까? 그가 경험한 비범한 감정에는 무한한 의미가 내포되어 있었다. 사실, 올림피아스는 자신의 명예를 짓밟은 바람둥이 남편에 대한 복수심을 불태우며 아들 알렉산드로스를 키웠다.

에게 해 동쪽 연안에 있는 에페수스의 아르테미스 신전은 세계 7대 불가사의 가운데 하나로 알려졌으나, 기원전 356년 10월 끔찍한 화재로 소실되었다. 이 이오니아식 신전의 사제들에게 이 화재는 다가오는 불행을 예고하는 분명한 전조였다. 영감을 받은 예언자들은 "이날 세상 어딘 가에서 동방을 모두 불태워버릴 불씨가 태어났다."라고 예언했다. 이들의 예언은 화재가 나기 얼마 전 마케도니아의 수도 펠라에서 알렉산드로스라는 아이가 태어나면서 이미 실현된 셈이었다. 알렉산드로스는 언젠가 아시아뿐만 아니라 그때까지 알려진 전 세계 대부분을 정복할 운명을 타고난 아이였다.

마케도니아의 왕들은 자신이 그리스 혈통이라는 사실을 부인하지 않았다. 기원전 8세기 그들이 그리스 변방 일리리아 지방에 세운 국가는 5세기 말까지는 그저 작은 도시국가에 불과했다. 마케도니아가 문명 세계의 주목을 받으며 중요한 국가로 부상한 것은 전적으로 알렉산드로스의 아버지인 천재적인 필리포스 2세의 공이었다.

필리포스는 집권 초기에 이웃에 있는 트라키아의 판가이온 산에 매장된 귀중한 금광을 차지했다. 대단한 부를 거머쥔 그는 야망을 키우며 무기를 제작하고 기존의 군대를 개혁했으며, 병사들을 모으고 새로 개발한 장비를 갖추는 등 자신의 군사력을 새롭게 정비했다. 따라서 그리스 본토에서 바라보는 그의 왕국은 막강한 힘을 갖추고 있었으며, 실제로 필리포스의 군대는 한때 이름 높았던 도시국가 아테네, 스파르타, 테베를 회복할 수 없을 정도로 쇠퇴시켰다.

사실, 알렉산드로스가 태어난 기원전 356년 마케도니아는 아직 신흥국가였다. 게다가 왕위계승 규칙이 너무 복잡해서 갓 태어난 그에게는 언젠가 왕위가 계승된다는 보장도 없었으며, 더구나 오늘날 알바니아에 해당하는 에페이로스 왕의 딸이자 그의 어머니인 올림피아스도 이미 오래전에 왕의 총애를 잃은 상태였다.

기원전 356년경 필리포스에게 올림피아스는 이미 혐오와 공포의 대상이었다. 그는 주신제를 지내고 이교의 신들을 숭배하는 젊은 부인의 지나친 신비주의 성향에 염증을 느꼈던 것이다. 올림피아스가 기르는 뱀들이 그녀의 왕비관이나 머리에 똬리를 틀고 있거나 침실 주변을 기어다니는 등 궁정 분위기는 살벌했다. 내심 필리포스는 부인이 마녀일지도 모른다고 의심했고, 밤이면 그녀에게 독살당하는 악몽에 시달렸다.

필리포스가 그녀를 의심할 만한 이유는 충분했다. 올림피아스가 임신하기 얼마 전, 그는 침대에서 커다란 뱀을 발견했다. 궁정에서조차 그 뱀의 신비스럽고 적대적인 힘을 두려워하여 사제들은 그것이 변신한 제우스라고 믿었다. 실제로 몇몇 고대 연대기 작가는 알렉산드로스가 제우스의 자식이라고 주장했다. 올림피아스는 그러한 주장을 사실로 믿었다.

그때부터 남편에게서 버림받은 이 교만한 여인은 아들의 양육에 전념하여 그를 복수의 도구로 이용하려는 계획을 세웠다. 마케도니아 귀족 출신의 유모 라니스에게 맡겨진 알렉산드로스는 규방의 밀폐된 분위기에서 성장했다. 그곳에서 그는 음악이나 문학, 일반 교양을 비롯한 다양한 분야의 교육과 세심한 보살핌을 받았다.

기원전 355년 필리포스와 올림피아스의 관계가 잠시 회복되었다. 한쪽 눈을 실명하고 전장에서 돌아온 그가 부인과 화해하면서 알렉산드로스는 여동생 클레오파트라를 얻었다. 그러나 그것은 일시적인 열정의 산

물일 뿐이었다. 위엄 있는 남편이 첩을 여럿 거느리며 바람을 피우자 올림피아스는 신이 점지한 아들이 위대한 정복자가 될 것이며, 자신의 실추된 명예를 회복하고 복수해 주리라고 믿으며 위안을 얻었다.

올림피아스의 친척인 레오니다스는 그리스인 가정교사 리지마코스의 뒤를 이어 당시 일곱 살이었던 소년의 교육을 맡았다. 엄격한 레오니다스는 제자를 철저하게 훈련했다. 그는 절제와 겸손을 가르쳤고, 제자의 어머니가 마련해준 지나치게 사치스런 옷을 입지 못하게 했으며, 호화로운 음식을 금하는 등 일상생활에서 꼭 필요한 것만 허락했다.

아울러 인내심이 부족하고 자주 화를 내는 왕자의 기질을 고치려고 노력했다. 그에게서 교육받는 동안 알렉산드로스의 흰 피부는 멍 자국으로 얼룩지곤 했다. 그러나 레오니다스의 헌신적인 노력에도 불구하고, 알렉산드로스는 날이 갈수록 성격이 나빠졌으며, 술을 마시는 일도 잦았다.

레오니다스의 엄격한 교육 탓인지, 알렉산드로스는 지나치게 진지한 아이가 되었다. 그에게서 웃음이 사라졌기에 그를 즐겁게 하려고 애쓰는 희극배우들은 절망할 수밖에 없었다. 그래도 그의 어머니와 교사들은 어린 나이의 그가 그토록 근엄한 이유가 완수해야 할 숙명이 있기 때문이라고 믿었다. 레오니다스가 그에게 달리는 속도로 오래 걷는 기술이나 효과적으로 검을 다루는 기술 등을 가르치다가 잠시 휴식을 취할 때 그의 어머니는 아이에게 점술이나 예지력과 같은 신비스러운 지식을 주입했다. 알렉산드로스는 희생동물의 내장을 보고 점괘를 읽는 법도 배웠다.

그러는 사이에 알렉산드로스는 아버지를 자주 만나지 못했다. 열두 살이 될 때까지 그는 필리포스 왕의 관심을 받지 못했다. 그러다가 부자 사이를 가깝게 이어준 것은 바로 테살리아산 준마였다. 특출한 키에 검은 몸집이 날렵한 '부케팔로스'라는 이름의 이 말은 비싼 값에 사서 왕의 마구간에 들여온 것이었다. 여러 시종이 신경질적이고 다루기 어렵다는 이유로 이 말을 쫓아내려 할 때, 수없이 되풀이되는 이 말의 조련 과정을 조용히 지켜본 알렉산드로스는 "정말 멋진 말을 잃는구나! 저들에겐 이 말을 이길 만한 경험과 능력이 없다."라고 외쳤다. 오래전부터 불손하고 거만한 아들에게 화가 나 있던 필립포스는 그 말을 길들이는 임무를 그에게 맡겼다. 알렉산드로스는 아버지의 명령을 즉시 행동에 옮겼다. 그는 말을 한동안 쓰다듬어서 진정시키고 나서 태양을 향해 서게 했다. 그는 부케팔로스가 자기 그림자를 보고 겁을 내고 있다는 사실을 간파했던 것이다. 젊은 왕자는 놀랄 정도로 수월하게 말 위에 올라탔다. 필리포스는 기쁨의 눈물을 흘리며 알렉산드로스에게 다가가서 "내 아들아! 마케도니아는 네게 너무 작은 나라다. 네게 맞는 왕국을 찾아라!"라고 말했다.

이 사건을 계기로 아들과 화해한 왕은 올림피아스의 교육이 아들에게 해를 끼친다고 생각했다. 예를 들어 아들은 「일리아스(Illias)*」를 항상 지니고 다닐 정도로 시에 심취했고, 하프에도 조예가 깊었다. 하지만 아버지는 그의 음악적 재능을 조롱했기에 아들은 결국 좋아하는 악기를 포기하고 말았다.

---

* 라틴어로 일리아드(Illiad)라고도 하며 고대 그리스 호메로스의 작품으로 유럽인의 정신과 사상의 원류가 되는 그리스 최고의 민족 서사시.

그의 아버지가 더 염려했던 것은 예술적 경향보다 그의 섬세한 아름다움이었다. 사실, 진줏빛 피부에 긴 금발머리를 늘어뜨린 이 젊은이는 전혀 남성적으로 보이지 않았다. 항상 머리를 옆으로 기울인 채 크고 파란 눈으로 무심히 하늘을 바라보곤 하는 그를, 아버지는 어떻게 생각했을까?

알렉산드로스는 열세 살이 되었다. 이제 그는 어린 소년이 아니었다. 필리포스는 아들의 수많은 결점을 교정해줄 새로운 가정교사를 구하기로 했다. 그가 찾은 스승은 바로 아리스토텔레스였다.

아리스토텔레스
(B.C. 384~B.C. 322)

사실, 아리스토텔레스는 그의 궁정에서 낯선 인물이 아니었다. 마케도니아 왕들을 돌보던 옛 궁중 의사의 아들인 아리스토텔레스는 아테네에서 플라톤의 수제자가 되기 전 젊은 시절 한때를 펠라에서 보냈다. 그는 적절한 사례를 받기로 하고 필리포스가 제안한 직무를 수락했다. 그렇게 해서 수려한 외모의 알렉산드로스는 펠라에서 멀지 않은 미에자에 있는 국왕의 소유지에서 마케도니아의 귀족 청년들과 이웃 나라 왕자들과 함께 당시 사십 대였던 위대한 철학자의 가르침을 받게 되었다. 아리스토텔레스는 필리포스의 후계자 내면에 잠재한 야망, 특히 지적인 야망을 일깨워 주었다. 훗날 아시아로 원정을 떠난 알렉산드로스는 "나는 권력이 아니라 가장 위대하고 올바른 지식을 얻고 싶었습니다."라고 그의 스승에게 편지를 썼다. 아리스토텔레스는 젊은 왕자에게 문법, 음악, 기하학, 수사학, 철학을 가르쳤으며, 의학에 대한 관심도 유도했다. 아리스토텔레스에게서 배운 2년 사이에 알렉산드로스는 개성도 야망도 뚜렷한 청년이 되었다.

알렉산드로스는 어린 시절부터 아버지의 명예를 희생해서라도 자신의 명예를 얻으려는 강한 의지를 보였다. 그의 이런 모습은 올리피아스의 교육이 낳은 위험한 결과였다. 그는 필리포스가 그리스의 도시들을 하나하나 정복해 나갈 때 주변의 같은 또래 젊은이들과는 달리 아버지가 거둔 승리에 열광하지 않았다. 그는 친구들에게 "우리가 준비도 되기 전에 아버지가 모든 것을 다 이루고 말겠어. 이러다가는 자네들이나 나나 중요하고 위대한 일은 해볼 기회조차 없겠는걸."이라고 말하곤 했다.

열여섯 살이 된 그는 드디어 아버지 곁에서 비잔티움 근처 페린토스를 공략하면서 실전에서 전술을 익히게 되었다. 거기서 필리포스는 페르시아 제국의 침공을 준비하고 있었다. 알렉산드로스는 역사에 이름을 남길 준비가 되어 있었다. 필리포스도 그 점을 잘 알고 있었으며, 머지않아 경쟁자가 될 아들의 실력을 실제로 확신한 그는 알렉산드로스를 마케도니아로 보내어 통치하게 했다. 그렇게 통치권을 위임받은 젊은 왕자는 저항하는 메다레스(현재의 불가리아) 부족을 진압하는 원정군의 사령관으로 직접 전투에 참전하는 등 정복의 꿈을 키워갔다.

펠라로 돌아온 그는 페르시아 왕의 대사들에게 동방의 지리, 아시아로 통하는 도로의 상태, 다리우스 군대의 병력 규모 등에 대해 질문을 퍼부었다. 그리고 몇 달 후인 기원전 338년 여름 그는 필리포스에 대항하는

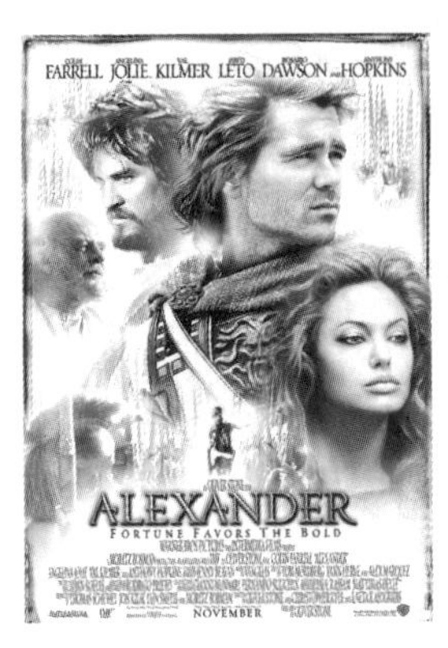

「알렉산더」(2004)

그리스 도시 연합군에 맞서 마케도니아 군대의 좌익을 훌륭히 지휘했다. 또한 카이로네이아 전투 중에는 테베의 정예부대와 격돌하는 위험한 '성전'을 다른 사람에게 맡기지 않고 직접 지휘했다. 전투를 치른 저녁, 마케도니아 병사들은 승전을 기념하면서 그들의 장군은 필리포스지만 그들의 진정한 왕은 알렉산드로스라는 괴이한 가사의 노래를 불렀다.

아버지와 아들 사이에 긴장이 감돌았다. 그러다가 휘하 장군의 조카와 사랑에 빠진 왕이 올림피아스를 버리고 그녀를 왕비로 삼으려 하자 아들과의 관계는 더욱 악화하였다. 이들의 결혼식 도중에 알렉산드로스의 분노가 폭발했다. 신부의 삼촌이 어서 후계자가 탄생하기를 바란다고 축원하자, 분노가 폭발한 왕자는 그의 머리에 술잔을 던지고는 "그럼 난 뭐냐, 이 악당아! 감히 날 허수아비 취급해?"라고 소리치며 덤벼들었다. 필리포스는 즉시 칼을 빼들고 아들에게 겨누었지만 만취하여 그 자리에 쓰러지고 말았다. 그러자 알렉산드로스는 "자, 보시오, 나의 친구들이여, 유럽에서 아시아로의 진군을 준비했던 사람이 이 침대에서 저 침대로 옮겨 가 벌렁 자빠졌소!"라고 외쳤다.

왕자는 어머니와 함께 잠시 에페이로스로 유배당했지만, 아버지는 다시 그를 불러들였다. 기원전 336년 8월 새 왕비에게서 태어난 아들 카라누스는 왕위계승자 알렉산드로스에게 위협적인 존재가 되었다. 그리고 며칠 후 유혈 쿠데타가 일어나 필리포스가 휘하 장교에게 살해당하자 모든 시선이 왕자에게 집중되었다. 사람들은 아들이 어머니와 공모하여 살인자의 손에 무기를 쥐어주었다며 비난했다. 그러나 운명에 맞선 올림피아스는 거기서 멈추지 않고 자신의 딸 클레오파트라와 손자를 제거하게 했다. 스무 살의 알렉산드로스는 마케도니아의 왕이 되었다. 그리고 기원전 336년 가을 마침내 그는 소아시아 원정대의 수장이 되었다.

알렉산드로스는 페르시아 대왕 다리우스 3세의 군대를 연이어 격파하면서 10년 만에 이 거대한 제국 전체를 정복했다. 하지만 기원전 326년 그는 인더스 강을 건너기 직전 사기가 저하된 장군과 병사들을 이끌고 회군을 결정했다. 기원전 323년 그는 바빌론에서 새로운 원정을 준비하던 중 서른세 살의 나이로 요절했다.

하지만, 그것은 또 다른 이야기의 시작이다.

> If you bungle raising your children,
> I don't think whatever else you do matters very much.

자녀교육에 실패한다면,
다른 어떤 일에 성공해도 소용없다.

재클린 케네디

Jackie Kennedy
정략결혼 대기 소녀, 재키 케네디

미국 동부의 특권층 집안에서 태어난 재키는 어린 시절을 공주처럼 보내
진 않았다. 그녀가 태어난 집안은 가족들이 화목하지도 않았고, 당시의
불안했던 사회 분위기 탓으로 가정도 매우 위태로웠다. 그런 출신 배경
에서 그녀는 오랫동안 선조가 이루지 못했던 신분 상승에 성공하기 위해
멋진 결혼을 꿈꾸고 있었다.

로드아일랜드에 있는 해수욕장 뉴포트는 그 지역 명문가 사람들이
즐겨 찾는 곳으로 여름 내내 사교계의 움직임에 따라 술렁였다. 그중 세
인의 이목이 집중되는 중요한 모임은 단연 7월 말 클램베이크클럽에서
열리는 댄스파티였다. 휴가철 가장 큰 인기를 누린 이 파티는 상류사회

재클린 부비에(1948)

로 진입하는 새내기들에게 일종의 공식행사로 명성이 자자했다.

1947년 여름이 끝나갈 무렵, 마치 승전의 기쁨에 들뜬 국민처럼 환희로 가득 찬 젊은 여성 참석자 가운데 군계일학 같은 존재가 있었으니, 바로 나이 어린 재클린이었다. 남의 눈길을 피하는 이 창백한 얼굴의 아가씨는 성격이 활달한 것 같지는 않았다. 재클린 부비에(Jacqueline Bouvier)는 춤 추는 데에도 소극적이었고, 댄스 파트너의 부모와 대화조차 하지 않았다. 그러나 광대뼈가 도드라진 독특한 얼굴, 얇은 명주 망사로 만든 희고 긴 드레스 밑으로 드러나는 늘씬한 운동선수 같은 그녀의 매력적인 몸매는 장내 모든 이의 마음을 사로잡았다. 결국 그녀는 '올해의 신인'으로 선발되었다. 그 지역 신문은 사교계 동정을 알리는 기사에서 그녀에 관해 대서특필했다. "사랑스런 갈색 머리의 재클린 부비에는 고전적인 용모에 드레스덴 도자기처럼 고상하고 우아하며, 교양 있고, 지적이다. 신인이 대표적으로 갖춰야 할 덕목을 고루 갖추고 있다. 그녀의 선임자들은 단지 들러리에 불과하다."

1929년 7월 28일 일요일, 재키는 상류층 휴양지로 유명한 롱아일랜드의 이스트햄프턴에서 태어났다. 그녀는 야망 있는 두 집안의 결합이 낳은 결실이었다.

잭이라 불렸던 그녀의 아버지 존 버넌 부비에 3세는 고급가구 제조로 돈을 벌겠다고 프랑스 남부 지방에서 미국으로 건너온 이민자의 증손자로서 뉴욕의 가장 세련된 모임에 속하는 부유한 집안 출신이었다. 예일 대학을 졸업한 후 아버지의 증권회사에서 증권 중개인이 된 그는 멋진 콧수염을 기르고 머리에 포마드를 바른 바람둥이로 인생의 대부분을 보냈다. 사교계에서 술과 도박을 즐기던 그가 16세 연하의 재닛 리를 만나 사랑에 빠진 것은 1927년이었다. 그녀의 아버지는 부동산으로 재산을 모은 신흥 부자였고, 재닛은 부모가 최근 누리게 된 부유함에 품격을 더해 줄 가문과의 결합으로써 화려한 결혼을 꿈꾸며 성장했다. 1920년 그녀의 아버지가 롱아일랜드에 여름별장을 구입한 데에도 바로 그런 의도가 숨어 있었을 것이다. 그에게는 출가시켜야 할 딸이 셋이나 있었다.

아일랜드 출신인 리 집안은 가톨릭 신자였지만, 개신교를 전승한 대부분 뉴욕 주민은 가톨릭 성사의 중요한 부분을 생략해 버렸다. 재닛은 존 부비에 집안이 프랑스인 선조의 종교인 가톨릭을 믿는다는 것을 알게 되자 주저 없이 그의 초대에 응했다. 그날 이후 그 지역 사람들은 활달한 한량과 팔짱을 끼고 거리를 활보하는 그녀의 모습을 자주 볼 수 있었다. 그들은 1928년 화창한 한여름날 롱아일랜드 휴양지에서 결혼식을 올리기 전 목가적인 약혼식을 치렀다.

물론, 그들의 로맨스는 오래가지 못했다. 예전 버릇을 버리지 못한 새 신랑은 수시로 술잔치를 벌였고, 옛 애인들과 사치스러운 파티를 열었다. 부비에 가족은 이들이 이혼으로 파산하지 않도록 변호사와 상담할 정도로 이들 부부의 결별설이 심심찮게 나돌았다. 그러나 운명은 그들에게 이혼을 허락하지 않았다. 그들의 관계가 최악으로 치달을 즈음 재닛이 임신했던 것이다.

그렇게 재클린이 세상에 태어났다. 당시 미국에서 프랑스어를 할 줄 아는 것이 상류사회에서 기본적인 품격을 갖추는 조건이라고 믿었던 그의 아버지 잭은 딸의 이름을 프랑스식으로 '자클린느'라고 지었지만, 미국인이 발음하기에 쉽지 않았기에 '재키'라고 불렀다.

기대하지 않았던 아이의 탄생이 부부에게는 화해의 계기가 될 수도 있었을 것이다. 사람들은 잭이 이제 아버지가 되었으니 정신을 차리리라고 믿고 싶었을 것이다. 하지만 그는 변함없이 방탕한 생활을 계속했다. 경찰이 민망할 정도로 술에 만취한 그를 부모가 사는 이스트햄프턴 라나타로 데려다 주는 일이 잦아졌다. 부비에 가족이 몰락하지 않고 가산을 지킬 수 있었던 것은 그의 무분별한 행동에 지친 아버지가 물질적 원조를 중단한 덕분이었다.

1930년대 초 이 부부의 재정 상태는 '좋지 않은' 정도를 넘어섰다. 증권 거래량이 감소하면서 잭이 그럭저럭 유지하던 수수료 수입이 심각하게 줄어들자, 젊은 부부는 재닛 아버지의 도움을 받아야 했다. 그는 사위를 페스트보다도 혐오했지만, 어쩔 수 없이 뉴욕에서 가장 부유한 지역에 센트럴파크가 내려다보이는 방 열 칸짜리 아파트를 사주며 부부에게 재정적 도움을 주었다. 잭은 그 대가로 나쁜 친구들과 교제를 단절하겠다고 약속했지만, 그 약속은 지켜지지 않았다.

부부관계는 갈수록 나빠졌다. 남편이 술에 절어 돌이킬 수 없는 상태가 되어가는 동안 재키의 어머니는 품위를 유지하려고 노력했다. 그녀에게는 체면이 중요했다. 그녀는 실패한 결혼생활을 잊어버리려고 더욱 대담하게 사교계에 뛰어들었다. 그녀는 거기서 활력을 되찾았으며, 나머지 시간에는 승마를 즐기며 삶의 재미를 찾으려고 노력했다.

승마를 즐기는 재클린(1930년대)

승마에 대한 그녀의 열정은 곧 딸에게로 이어져서 어린 재키는 이미 두 살 때 말안장에 우아한 자세로 앉을 수 있었다. 어떠한 환경에서도 어린 소녀는 놀라운 안정감을 보여주었다. 어린 시절 재키의 성격을 보여주는 일화가 있다. 네 살 때 센트럴파크를 산책하다 길을 잃은 재키는 차분히 경찰서로 가서 "제 유모가 길을 잃은 것 같아요."라고 얘기했다고 한다. 그리고 재닛이 경찰서로 딸을 찾으러 갔을 때, 아이는 전혀 동요하지 않고 경찰관과 함께 그들의 흥미로운 직업에 대해 이야기를 나누고 있었다.

재키가 네 살이 되어갈 무렵 여동생이 태어났다. 온 가족이 기뻐했고, 재키도 외로움을 달래줄 동생의 탄생이 무척 반가웠다. 리의 탄생으로 부비에 가족은 다소 화목해졌지만, 그것도 잠시였다.

재키와 동생 캐롤린 리 (1935)

세심한 교육을 받은 재키는 학교에 입학하기 1년 전에 이미 글을 읽을 줄 알았고, 풍부한 어휘력이 돋보였을 뿐만 아니라, 동부 연안의 부유한 가정에서 사용하는 귀족적인 말투를 사용하여 두각을 나타냈다. 1935년 가을 뉴욕의 상류층 소녀들의 교육을 담당하는 명문 교육기관 미스 채핀 스쿨에 딸을 입학시킨 그녀의 어머니는 매우 흐뭇했을 것이다. 재키는 여섯 살에서 열두 살까지 이 학교에서 교육받으며 모든 사람에게 호감을 줄 수 있는 확고한 교양을 쌓았다. 이 학교의 교장이자 창립자인 미스 채핀은 학생들에게 현모양처가 되는 것보다 더 큰 야망을 심어주었다. '가정경제'에 관한 수업 외에도 학교 프로그램은 일반 공립학교와 똑같이 모든 학과목을 포함했다.

그러나 불행하게도 부비에 가족의 상황은 전혀 개선되지 않았다. 1930년대 중반에도 잭의 재정 상태는 계속 나빠졌다. 그의 유일한 수입원인 중개수수료는 생활비에 턱없이 모자라자 잭은 아버지에게 엄청난 액수의 빚을 졌고, 세금도 연체되었다.

부부 싸움은 점점 격렬해졌다. 1936년 가을 재키의 부모는 6개월간 별거하기로 했다. 재닛은 재키와 리의 양육을 맡고, 친정아버지가 사준 파크 애버뉴의 아파트를 갖기로 했다. 두 딸은 주말에 잭이 데리러 오기만을 기다렸다. 그는 아이들에게 선물을 한아름 안기고 다정하게 놀아주었으며, 적어도 아내보다는 아이들에게 규율과 예절을 덜 강요했다. 재키는 바람둥이 아버지의 매혹적인 태도를 흉내 내면서 잭을 필두로 하여 남자 다루는 기술을 하나하나 익혀 나갔다. 불안정하지만 매력적인 아버지를 너무도 사랑한 나머지 그녀는 어머니와 다른 가족들에 맞서 아버지를 두둔했다. 그녀는 어머니를 화나게 하려고 일부러 수업 중에 돌발적으로 거친 행동을 해서 교사들의 훈계를 들었지만, 소녀의 이 같은 엉뚱한 행동은 채핀 스쿨의 교장실로 자주 불려감으로써 일단락되었다. 재키가 사회적으로 실패하거나 낙오하는 것을 두려워한 재닛은 딸을 위해 교육 프로그램을 다시 짰고, 재키는 어머니의 지시를 충실히 따랐다. 그녀의 어머니는 "세련되고 교양 있는 진정한 숙녀는 모든 기대를 충족할 수 있어야 한다."라고 끊임없이 가르쳤다.

아주 짧은 기간이긴 했지만, 다시 화해를 시도했던 재닛과 잭은 결국 1938년 초 완전히 결별했다. 부모의 예정된 이혼으로 슬픔에 빠진 재키는 우울증에 걸렸다. 그녀는 몇 시간, 아니 며칠씩 혼자 방에 틀어박혀 그녀의 유일한 친구가 되어버린 책만 보며 지냈다. 그녀의 어머니는 즉시 새 남편을 찾아 나섰다. 사교계를 드나들던 그녀는 매일 밤 외박을 하며 방탕한 생활을 계속했다. 어느 날 재키는 아버지에게 어머니를 증오한다고 고백했다.

1942년 간통으로 이혼을 얻어낸 지 겨우 2년 만에 재닛은 딸의 눈에 차지 않는 부유한 변호사와 재혼을 함으로써 자신의 목적을 달성했다.

재키 부비에와 존 F. 케네디의 결혼식(1953)

그녀의 새 남편 휴 아우친클로스 쥬니어는 옷차림으로 보나 태도로 보나 전형적인 미국 법조인이었다. 재키와 동생 리는 어머니를 따라 워싱턴 근처 버지니아 주 시골에 있는 호화로운 저택으로 이사했다. 어린 치절에 맛보았던 사치스러운 삶을 다시 누리게 된 재키는 저택 소유지의 테니스 코트, 올림픽 규격 수영장, 마구간, 승마장에서 마음을 달래려고 애썼다. 하지만, 큰 상처를 입고 닫혀버린 소녀의 마음이 그것으로 다시 열릴 수 있었을까?

여전히 체면만 중요시하는 어머니를 의도적으로 속이려 한 건 아니었지만, 재키는 순종하는 척하며 현실과 타협했다. 부자와 결혼하여 생기는 이점이 어떤 것인지를 알게 된 소녀는 좋은 가르침을 따르는 척했지만, 마음속으로는 그들을 비웃었다. 열다섯 살이 된 조숙한 젊은 여인은 아우친클로스 가문의 저택에서 지내는 것이 불편하여 코네티컷에 있는 기숙학교로 보내달라고 어머니를 설득했다. 그때까지 어머니의 보호를 받으며 고등학교를 마친 그녀의 명문 교육기관 수학은 그렇게 끝났다. 대학에 간 그녀는 훌륭한 교수들의 가르침을 받으며 문학, 특히 셰익스피어에 심취하여 작가의 자유로운 비판의식을 높이 평가했다.

이어 프랑스로 유학을 떠나 소르본 대학과 그르노블 대학에서 학업을 마친 재클린 부비에는 워싱턴에서 민주당의 떠오르는 별 존 피츠제럴드 케네디와 교제하기 시작했다. 1953년 9월 그녀는 열두 살이나 연상인

그와 결혼했다. 자신만의 독특한
카리스마가 있는 그녀는 남편의 외
도를 묵인한 채 1960년 그가 백악
관에 입성하는 것을 도왔다. 남편
존이 암살당하고 나서 1968년 그녀
는 그리스의 백만장자 오나시스와
재혼했다.

하지만, 그것은 또 다른 이야기
의 시작이다.

존 F. 케네디의 장례식에서 재키 케네디(1963. 11)

경쟁은 우리 자신과 하는 것이다.
나는 내 한계 이상에
도달하려고 노력한다.
나는 남이 아니라, 나 자신과 싸운다.

루치아노 파바로티

Luciano Pavarotti
아빠의 꿈둥이, 루치아노 파바로티

(1935~2007)

페르난도 파바로티는 아들이 태어나자 노래에 대한 열정을 아들과 함께
나누고 싶었다. 그는 수많은 고난과 역경을 극복하고 그 꿈을 이루었다.
루치아노는 아버지의 평생 꿈이었던 테너 가수가 되었다.

"이 아기는 스칼라 좌*에 서게 될 거야!" 이탈리아 산파들은 갓 태어
난 아기가 낭랑한 목소리로 울어대면 그렇게 말하곤 했다. 그러나 1935
년 10월 12일 태어난 한 아기를 보고 산파들이 한 이 말은 왠지 일종의 예

* La Scala: 이탈리아 밀라노에 있는 오페라하우스.

언처럼 들렸다. 에밀리아 로마냐의 모데나 병원에서 태어난 그 아기의 이름은 루치아노였으며, 그의 아버지 페르난도의 성은 파바로티였다.

"지금 뭐라고 하셨습니까?" 그는 아기를 받은 산파에게 물었다.

"아드님이 스칼라 좌에 서게 될 거라고 했어요."

테너 가수로 천부적인 재능을 타고났지만, 여건이 허락하지 않아 능력을 발휘하지 못하고 빵가게를 하며 살아가는 페르난도에게 그것은 너무나 반가운 얘기였다. 홀로 노래 연습을 해온 그는 어떻게 해야 가수가 되는지도 몰랐고, 기회도 없었기에 생활전선에 뛰어들어야 했다. 그는 전문가나 청중 앞에 서기만 하면 그 빌어먹을 공포심 때문에 몸이 굳어버리곤 했다. 교회에서 찬송가를 부를 때조차 목소리가 떨렸던 그는 결혼식이나 생일 혹은 연회와 같은 개인적인 모임에서 노래하는 것으로 만족할 수밖에 없었다. 그래서 그는 우레와 같은 목소리를 가진 그의 아들이 그러한 저주에서 벗어나기만을 바랐다.

루치아노는 어린 시절 밀밭과 포도밭으로 도시의 경계가 나뉘는 모데나 변두리 지역에 있는 한 건물의 방 두 칸짜리 조촐한 아파트에서 살았다. 이웃에는 친척과 친구가 몰려 살았다. 그의 어머니 아델레는 얼마 안 되는 남편의 수입을 보충하려고 마치 비제의 오페라에 등장하는 카르멘처럼 담배공장에서 일했고, 부모가 일하는 동안 같은 층에 사는 친할머니가 아이를 돌봐 주었다. 온종일 아파트에 홀로 남은 소년 루치아노는 주변 여성들의 사랑을 받으며 성장했고, 1940년에는 여동생 가브리엘라가 태어났다.

엔리코 카루소(1873~1921)

걸음마를 시작하면서부터 집 근처 벌판에서 돌아다니기를 좋아하는 아이를 찾아다니느라 할머니는 진땀을 흘렸다. 루치아노는 거실에서 아버지가 소장한 78회전* 음반들을 몇 시간씩 듣기도 했다. 아버지의 음반은 당시 이탈리아 유명 성악가들의 노래를 녹음한 것으로 「테너들의 황금시대」라는 시리즈였다. 페르난도의 우상은 엔리코 카루소였다.

이처럼 루치아노는 어려서부터 가장 아름다운 곡에 젖어 살았다. 그는 여섯 살에 처음으로 아파트 건물 마당에서 만도린을 연주하며 베르디의 「리골레토(Rigoletto)」 중 유명한 아리아 「여자의 마음(La donna e mobile)」을 노래했다. 이웃 사람들은 모두 그에게 조용히 하라고 했지만, 그의 아버지는 여섯 살 소년의 공연을 아낌없이 칭찬해 주었다. 그는 비록 아들이 아직은 실망스러운 수준에 있지만, 언젠가 성악가의 꿈을 이루도록 무슨 일이든지 하겠다고 다짐했다. 그는 아들을 가까운 산 제미니아 성당의 성가대에 들여보냈다. 이 성가대에는 유명한 소프라노 가수들이 있었는데, 그중 한 사람이 개인사정으로 잠시 자리를 비우게 되자 루치아노가 그녀를 대신하게 되었다. 아직 어린 목소리였지만 알토의 음역을 가졌던 그는 점점 더 높은 소리를 내려고 하다가 결국 한계에 다다

---

* 축음기의 음반인 원판의 회전속도는 매분 33⅓회전, 45회전, 78회전이 국제적으로 사용되고 있으나, 78회전판은 1955년 이후 거의 생산되지 않고 있다.

라 목이 쉬고 말았다. 그는 그런 시도가 위험한 짓이었음을 깨닫고 다시는 무리하게 노래하지 않겠다고 맹세했다. 그가 얻은 첫 교훈이었다.

천부적으로 뛰어난 음악적 감각을 타고난 루치아노는 아버지처럼 본능에 가까운 뛰어난 재능과 절대음감으로 음악을 배웠다. 하지만 이처럼 훌륭한 재능이 있는 반면에 그는 악보를 제대로 읽을 줄 몰랐다. 훗날 그는 이렇게 변명했다. "맞습니다, 난 깊이 있는 음악가가 아니에요. 그러나 악보와 노래는 별개입니다. 머리로 기억한 음악을 몸으로 노래해야 합니다. 그러지 않으면 그저 음이나 따라하는 솔페지오에 불과한 거죠."

1943년 전쟁 때문에 어린 소년의 음악 교육은 갑자기 중단되었다. 페라리와 마세라티 자동차 공장을 집중 공격하는 연합군 공군의 폭격을 피해 모데나에서 시골로 옮긴 파바로티 가족은 농가의 방 하나를 빌려 1년을 지냈다. 루치아노는 그곳에서 동식물을 사랑하게 되었으며, 추수를 돕고, 소젖도 짰다. 루치아노는 이런 일을 싫어하기는커녕 농부가 되고 싶을 정도로 열중했으며, 음악에 대한 관심을 잃어버렸다. 도시로 돌아온 그는 다시 교회의 성가대원이 되었으며, 더 나아가 아버지도 노래한 적이 있는 모데나 대성당의 성가대원이 되었지만, 그가 진정으로 원했던 일은 아니었다.

그의 어린 시절을 뒤흔든 사건이 발생했다. 1947년 열두 살 때 루치아노는 아파트 건물 마당에서 축구를 하다가 다쳐서 파상풍에 걸렸다. 아이는 열흘간 혼수상태에 빠져 종부성사까지 하기에 이르렀다. 모든 사람이 그가 죽었다고 생각하는 순간 아이에게 의식이 돌아왔다. 죽음의 문턱까지 갔다가 돌아온 것이다.

이런 경험을 한 그는 삶에 대한 자세가 바뀌어 하루하루를 열심히 살아가게 되었다. 이제 삶에 대한 강한 욕구가 생기면서 그는 다시 열정적으로 노래했다. 그러나 불행히도 그의 목소리는 변성기에 들어섰다. 변성기가 지나자 음성은 한 옥타브 낮아져서 아버지나 그의 우상들처럼 멋진 테너가 되었다. 하지만 큰 키 덕분에 동네에서 유명한 골키퍼였던 그의 꿈은 프로 축구선수가 되는 것이었다.

그러던 중에 그의 운명을 결정한 또 하나의 중요한 사건이 발생했다. 1949년 루치아노가 좋아하는 테너 가수 베냐미노 질리가 그가 사는 동네 근처에 온 것이다. 거장 질리는 도니제티의 오페라를 노래했다. 주로 미국에서 활동한 질리는 루치아노처럼 서민계급 출신의 성악가로 모든 사람의 환호를 받으며 엔리코 카루소의 계승자가 되었다. 어린 소년의 눈에는 노래로써 사회적 신분 상승에 성공한 상징적인 인물로 비쳤다.

베냐미노 질리(1890~1957)

거장이 리허설을 하는 동안 극장에 몰래 들어간 루치아노는 청중의 감동을 불러일으키는 질리의 강력한 목소리에 매료되어 수줍음도 잊고 자신의 우상에게 다가가서 자기도 그와 같은 테너 가수가 되고 싶다고 말했다. 거장은 훈련에 훈련을 거듭해야만 꿈을 실현할 수 있다고 충고하면서 그의 용기를 북돋워 주었다. 이제 그에게는 도달해야 할 목표가 생겼다. 1951년 나폴리 만에서 태어나 뉴욕의 메트로폴리탄 오페라 무대에 오른 유명한 테너 가수의 이야기를 그린 리처드 소프 감독의 미국 영화 「위대한 카루소」를 극장에서 적어도 열 번은 보면서 그의 목표는 더욱 확고해졌다.

그러나 성악가가 되어 무대에 서는 것에 공포를 느꼈던 그의 아버지처럼 중학교를 졸업한 루치아노는 결국 교사라는 현실적인 직업을 선택했다. 페르난도는 아들이 훌륭한 목소리뿐만 아니라 예민한 성격까지도 자신을 닮았다고 믿었다. 교직이 성공으로 가는 첫 단계라는 일반적인 견해에 공감한 루치아노는 초등학교 교사가 되고자 2년을 준비했다.

1954년 열아홉 살의 그는 또 다른 인생의 전환점을 맞았다. 갑자기 자신의 특이한 기질을 드러낸 루치아노는 용감하게도 다른 모든 것을 버리고 그때까지 영원히 포기하려 했던 노래에 온 정열을 쏟기로 했다. 아버지는 그의 결정을 지지하며, 서른 살이 될 때까지 재정적인 지원을 포함하여 그를 도울 수 있는 일이라면 무엇이든 하겠다고 약속했다.

"힘을 내, 루치아노. 넌 반드시 성공할 거야. 네 노래가 사람들에게 얼마나 큰 감동을 주는데!"

어머니도 그의 용기를 북돋워 주었다. 루치아노는 이처럼 부모의 지지를 받으며 모데나의 유명한 성악가 아리고 폴라에게 레슨을 받기 시작했다. 루치아노의 재능에 감격한 폴라는 그에게 처음부터 무료로 레슨을 해주었다. 그는 빵가게 주인의 아들을 믿어준 최초의 전문 음악가였으며,

그 후로는 많은 사람이 그의 뒤를 이어 파바로티의 재능을 알게 되었다.

1961년 처음으로 역할을 맡은 루치아노 파바로티가 레지오 에밀리아에서 공연한 푸치니의 「라보엠(La Bohème)」은 성공을 거두었다. 4년 후 드디어 밀라노의 스칼라 좌에서 베르디의 「리골레토」로 화려하게 데뷔한 그는 성악의 역사에 길이 남을 위대한 스타로 국제적인 명성을 얻었다.

하지만, 그것은 또 다른 이야기의 시작이다.

> It is our choices that show what we truly are,
> far more than our abilities.

한 인간의 진면목을 보여주는 것은
그의 능력이 아니라 그의 선택이다.

조앤 롤링

Joanne K. Rowling

상상력 넘치는 이야기 소녀, 조앤 롤링

조앤을 시골에서 자라게 하겠다는 부모의 결정은 옛날이야기를 좋아하는 그녀의 재능을 유감없이 발휘할 환경을 만들어준 탁월한 선택이었다. 사람들의 말에 따르면 『해리 포터』의 작가는 이미 여섯 살에 자기 방에 틀어박혀 자유롭게 상상의 나래를 펼치며 첫 번째 이야기를 썼다고 한다.

그녀의 부모는 조앤이 아홉 살 때 시골에 정착했다. 새로 이사한 집은 전에 살던 집보다 훨씬 흥미롭고 매혹적인 구석이 있었다. 몽상적인 어린 소녀는 마지못해 짐을 쌌지만, 새 집에 도착하자 금세 마음을 빼앗기고 말았다. 아직도 켈트족의 기괴한 전설이 살아 숨 쉬는 웨일즈 경계의 딘 숲 근처에 있는 그 집은 환상적이기까지 했다. 1906년에도 여전히 마법을 썼다고 기소된 여인이 있을 정도로 어떤 초자연적인 힘이 지역 전체를 지배하고 있었다. 새로운 생활환경은 조앤이 꿈꾸는 상상의 세계에 깊은 영향을 끼쳤다. 무한한 상상력을 소유한 조앤에게 어느 날 갑자기 전 세계가 열광하고 그녀의 팬이 된 것은 그녀가 가슴속에 감동적인 어린 시절을 여전히 간직하고 있었기에 가능한 일이었다.

교회 옆에 있는 고딕 양식의 학교는 조앤이 신비스러운 세계로 입문하는 배경이 되었고, 그녀의 소설에 등장하는 마법학교 호그와트를 그려내는 데 영감을 주었을 것이다. 조앤은 일찍부터 관찰력이 뛰어났으며, 그것을 나름대로 소화하여 비판하는 감각이 있었다. 상상력이 확립되는 시기에 발견한 그녀만의 세계에서 조앤은 모든 것을 관찰하고 기억했다. 그처럼, 끔찍했던 그녀의 선생 모간 부인은 그녀의 소설에서 엄격한 변신술 교수 미네르바 맥고나걸로 변신했던 것이다.

1963년 스코틀랜드의 해군기지에서 조앤의 부모가 처음 만났을 때 그들은 겨우 열여덟 살의 젊은 군인들이었다. 피트 롤링은 당시 영국 해군 신병이었고, 앤 볼런트는 학교를 졸업하고 나서 해군에 자원입대한 상태였다. 몇 달 후 그녀가 임신하자 그들은 군대를 떠나 시골로 내려갔다. 런던 출신인 그들은 아이의 교육에 도시보다는 시골의 삶이 유익하다고 믿었기 때문이었다.

피트는 영국 서부의 한 공장에서 견습공으로 일자리를 구했다. 결혼한 젊은 부부는 브리스톨에서 북동쪽으로 15킬로미터 거리에 있는 세번 강 하구의 조용한 변두리 지역 예이트에 자리를 잡았다. 1965년 7월 31

일 그곳에서 앤은 금발에 볼이 통통한 예쁜 아기 조앤을 출산했다. 2년 후 그들은 두 번째 여자 아이 다이앤을 얻었다.

가족을 부양하기 위해 열심히 일해야 했던 피트는 비행기 모터를 제작하는 공장에서 하루에 열 시간씩 일할 때도 있었다. 하지만 그는 곧 성실성을 인정받아 빠르게 승진했고, 전문 엔지니어가 될 수 있었다. 한편 앤은 두 딸의 교육에 헌신했다. 책 읽기를 좋아하는 그녀는 큰딸이 상상력을 꽃피우는 데 결정적인 역할을 했다. 피트도 회사에서 일찍 퇴근하는 날이면 아이들에게 영국 전래 동화를 읽어주곤 했다.

특히 동물 이야기를 좋아했던 조앤은 여섯 살에 직접 글을 쓰기로 결심하고 동생을 위해 자신의 첫 작품 「래빗(rabbit)」을 썼다. 홍역에 걸려 침대에 누워 있는 래빗이란 이름의 주인공 토끼를 친구들이 병문안을 온다는 재미있는 동물 우화였다.

앤은 딸의 재능에 기뻐하며 용기를 북돋워 주었고, 외조부모는 어린 손녀가 몇 시간씩 방에 틀어박혀 글을 쓰는 모습에 놀라고 만족하여 칭찬을 아끼지 않았다. 조앤의 집중력은 놀라웠다. 얼마 지나지 않아 완전한 시나리오를 창작한 그녀는 이웃 아이들과 함께 연극을 공연하기도 했다. 그녀의 이야기에는 동물 외에도 마녀와 마법사들이 등장했기에 아이들은 부모에게서 빗자루, 망토, 모자 등을 빌려 분장하는 데 사용했다. 이웃의 몇 명 되지 않는 남자 아이 가운데 하나가 이처럼 이상한 옷차림을 하겠다고 나섰는데, 그 아이의 이름이 바로 이언 포터였다.

1970년 가을, 학교에 입학한 조앤은 얌전하고 내성적이지만 근면하고 야심 있는 학생이었다. 조앤은 학교가 끝나면 매일 어머니와 동생과 함께 주변 농장을 산책했으며 두 어린 소녀는 동물들을 관찰하느라 심심할 새가 없었다. 조앤이 공상을 하느라 엉뚱한 생각을 한다는 사람들의 말처럼 실제로 두꺼운 안경 뒤로 숨어버린 그녀는 즐겨 상상의 세계를 그려 내곤 했다. 그녀는 책을 읽고 글을 쓰며 대부분 시간을 보냈다. 그녀는 아홉 살 무렵 처음 읽은 C. S. 루이스의 『나니아 연대기(The Chronicles of Narnia)』를 특히 좋아했으며, 이 책은 『해리 포터』 창작에 지대한 영향을 미쳤다. 그녀는 루이자 메이 올컷의 소설 『작은 아씨들(Little Women)』에 등장하는 인물 중에서 그녀가 가장 좋아하는 조처럼 작가가 되고 싶다는 소망을 남몰래 키웠다. 이 시기에 텃쉴로 이사한 조앤의 꿈은 구체화하기 시작했다.

끊임없이 자기만의 비밀 화원을 가꿔온 조앤은 스스로 '모범생'의 이미지를 탈피하는 것이 중요하다는 사실을 깨달았다. 조용하고 내성적이던 그녀는 그때부터 붙임성 있고 인기 있는 학생이 되어 여러 차례 반장에 선출되기도 했다. 그녀는 영어 시간에, 특히 상상력을 요구하는 과제에 특출한 재능을 보여 교사들의 감탄을 자아냈다. 사실, 세상과 동떨어진 지방 소도시에서 특별히 할 만한 활동이 없었던 아이들은 여기저기 몰려다닐 수밖에 없었다. 그처럼 단조롭고 지루한 일상을 견디기 위해서라도 조앤에겐 상상의 세계가 필요했다. 소녀가 된 조앤은 펑크(funk)에 심취했고, 특히 펑크 락 밴드 '더 클래쉬*'에 열광했다.

---

* The Clash: 1976년 결성된 영국 펑크밴드로 영국 펑크 음악의 원조.

10년간 그녀는 눈 밑에 검은 화장을 하고, 담배를 피우며, 찢어진 청 자켓을 입었다. 이야기꾼으로서의 그녀의 재능도 해가 갈수록 발전했다. 심지어 그녀는 카드점을 치면서 가당찮은 이야기를 중간 중간 섞으며 친 구들의 미래를 점쳐주어 환영을 받기도 했다.

장차 그녀가 창작할 이야기들과 마찬가지로 조앤의 어린 시절은 동 화의 세계도 장밋빛 인생도 아니었다. 조숙한 소녀의 어린 시절은 매우 현실적이었다. 그녀의 가족이 이사했기 때문만은 아니었지만, 9년이란 세월은 그녀의 어린 시절에 중요한 전환점이 되었다. 사실 그해에 조앤 은 생애 처음으로 죽음을 목격했고, 거기에서 헤어나지 못했다. 친할머니 를 잃은 슬픔은 그녀에게 깊은 상처를 남겼다.

그녀는 몇 년 후 그토록 사랑하던 할머니의 이름 캐슬린을 필명으로 사용함으로써 그녀를 영원히 추모했다. 즉 조앤 K. 롤링의 K가 바로 캐 슬린에서 따온 것이다. 그뿐만 아니라 3~4년 후 어머니 앤이 다발성 경 화증이라는 심각한 질병에 걸리면서 사춘기의 조앤은 큰 충격을 받았 다. 어머니의 건강이 악화되기 시작했을 때 어린 소녀의 나이는 열두 살 에 불과했다. 앤은 얼마 지나지 않아 찻주전자조차 들 수 없는 상태가 되 었고, 그녀가 여러 번 쓰러지고 나서야 의사들은 급속도로 악화되는 다 발성 경화증이라는 진단을 내렸다. 그녀는 1990년 마흔다섯 살의 나이에 사망했다.

앤은 죽기 전에 학교 공부에서 두각을 나타내는 딸의 모습을 보며 만 족스러워했다. 열여덟 살 조앤의 유일한 바람은 세번 강 하구의 집을 떠

「해리포터, 마법사의 돌」(2001)

나는 것이었다. 콤플렉스가 전혀 없었던 그녀는 주로 영국 사회의 상류층 자제들이 다니는 옥스퍼드 대학에 지원하였고, 대기자 명단에는 들었지만 입학 허가를 얻지 못하자, 콘월 주에 있는 엑서터 대학에 입학했다.

하지만 그녀가 가야 할 길은 아직도 멀기만 했다.

조앤 롤링은 영어교사가 되어 포르투갈로 떠났으며, 그곳에서 매일 아침 출근 전에 『해리 포터의 모험』을 썼다. 그녀는 1992년 포르투갈인 기자와 결혼하여 딸 하나를 얻었지만, 1995년 결국 이혼하고 영국으로 돌아가 한동안 에딘버러에 있는 동생 집에 얹혀살면서 정부보조금을 받아 생활했다.

1996년 그녀는 한 출판사에서 『해리 포터』 시리즈 제1권을 어렵게 출간했고, 그 후 일곱 권의 시리즈가 4억 부나 팔리는 쾌거를 이뤘다.

하지만, 그것은 또 다른 이야기의 시작이다.

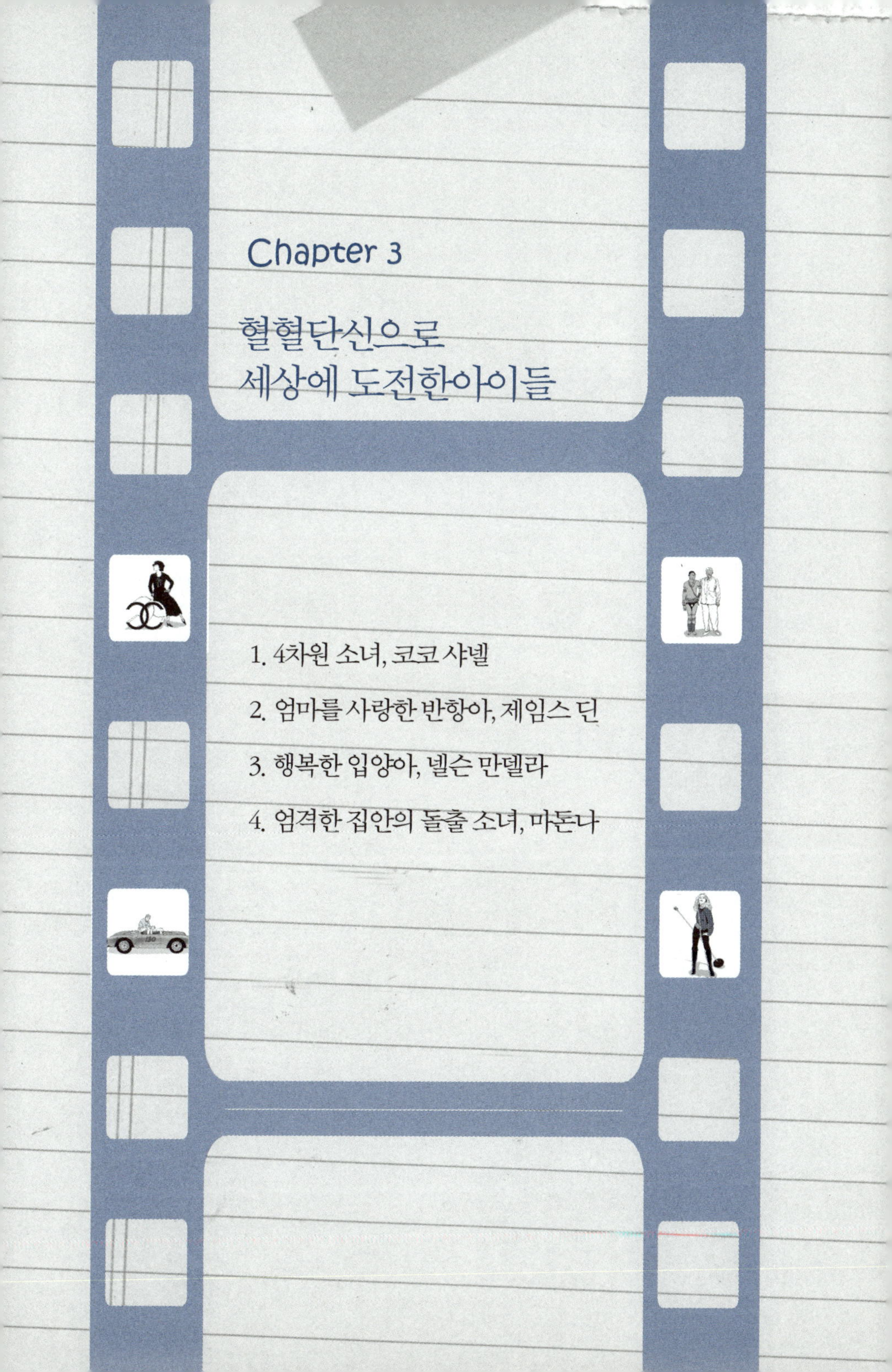

Chapter 3

혈혈단신으로
세상에 도전한 아이들

때로 고통은 큰 업적을 이룹니다

어린 시절 부모를 잃은 아이의 앞길은 험난하기 짝이 없습니다. 특히 오늘날과 같은 사회보장제도가 도입되기 전, 부모의 존재는 아이의 장래가 아니라 생존 자체가 걸린 문제였지요.

그래서인지, 오래된 동화에는 어려서 부모를 잃거나 계모에게 학대받는 아이가 자주 등장합니다. 신데렐라, 한스와 그레텔이 그렇고, 백설공주와 백조 왕자가 그렇고, 심지어 해리 포터도 부모를 잃고 친척의 집에 얹혀살게 됩니다. 그들은 집에서 쫓겨나 위험한 환경에서 노출되어 온갖 위협을 받기도 하지요.

물론, 동화 속의 이런 설정은 한 개인의 미숙하고 의존적이었던 자아가 독립적이고 주체적인 존재로 성숙해가는 과정을 상징적으로 그린 것이겠지만, 현실에서 부모 없는 아이는 사회적 약자로서 편견과 차별의 대상이 되곤 합니다.

고아에게는 사회적, 경제적 어려움도 심각한 문제이지만, 심리적 장애 역시 극복하기 어려운 문제가 됩니다. 예를 들어 세계적인 디자이너가 된 가브리엘 샤넬은 어린 시절 어머니가 죽자, 아버지에게 매정하게 버림받습니다. 그러나 그녀는 그런 비정한 아버지일망정 그가 이 세상 어디엔가 살아 있다는 사실에 처절할 정도로 집착합니다. 심지어 주위 사람들에게 대단한 사업가인 아버지가 미국에 체류 중이라는 거짓말까지 꾸며대지요. 자신이 고아의 신분으로 추락하는 것을 견딜 수 없었던 가브리엘은 아버지의 존재가 절대적으로 필요했고, 그것은 곧 자신의 정체성을 지키는 길이었습니다.

자아가 성숙하여 부모로부터 독립적으로 존재하기까지 아이는 여전히 부모의 일부분이고, 부모는 아이의 뿌리입니다. 뿌리 뽑힌 아이는 근본적으로 자신의 존재 자체를 확신할 수 없기에 그의 미래 또한 불확실한 것이 되고 맙니다.

이 장에서는 어린 시절 부모나 어머니를 잃고 고통스러운 시간을 보내지만, 마침내 그 상처를 극복하고 고통을 자양분으로 삼아 세계적 명성을 얻은 사람들을 소개합니다.

유성처럼 짧은 인생을 마감할 때까지 어린 시절 어머니를 잃은 슬픔을 늘 가슴에 품고 살았던 제임스 딘, 어린 나이에 아버지를 잃고 친척 집에서 얹혀살아야 했던 넬슨 만델라, 어머니를 잃고 아버지가 맞이한 새어머니와 함께 살면서 반항적인 소녀가 되었던 마돈나. 그들은 평생토록 자신의 정체성을 찾고 그것을 지키려고 고군분투했던 사람들이었습니다. 그리고 뿌리 뽑힌 삶의 외로움과 슬픔을 마침내 성공의 의지로 승화했던 사람들이었습니다. 고아라는 불리한 조건에 희생되어 무명의 실패자로서 인생을 마감한 수많은 사람과는 달리, 그들은 의지와 집념으로 불행을 극복했고, 결국 세계적 명성을 얻은 유명인이 되었습니다. 그것은 또한 일찍이 사라진 부모의 이름을 세상에 알리고, 그 뿌리로서 자신의 정체성을 확인하는 길이었습니다.

그들이 처했던 환경과 사연은 각기 다르지만, 우리는 그들 사례에서 몇 가지 특징적인 공통점을 발견할 수 있습니다. 그것은 역경 속에서도 성공의 의지를 불태우는 모든 사람에게 적용될 수 있는 귀중한 교훈이기도 합니다.

1. 조력자의 도움을 성공의 계기로 활용하라

신데렐라는 프랑스어로 상드리용(Cendrillon)이라고 부릅니다. 프랑스어로 상드르(cendre)는 무언가 타고 남은 '재'를 뜻하여 신데렐라는 '재를 뒤집어쓴 아이'를 말합니다. 계모의 학대를 받으며 부엌에서 '재를 뒤집어쓴' 채 살아가던 천덕꾸러기가 어느 날 백마를 탄 왕자님을 만나고 '오래오래 행복하게' 살게 된 데에는 마법의 힘이 결정적인 요소로 작용했습니다. 만약 신데렐라가 마법의 요정을 만나지 못했다면, 궁정 무도회에 갈 수도 없었고, 왕자의 손에 유리구두를 남겨두고 올 수도 없었겠지요.

이처럼 대부분 설화와 동화에는 주인공의 성공을 돕는 '조력자'가 등장합니다. 우리 인생도 마찬가지입니다. 어느 연구기관에서 제출한 보고서를 보면, 사업에 실패한 사람이 재기하는 데 가장 결정적인 요소는 노력이나 실력이나 운이 아니라, 바로 조력자의 도움이라고 합니다. 그러나 조력자의 도움을 받는다고 해서 모두가 성공에 도달할 수는 없습니다. "기회는 준비된 자에게만 찾아온다."라고 했듯이, 성공하기 위해서는 조력자가 제공하는 도움의 효과를 극대화할 준비가 되어 있어야겠죠.

고아원을 전전하며 다루기 어려운 말썽꾸러기가 되었던 코코 샤넬에게는 어떤 미래도 없는 것 같았습니다. 그러나 그동안 아무 연락도 없었던 고모 아드리엔은 그녀를 집으로 데려가 바느질을 가르쳤고, 결국 그 우연한 기회가 오늘날 우리가 아는 코코 샤넬이 탄생하는 최초의 계기가 되었습니다. 아홉 살 때 아버지를 여읜 넬슨 만델라는 친척인 템부족 왕자의 손에서 자라면서 어린 나이에 부족장 회의에 참여하여 정치감각을 익혔으며, 자신이 속한 부족에 대해 강한 자긍심을 느끼게 되었습니다. 제임스 딘은 카리스마 넘치는 드위어드 목사의 안내로 다양한 분야에 입문하며 진정한 연기의 폭을 넓힐 수 있었고, 마돈나 역시 크리스토퍼라는 멘토와 같은 인물의 도움을 받아 발레나 예술뿐만 아니라 음악의 세계로 진입할 수 있었습니다.

이들 조력자는 어린 나이에 부모나 어머니를 잃고 심리적으로 매우 취약한 상태에 있던 주인공들로 하여금 슬픔을 극복하고 그들이 꿈꾸던 길로 들어설 계기를 마련해 주었습니다. 물론, 비슷한 처지에 있었던 모든 사람이 그들처럼 놀라운 성공을 거둔 것은 아니었습니다. 그것은 조력자의 도움을 인생의 중요한 계기로 삼아 도약할 준비가 되어 있었던 사람에게만 허락된 기회였습니다.

2. 고통을 열정으로 승화하라

아홉 살에 사랑하는 어머니를 떠나보낸 제임스 딘은 늘 어머니를 가슴에 품고 살았습니다. 그는 어머니의 죽음이 자기 탓이라고 자책하며 느닷없이 울음을 터뜨리곤 했습니다. 그는 어머니가 생전에 꾸었던 연극과 문학의 꿈을 자기가 대신 이루겠다고 결심했고, 미친 듯이 연기에 몰두했습니다. 이처럼 연극은 그의 열정이 되었고, 어린 시절 어머니와 함께 나누었던 아름다운 이야기들을 하나하나 연기로 풀어냈습니다.

부모를 잃은 자녀는 부모의 부재에서 비롯된 현실적 어려움 외에도 부모의 죽음이나 이별이 자신의 잘못이라는, 근거 없는 죄의식에 시달립니다. 그래서 자신을 파괴하고 훼손하여 스스로 징벌하려는 무의식적인 충동에 사로잡혀 주위 사람들을 힘들게 하곤 합니다.

그러나 노벨평화상을 받은 넬슨 만델라나 세계적인 가수가 된 마돈나는 이러한 '이중의 고통'에 좌절하고 쓰러지기보다는 그 고통을 열정과 신념으로 승화하여 빛나는 업적을 이룬 사람들입니다. 그래서 고통과 영광은 동전의 양면이라고 말하는지도 모르겠습니다.

3. 인내심을 길러라

열여덟 살 때 아버지가 새어머니를 들이자, 마돈나는 큰 충격을 받습니다. 게다가 엄격한 집안 분위기에 심한 저항감을 느낀 그녀는 돌출적이고 반항적인 소녀로 변해갑니다. 그 시절의 '끼'가 후일 전 세계 사람들을 놀라게 한 도발적인 스타의 탄생으로 이어졌던 것은 마돈나 자신도 모르고 있었겠지요.

그러나 그녀가 세상에서 빛을 발하게 된 배경에는 피나는 노력과 끈질긴 훈련이 있었습니다. 그녀는 최고의 경지에 도달할 때까지 인내심을 가지고 자기 완성을 위해 노력했습니다. 제대로 된 춤을 추기 위해 그녀는 먼지 가득한 스튜디오에서 매일 연습해서 발은 피범벅이 되곤 했습니다. 미시간 대학 무용과 장학생이 되고서도 그녀는 노력을 멈추지 않았으며 1983년 첫 앨범 「마돈나(Madonna)」가 1천만 장이나 팔려 나가는 경이적인 기록을 세울 때까지, 그녀는 모든 고통을 참고 견디며 성공을 기다리는 끈질긴 인내심을 보였습니다.

넬슨 만델라는 1962년 마흔네 살의 나이로 체포되어 테러리즘의 죄목으로 무기징역이 선고되었습니다. 그리고 로벤 섬의 형무소에서 수감되어 28년을 복역하여 세상에서 가장 유명한 장기수 정치범이 되었습니다. 그 길고 고통스러운 영어(囹圄)의 기간을 견뎌내는 인내심이 없었다면, 350여 년간 계속되었던 인종분규를 종식시킬 수도 없었을 터이고 노벨평화상을 받고 다인종 의회에서 대통령에 선출되는 영광을 누릴 수도 없었을 겁니다.

"Une femme sans parfum est une femme
sans avenir.

향기 없는 여인은
미래가 없는 여인이다."

코코 샤넬

Gabrielle Coco Chanel

4차원 소녀, 코코 샤넬

(1884~1971)

초창기 샤넬 주변을 맴돌던 신비감은 힘들었던 어린 시절을 은폐하려는
코코 자신이 만들어낸 것이었다. 아무 거리낌 없이 자신의 과거를 미화
한 그녀는 동생들에게 돈을 주어 입을 다물게 하고는 자식들을 버린 아
버지를 역량 있는 사업가로 둔갑시켰다. 오랫동안 외롭고 불행했던 어린
가브리엘은 의상디자이너로서 자신의 재능을 뒤늦게, 그것도 필요에 의
해서 발견했다.

"이제 네 부모는 이 세상에 없어…." 너무도 자주 듣게 될 이 저주 같
은 말이 죽기보다 싫었던 코코는 어머니가 돌아가셨을 뿐, 아버지는 분
명히 살아 있다고 강변하곤 했다. 아버지는 프랑스 남서부 코레즈 강가

의 오바진 고아원 문 앞에 그녀와 동생들을 버렸지만, 그녀는 그것을 사실로 받아들일 수 없었다. 1895년 어느 추운 겨울 아침 세 자매가 덜컹거리는 짐수레에 실려 죽음의 대기실 같은 고아원까지 왔던 기억은 끊임없이 그녀를 괴롭혔고, 코코는 어떻게 해서든 그 사실을 숨기려고 했다.

알베르 샤넬…. 그는 멋진 사내였다. 갈색 머리에 콧수염을 기른 남프랑스 출신의 키가 훤칠한 이 남자는 자신감이 넘쳤다. 쾌활한 성품에 번지르르한 말솜씨로 거짓말을 밥 먹듯 하고 숱한 여자에게 사랑 고백을 남발하고 다녔다.

1881년이 끝나갈 무렵, 그는 장사차 프랑스 중남부 클레르몽페랑 근처를 지나며 오베르뉴에 사는 젊은 처녀 잔 드볼을 유혹했다. 그리고 욕심을 채운 후 가차 없이 버렸다. 그러나 잔은 알베르의 아이를 임신한 상태였다. 드볼 가족은 딸을 임신시킨 죄인을 끝까지 추적하여 그가 아이의 아버지라는 사실을 인정하게 했다. 결국, 미남 알베르는 어쩔 수 없이 불쌍한 잔과 살림을 시작해야 했다.

1883년 1월, 잔과 아이를 데리고 프랑스 서부 지방의 소뮈르까지 흘러간 장돌뱅이는 그곳에서 자신의 운을 걸어보기로 했다. 잔은 가정부나 호텔 세탁부로 일하며 생계를 위해 돈을 벌었다. 그해 8월 19일 자선병원에서 둘째 아이를 낳을 때 그녀의 나이는 스무 살도 채 되지 않았다. 물론 아이 아버지는 곁에 없었고, 출생신고도 다른 사람이 했으며, 더군다나 병원 부설 예배당에서 치른 세례식에도 아이 아버지는 참석하지 않았다. 가브리엘 보뇌르(Gabrielle Bonheur)라는 아이의 이름도 산파 역할을 한 수녀가 지어준 것이었다. 알베르는 곧 소뮈르로 돌아왔지만, 그에게 딸은 귀염둥이 '코코'가 아니었다.

루아르 강변에 정착한 샤넬 가족의 삶은 행운이 따라주지 않았다고 말하기에도 부족할 정도로 알베르의 기대에 미치지 못했다. 몇 명 되지도 않는 샤넬 가족은 다시 짐을 꾸려 더 나은 삶을 찾아 떠났다. 그들이 잔의 고향인 프랑스 중부지방 퓌드돔의 쿠르피에르를 지날 때 잔의 친정 식구들은 알베르에게 압력을 가하여 그들을 결혼시킬 작정을 하고 있었다. 하지만 결혼식이 거행되기 몇 시간 전에 이 장돌뱅이는 약혼녀를 교회에 남겨둔 채 도망가 버렸다. 알베르가 자기 가족에게 한 행동이라고는 도망가고, 책임을 피하고, 말없이 사라지고, 아내와 자식을 버리는 망종뿐이었다. 그러나 잔의 친정 식구들이 모은 상당한 액수의 지참금을 보고서야 생각이 달라진 그는 결국 1884년 11월 잔과 결혼식을 올렸다. 하지만 결혼식을 치른 지 몇 달이 지나자 그는 지나치게 집요한 처가 식구들에게서 도망치려고 가족을 데리고 쿠르피에르에서 멀지 않은 이수아르로 또다시 이사했다.

집안의 가장이 되었지만, 알베르의 행동은 여전해서 가정을 소홀히 하는 일이 잦았다. 떠돌이 장사꾼이라는 직업은 그에게 좋은 핑계가 되었다. 노름빚이 쌓여 갔고 외도도 했지만, 그 와중에도 가브리엘과 줄리아에게는 두 남동생과 여동생 한 명이 생겼다. 더는 참을 수 없었던 잔은 1887년 친정으로 돌아갔으며, 가난과 부모의 불화에도 가브리엘과 형제

들은 그곳에서 나름대로 행복한 어린 시절을 보냈다. 그녀는 언니 줄리아와 남동생 알퐁스와 함께 삼촌의 정원에서 일했고, 도시의 성벽을 스치며 흘러가는 도르 강에서 낚시를 즐기기도 했다. 독립적인 성격의 가브리엘은 어려서부터 혼자 있기를 좋아했고, 신비한 분위기를 풍기기도 했다. 누군가 코코를 찾으면 그녀의 어머니는 "코코요? 아마 묘지에 있을 거예요!"라고 대답하곤 했다.

학교에 가지 않는 목요일과 일요일 낮에 코코는 공동묘지에서 시간을 보냈다. 어린 나이에 코코는 묘지에서 무엇을 했을까? 그녀는 순서대로 인형들의 장례식을 치러주었다. 분명히 현대 심리학자들은 그녀의 행동에 대해 할 말이 많을 것이다. 어쨌든 그녀의 그런 행동은 병적인 기질을 예고하는 징후였다.

나약하고 보호받지 못한 어머니. 심한 천식에 시달리고 다산으로 지친 어머니 잔은 1895년 2월 서른셋이란 꽃다운 나이에 폐병으로 사망했다. 당시 코코는 열두 살이었고, 늘 타지를 떠돌던 그녀의 아버지는 부인의 장례식에조차 참석하지 않았다. 이제 어쩔 수 없이 아이들을 떠맡아야 했지만, 그럴 의사가 전혀 없었던 알베르는 지체 없이 여섯 살, 열 살 난 두 아들을 빈민구제소에 맡기고, 딸 셋은 집안의 지인이 원장으로 있는 쿠르피에르의 오바진 고아원에 맡겼다. 그렇게 알베르는 1895년 3월 세 딸을 덜거덕거리는 행상 짐수레에 싣고 가서 고아원 문 앞에 버렸다.

나무가 우거진 비탈에 매달린 듯 서 있는 고아원의 외관은 그럴듯했다. 오바진 고아원은 교회에서 운영하는 기관이었지만, 어린 소녀들에게 별다른 의미는 없었다. 그들의 고아원 생활이 감옥 같기는 마찬가지였기 때문이다. 마리아 성심수도회의 수녀들은 가혹한 정도는 아니었지만, 늘 엄격했고 아이들에게 교리문답과 일반 학과뿐만 아니라 요리와 바느질도 가르쳤다. 자발적인 의지가 없었기 때문이었겠지만, 아이러니하게도 자신의 숙명과는 달리 바느질이 서투른 가브리엘은 감침질이나 자수를 제대로 해내는 경우가 드물었다.

그토록 독립적이고 자유를 갈망하던 소녀가 권위적인 수녀들의 태도를 어떻게 받아들였을까? 일상의 의무였던 기도와 미사는 그녀에게 견디기 힘든 고역이었다. 냉엄한 아름다움을 자랑하는 오랜 역사의 시토 수도회 수도원에서 가브리엘의 삶은 불행했다. 아무리 발버둥 쳐도 그녀는 권태와 결핍과 절망에서 헤어날 수 없었다. 마치 모든 것이 그녀를 밑으로만 끌어당기는 것 같았다. '어린 코코'는 점점 나락으로 빨려 들어갔다. 그녀는 다른 사람들이 자신의 개성을 인정하게 하는 것만이 진정으로 투쟁할 만한 가치가 있는 유일한 행동이라고 생각했다. 가브리엘은 고아로 취급당하는 것을 인정할 수 없었다. 그리고 수도원에서 받아준 고아들과 동급으로 취급되는 것이 죽기보다 싫었다. 그녀는 자신의 운명이 그들과 다르고, 자신의 처지가 그들과 다르다는 점을 강변했다. 어머니가 사망한 것은 사실이지만, 아버지는 살아 있었다. 비록 한 번도 곁에 있었던 적은 없지만, 어쨌거나 살아 있는 것만은 분명했다! 그녀는 자기에게도 아버지가 있다는 사실을 끊임없이 부르짖었고, 온 힘을 다해 그 사실에 집착했다. 그녀는 알베르가 아버지로서는 자격이 없는 사람이었음에도 계속해서 그에 대한 애정을 표현했지만, 그녀에게 돌아오는 것은 아무것도 없었다.

가브리엘이 고아원에서 저지른 엉뚱한 짓들은 아마도 그곳에 있는 고아들과 다르게 보이고 싶은 마음에서 비롯되었을 것이다. 동생들과 잘 지내 봤자 나아질 게 없다고 판단한 그녀는 동생들도 돌보지 않은 채 혼자서 어렴풋한 희망을 좇으며 자신만의 세계로 침잠했다. 그러나 세월이 흐르면서 그녀의 열정도 사그라졌고, 이제 그녀에게 남은 유일한 탈출구는 자살밖에 없는 듯싶었다.

사실 그녀에게 죽음은 낯선 것이 아니었다. 가브리엘은 늘 비밀을 간직하고 있었고, 어둠의 왕국과 남모르게 소통하고 있었다. 그녀는 자주 혼자 중얼거렸다.

"저 세상에서는 내 말 듣고 있지요?"

그녀는 죽은 자들과 대화하며 중얼거렸고, 특히 그들 중 한 사람, 중세 교회 건물의 지하무덤에 묻혀 있는 수도원의 창건자 성 에티엔 도바진에게 자신의 비밀을 털어놓았으며, 그는 그녀의 기도를 들어주었다.

알베르 샤넬은 자취를 감췄다. 그는 '인생을 다시 시작하기' 위해 다른 곳으로 떠나면서 딸에게 작별 인사 대신에 그녀가 영성체 의식에서 입을 레이스 장식의 호화로운 장백의를 보내주었다. 가브리엘은 유령과 다름없는 아버지의 존재를 사람들에게 알리려고 '아버지는 본인 소유의 거대한 포도 농장이 있는 미국에서 사업상의 이유로 체류 중'이라는 보잘것없는 변명을 늘어놓았다.

　그 후로 코코는 결코 곁에 붙잡아 둘 수 없는 아버지를 다시는 보지 못했으며, 몇 년이 지난 후에 그가 고아원이 있는 지역에 자주 드나든다는 소문만을 들었을 뿐이다. 이처럼 그는 딸들이 있는 곳으로 돌아왔으면서도 딸들을 찾아보려는 수고는 하지 않았다.

　그러던 중 알베르의 누이 아드리엔은 이 불행한 세 아이에게 관심을 보이며 여름방학 때 오베르뉴 지방 알리에 있는 자기 집으로 조카들을 초대했다. 뜻하지 않게 만난 고모는 가브리엘에게 바느질을 제대로 가르쳤다. 가브리엘은 특히 모자 만들기에 열중했다. 그녀는 싼값에 산 단순한 스타일의 모자를 예쁘고 고급스럽게 변형하는 '진정한 창작활동'에 재미를 느꼈다. 그 체험은 그녀가 세상에 태어나 처음으로 자신이 쓸모 있는 인간이라는 느낌이 들게 해주었으며, 진정으로 좋아하는 일을 찾았다는 확신을 주었다.

　가을이 되자, 가브리엘은 다시 고아원으로 돌아가야 했으며 그곳 생활은 어느 때보다도 고통스럽게 느껴졌다. 그녀는 고모의 도움으로 고아원을 탈출하여 알리에로 되돌아갔지만, 고모는 조카와 1년 내내 함께 있고 싶지는 않았다. 고아원의 수녀들은 도망자를 다시 받아주지 않았고, 결국 그녀는 알리에 도청소재지 물랭에 있는 노트르담 학교에 들어갔다. 그곳에서는 양가 규수들에게 집안 살림하는 법을 가르쳤다. 학비를 낼 수 없었던 가브리엘은 부엌일과 청소를 도와야 했으며, 때로 친구들의

코코 샤넬(1909)

침대 정리까지 하면서 다시 2년이라는 고난의 기간을 견뎌내야 했다.

그녀는 스무 살에 물랭의 한 양장점에 취직하며 간신히 자유를 얻을 수 있었고, 그곳에서 그녀는 누구도 따라올 수 없는 손재주를 익혔다. 결국 그 경험은 후일 전설적인 코코 샤넬이 탄생하게 된 직접적인 계기가 된 셈이었다. 그러나 자신의 창의력을 발휘하기보다는 온종일 하찮은 바느질이나 하는 단조롭고 의미 없는 생활에 지친 그녀는 군부대가 주둔한 마을의 카페에서 노래를 불렀다. '귀여운 코코'는 당시에 그녀가 사용한 예명이었으며, 곧 이 이름으로 그녀는 마을에서 최고의 인기 스타가 되었다. 코코라는 이름은 그녀가 밤무대에서 부른 노래, 「누가 코코를 보았는가」에서 따온 애칭이었다. 가브리엘은 카페에서 만난 에티엔 발장이라는 부호의 저택에서 함께 살게 되었다. 그녀의 나이 스물다섯 살 때 일이었다. 발장의 저택에는 사교계 인사들과 품행이 방정하지 못한 여자들이 자주 드나들었는데, 그곳에서도 가브리엘은 그 여자들과 같은 취급을 받거나 상류층을 흉내 내는 속물로 여겨지는 것을 몹시 경멸했다.

코코는 발장의 소개로 그녀의 첫 연인이자 영원한 사랑이 된 보이 카펠을 만났다. 석탄 개발 사업 투자에 성공하여 30대에 재력가가 된 카펠

132

은 그녀의 인생을 바꿔 놓았다. 그는 가브
리엘이 1910년 샤넬이라는 패션 브랜드의
시작이 되었던 모자 가게를 여는 데 여러
가지로 도움을 주었다. 그녀는 자신만의 독
특한 디자인으로 세간의 주목을 받았고 특
히 그녀가 만든 모자는 수많은 여성에게 선
망의 대상이 되었다. 어린 시절 고모 아드
리엔에게서 배운 사소한 재주가 그제야 놀
라운 빛을 발했던 것이다. 카펠은 그녀에게
문화·예술계의 다양한 인사를 소개해 주었
고, 사교계 여성들 외에도 많은 사람과 교
류하게 해주었다. 1차 대전이 발발한 직후

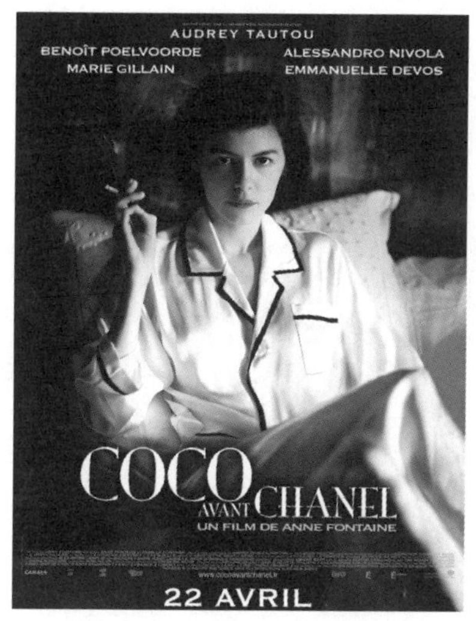

샤넬의 일대기를 그린 영화 「코코 샤넬」(2009)

그녀는 수백 명의 직원이 일하는 의상실을 성공적으로 개업했다. 그때부
터 그녀가 사망한 1971년 이후 지금까지도 이 독립적인 여인의 모노그램
은 전 세계적으로 세련된 우아함의 상징이 되었다.

　하지만, 그것은 또 다른 이야기의 시작이다.

샤넬 로고

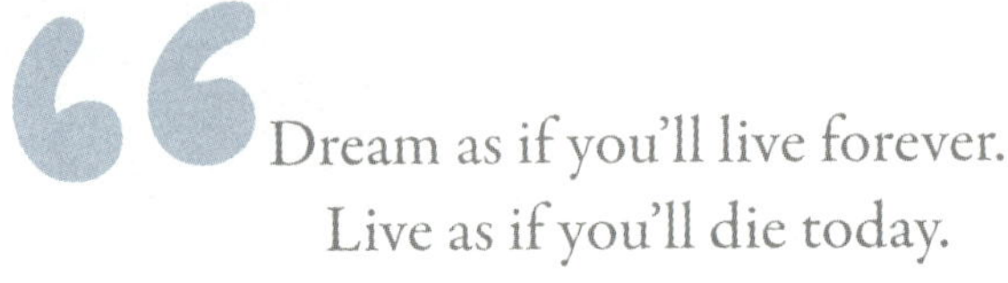

영원히 살 것처럼 꿈꾸고,
오늘 죽을 것처럼 살아라.

제임스 딘

James Byron Dean

엄마를 사랑한 반항아, 제임스 딘

(1931~1955)

이미 청소년기부터 예술가의 길을 걷겠다는 불굴의 열정을 불사르던 제임스 딘은 예술, 시, 문학을 애호하는 성향을 그에게 물려주고 너무 일찍 그의 곁을 떠난 어머니를 추모하고 싶어했다.

"어머니가 돌아가신 원인이 무엇이었는지 모르지만, 난 지금도 어머니의 죽음을 애석하게 생각한다. 나는 어려서부터 늘 예술가처럼 살았다. 바이올린을 배웠고, 콘서트를 열었으며, 극장에서 탭댄스를 추었다. 나는 내 손으로 무언가를 만들고 창조하는 것을 좋아한다. 바이올린과 탭댄스는 잊었지만, 그래도 역시 난 내 인생을 예술과 무대에 바칠 생각이다."

이 글을 쓴 이는 열일곱 살 소년 제임스 바이런 딘이다. 학생들에게 자신의 삶을 글로 옮겨보라고 했던 그의 선생은 그가 쓴 작문의 이 대목을 보고 놀랄 수밖에 없었을 것이다. 농사를 짓고 전통을 지키며 사는 미국의 북서부 지방 외딴 곳, 인디아나 주 매리언의 작은 마을에서 예술적 성향을 보이는 아이는 매우 드물었기 때문이다. 이 아이는 도대체 이 모든 것을 어디서 습득한 것일까?

제임스는 몇 년 전 그가 아홉 살 때 세상을 떠난 어머니의 꿈을 자기가 대신 이루기로 결심했다. 연극과 문학에 심취했던 어머니의 꿈을 이어받아 배우가 되겠다고 스스로 약속했던 것이다.

제임스는 전쟁 직전 방갈로 앞마당에서 어머니와 함께 만들었던 작은 극장을 결코 잊을 수 없었다. 판자에 니스칠을 하여 인형극 무대를 만들고, 판지로 이것저것 장식을 하고 가장자리를 붉게 칠했다. 그들만의 작은 무대에서 모자는 헝겊 인형을 가지고 공연했다. 이야기의 구상을 맡은 어머니는 이룰 수 없는 꿈이 마침내 실현되는 감미로우면서도 슬픈 토막극을 만들어 냈다.

제임스의 아버지 윈튼 딘은 부인 밀드레드의 예술가 기질을 이해하지 못했다. 군병원의 치과기공사인 금발의 조용한 젊은이는 매리온으로 온 지 얼마 되지 않아 식당 종업원으로 일하는 갈색 머리의 열아홉 소녀를 만났다. 당시처럼 어려운 대불황기에 그녀는 그를 좋은 결혼 상대로 여겼던 것일까?

사실, 야망이 있고 외향적인 밀드레드에게 윈튼은 유머도 환상도 없는 별 볼일 없는 배우자였다. 문학, 음악, 영화에 심취한 전업주부였던 그녀는 어린 아들 제임스에게 노래를 불러주고, 시를 읊어주고, 책을 읽어주며 시간을 보냈고, 제임스는 엄마의 노력에 반응을 보이기 시작했다.

또다시 아기를 갖는다면 건강에 치명적인 영향을 미칠 것이라는 의사의 진단에 따라 밀드레드는 더는 아기를 갖지 못하게 되었지만, 외아들만은 자기가 이루지 못한 예술가의 꿈을 실현하게 하겠다고 결심했다.

지미(제임스 딘의 애칭)의 아버지는 근무시간을 늘리고 초과근무까지 하느라 집에 일찍 돌아오지 못했기에 그가 어머니에게 더 애착을 느끼는 것은 어찌 보면 당연한 일이었다. 윈튼은 아들과 함께 야구를 하려고 몇 번이나 시도했지만, 심한 근시로 안경을 써야 했던 아들은 야구공조차 잡지 못했다.

이와 같은 약점 외에도 밀드레드가 집의 벽을 온통 납이 함유된 강렬한 색의 유광페인트로 칠하는 바람에 납에 중독된 그는 자주 코피를 흘리고 구토와 피부염 등 여러 가지 증세에 시달렸지만, 매리온의 의사들은 오래도록 병의 원인을 찾지 못했다. 건강이 어느 정도 회복되자 아이는 활기를 되찾았다. 그는 세 살 때 어머니가 등록한 무용과 연기 학원에 다니며 탭댄스 강사에게 깊은 인상을 남기기도 했다.

지미가 네 번째 생일을 지냈을때 아버지는 일자리를 옮기게 되었기에 그의 가족은 인디애나 주를 떠나 캘리포니아 주로 이사했다. 밀드레드는 미칠 듯 기뻐했으며 산타모니카에서 도시적 즐거움을 하나하나 발견했다. 지미가 무엇보다도 소중한 밀드레드의 꿈을 이루기에는 수강료가 엄청나게 비쌌지만, 이제 그는 탭댄스 외에도 바이올린을 배우게 되

제임스 딘(1932)

었다. 그리고 영화에 심취한 모자는 어두운 극장에 앉아 서부영화나 유럽영화를 자주 관람했다.

헝겊 인형을 가지고 모자가 공연한 인형극 이야기는 그 결말이 수없이 바뀌었다. 충족되지 못한 욕구가 많았던 밀드레드의 상상력이 끝없이 샘솟았던 것이다.

1939년 말 병에 걸린 젊은 여인은 쉽게 피로를 느꼈고, 자주 심한 복통에 시달렸다. 병원에서 받은 진단은 자궁암이었다. 그것도 말기였다. 지미와 그의 아버지는 입원한 밀드레드를 보러 매일 밤 병원에 갔다. 그토록 다정하고 모든 것을 함께해온 어머니가 눈앞에서 고통스럽게 죽어가는 모습을 지켜볼 수밖에 없었던 제임스는 심한 충격을 받았다. 외과수술에 마지막 희망을 걸었지만, 몇 주 후 그녀는 스물아홉의 젊은 나이로 사망했다. 그때 지미는 아홉 살이었다.

아내의 병원비를 감당하느라 장례비조차 치르지 못할 정도로 빚을 지게 된 윈튼은 돈을 벌기 위해 아들과 헤어져야 했다. 그는 제임스를 누나인 오르텐스에게 맡겼다. 인디애나 주 매리온에서 멀지 않은 페어몬트에 사는 그녀가 동생의 어려운 처지를 알고 지미를 친자식처럼 키우겠다고 나섰던 것이다. 하지만 아이는 또다시 버림받았다고 느끼며 큰 충격을 받았다. 로스앤젤레스 역에서 아버지와 헤어질 때 지미는 겨우 악수만 할 정도로 냉랭한 반응을 보였다.

어린 소년은 여전히 어머니의 죽음을 마음 속에 품고 있었다. 고모 오르텐스와 고모부 마커스 윈슬로우가 정성껏 꾸민 방이 열네 칸이나 되는 안락하고 넓은 농가가 그의 새 집이 되었지만, 그는 거의 말이 없었고 무언가 비밀을 간직한 아이 같았다. 이제 고모네 부부가 그의 가족이었다. 아버지는 빚을 갚고 나서도 아들을 데려가지 않아 그들 부자는 계속 떨어져 지냈다.

제임스 딘(1930년대 후반)

지미는 전통적 가치를 존중하는 관대한 퀘이커 교도인 새 부모의 사랑을 듬뿍 받으며 자랐다. 그는 농가의 일을 하며 청소년기를 보냈다. '짐(제임스 딘의 애칭)'은 트랙터를 몰며 카우보이 흉내를 내기도 했지만, 여전히 어머니의 죽음을 자기 잘못으로 여기며 수시로 울음을 터트리고 괴로워했다. 그러다가도 우울한 기분을 날려 버리고 싶으면 온갖 기발하고 엉뚱한 행동으로 친구들을 웃겼다. 오르텐스와 마커스는 지미가 원하는 것이면 무엇이든 들어주었으며, 심지어 겨울밤에 꽁꽁 얼어붙은 연못에서 그가 스케이트를 탈 수 있게 농가 마당에 대형 조명등을 설치하기도 했다. 지미는 늘 새로운 흥밋거리를 찾아다녔지만, 금세 싫증을 느꼈다.

짐에게 연극은 변함없는 열정이었다. 어린 시절에 장난처럼 인형극 공연을 하며 어머니와 함께 상상했던 아름다운 이야기들이 청년 제임스

고등학교 시절 제임스 딘

에게 얼마나 큰 영향을 주었을까? 어쨌든 이러한 어린 시절의 훈련으로 그의 연극적인 감각이 발달한 것은 분명한 것 같다.

고등학교 연극반에서 공연할 때 자신감 넘치는 그의 모습은 단연 돋보였다. 알코올중독자, 치매에 걸린 노인, 시력을 되찾은 맹인 역할을 멋지게 소화하는 그의 연기에 관객은 놀라움을 금치 못했다.

그는 학교 웅변반에서도 대표적인 인물이 되었다. 그는 고모부 밑에서 고대 로마인의 토가 차림으로 낭독 연습을 하여 습득한 완벽한 발성의 웅변술로 마음껏 재능을 펼쳤다. 지역대회에서 우승한 그는 콜로라도 주에서 열린 전국대회에 참가하여 디킨스 소설의 한 대목을 일인극으로 연기하여 사람들에게 깊은 인상을 남겼지만, 상을 받지는 못했다. 정장도 입지 않고 넥타이를 매지도 않은 채 고집스럽게 자신이 준비한 연기를 모두 보여주느라 규정시간을 초과했기에 감점을 당했던 것이다.

지역 고등학교에서 가장 훌륭한 풋내기 연기자였던 제임스는 그의 예술적 취향 때문에 다른 사내아이들의 놀림을 받았다. 그는 키도 작고, 체격도 가냘프고, 안경까지 썼지만, 운동 특히 농구와 육상에 소질을 보였다. 늘 느긋했던 그는 고모부가 사준 체코제 오토바이를 타고 페어몬트 거리를 돌아다니는 '쿨한 놈'으로 통했다. 그때부터 제임스 딘이 그가 살던 마을을 답답하게 느꼈으리란 것은 쉽사리 짐작할 수 있을 것이다.

그 무렵 그는 2차 대전의 전쟁영웅인 30대 목사 제임스 드위어드와 자주 교류했다. 이 카리스마 넘치는 인물은 젊은이에게 피그말리온*과 같은 존재였으며, 투우에서부터 쿠바의 전통 악기인 봉고, 요가와 자동차 경주에 이르기까지 다양한 분야를 소개하고 호기심을 자극했다. 드위어드는 제임스를 저 유명한 인디아나폴리스 500마일 자동차 경주에 데려가서 유명 레이서들을 소개해 주기도 했다.

과묵하고 반항적이며 깊은 슬픔과 폭발적인 분노를 감추고 있는 듯한 그의 표정과 시선은 이미 이 시기부터 주변 여성들의 동경과 모성애를 자극하기에 충분했다. 어머니를 이 세상 그 무엇보다도 사랑했지만, 함께했던 시간이 너무도 짧았기에 잃어버린 천국에 대한 참을 수 없는 그리움이 그토록 독특한 정서로 응어리졌던 것일까?

고등학교를 졸업한 제임스 딘은 페어몬트를 떠나 캘리포니아에서 재혼하여 살고 있던 아버지를 찾아갔다. 그는 산타모니카 대학 법학과에 등록하라는 아버지의 권유를 학교가 할리우드에서 가깝다는 이유 하나만으로 흔쾌히 받아들였다. 1949년 6월 인디애나 주를 떠난 열여덟 살의 제임스는 다시는 그곳으로 돌아가지 않았다. 페어몬트를 떠나기 전 드위어드 목사에게 고백한 것처럼 그는 캘리포니아에서 행운을 잡겠다고 결심했다. 그는 이렇게 말했다.

---

* Pigmalion: 그리스 신화에 등장하는 사이프러스의 왕이며 조각가로 자신이 만든 상아 조각상 갈리테아를 연모하여, 아프로디테가 생명을 부여한 그녀와 결혼하여 아들 파포스를 얻었다.

교통사고로 사망하기 몇 시간 전, 그가 즐겨 타던 포르셰 550에 주유하고 있는 제임스 딘(1955. 9. 30)

"다른 사람의 방식을 따라 해서 이기느니 차라리 내 방식대로 지는 편
이 나아요."

펩시콜라 광고로 배우 생활을 시작한 제임스는 그 후 뉴욕으로 가서
배우 양성기관인 액터스 스튜디오에서 연기공부를 시작했다. 그곳에서
엘리아 카잔 감독의 눈에 띈 그는 1954년 「에덴의 동쪽(East Of Eden)」(1955)
에서 주인공으로 출연하여 오스카상 남우주연상 후보에 올랐다. 새로 떠
오른 스타에게는 1955년 자동차 사고로 사망하기까지 「이유 없는 반항
(Rebel Without A Cause)」(1955)과 「자이언트(Giant)」(1956) 단 두 편의 영화를 찍을
시간밖에 없었다.

아직 활짝 피지 못한 꽃 같은 그의 미래를 비극적인 운명이 앗아가 버렸지만, 그는 반항적이고 아름다운 젊음의 상징으로 영화를 사랑하는 모든 이의 가슴속에 영원히 살아남았다.

하지만, 그것은 또 다른 이야기의 시작이다.

「이유 없는 반항」

삶의 가장 큰 영광은
절대로 넘어지지 않는 데 있는 것이 아니라,
넘어질 때마다 다시 일어서는 데 있다.

넬슨 만델라

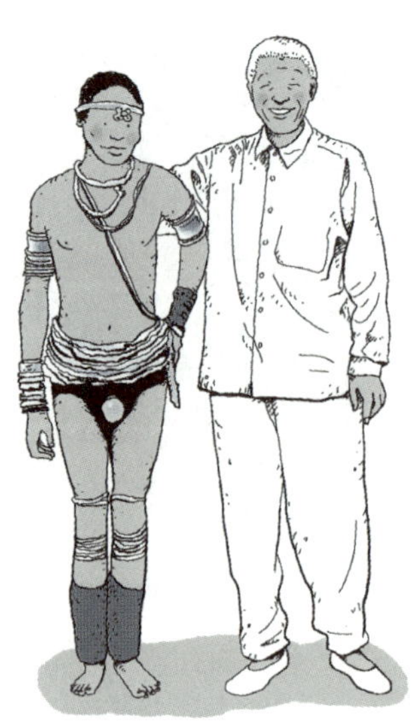

Nelson Mandela
행복한 입양아, 넬슨 만델라

남아프리카의 전통 마을에서 태어난 롤리흘라흘라 마디바 만델라는 아홉 살 때 아버지를 잃었지만, 슬픔을 겪은 어린 소년에게 뜻밖의 행운이 찾아왔다. 그 지역 유력자인 부족장에게 입양되어 그에게서 직접 정치교육을 받고 코사* 부족의 일원이라는 자긍심을 갖게 되었던 것이다.

1934년 1월의 한여름 남부 지역에서 넬슨 만델라는 코사 청년들에게만 허용된 성인식을 치르고 있었다. 그 자신 16세기부터 강력한 템부족

---

* Xhosa: 남아프리카공화국 케이프 주 동부에 거주하는 응구니족.

을 지배했던 가문의 후손이 아니던가? 스무 명 남짓한 부족장의 아들들과 함께 벌거벗은 온몸에 석회를 칠한 그는 조상의 정령과 더 잘 교통하기 위하여 부족과 떨어져서 3주를 지냈다.

이처럼 고행의 시간을 보낸 후 그들은 부족 남자들이 집전하는 할례 의식을 치렀다. 의식의 마지막 순간에 넬슨은 의례에 따라 "나는 남자다."라고 선언했다. 그리고 그는 마치 미래를 암시라도 하듯이 '새로 권력을 잡은 자'라는 의미의 '달리붕가'라는 세 번째 이름을 받았다.

무사히 성인식을 마친 것을 축하하는 축제가 진행되는 사이에 부족장 한 사람이 연설 중에 이렇게 말했다. "우리는 우리 땅에서 노예가 되었습니다." 그는 광산의 갱도 안에서 일생을 보내게 될 그들의 어두운 운명, 토지과 무기와 권력을 빼앗긴 코사 젊은이들의 미래를 예언했다. 그의 연설은 이제 막 성인이 된 넬슨에게 영향을 줄 만한 내용을 담고 있었지만, 당시 그는 축제 분위기를 망치는 이러한 연설을 성가신 사족 정도로 여기며 곧 잊어버렸다.

남아프리카 흑인들의 희망인 그는 1918년 7월 18일 트란스케이* 한가운데 있는 음베조에서 태어났다. 구릉이 많은 이 나라는 인도양에 인접한 목축국으로 수많은 소와 양과 염소의 무리가 몰려다녔다. 아이가 태어난 작은 오두막집에서는 여러 가지 의식이 치러졌는데, 그중에는 갓

* Transkei: 남아프리카공화국 이스턴 케이프 주에 있는 코사족의 자치국. 1994년 남아프리카공화국에 편입되었다.

146

난아기에게 신의 호의를 빌면서 어머니가 불 위로 팔을 뻗어 아기를 좌우로 흔드는 '연기 통과 의식'도 있었다. 아버지는 그에게 '문제를 만드는 사람'이라는 뜻의 '롤리흘라흘라'라는 이름을 지어 주었다.

어린 롤리흘라흘라 마디바는 그 부락 부족장의 아들이었다. 영국 식민통치하에서도 부족장에게는 원주민 내부 문제를 결정할 특권이 있었다. 특히 일상적인 재판과 세금징수는 그들에게 일임된 권한이었다. 따라서 그의 아버지 헨리 가들라는 자기 부락이 이미 식민지가 되었음에도 자신에게 부여된 권력을 이용하여 될 수 있으면 지역 주민을 보호하려고 애썼다. 롤리흘라흘라의 아버지는 단순히 작은 부락의 부족장이 아니었다. 또한 일부다처제의 코사족 사회에서는 부인 사이에 서열이 있었는데, 그의 어머니 노세케니는 세 번째 부인이었다.

헨리 가들라는 각각의 부인에게 딸린 여러 가족과 함께 시간을 보내야 했기에 어린 롤리흘라흘라는 한 달에 일주일 정도밖에 아버지를 볼 수 없었다. 그의 높고 막강한 지위 때문에 아들은 아버지를 더욱 큰인물로 여겼다. 그러나 그의 아버지는 유럽인들의 권위를 견디기는 것이 몹시 힘들었다. 롤리흘라흘라가 두 살 때, 아버지는 가축 절도 사건으로 기소되었고, 그를 호출한 영국 행정관의 소환에 불응하는 바람에 문제가 생겼다. 헨리 가들리는 거만하고 반항적인 태도 때문에 마을의 부족장자리에서 추방당하는 비싼 대가를 치러야 했다. 직위는 물론이고 대부분 땅과 가축을 빼앗긴 그는 네 명의 부인과 열세 명의 자식을 부양할 수 없는 처지에 놓였다. .

결국 그의 가족은 친척의 도움을 구하러 음베조 마을을 떠나 몇 킬로

미터 떨어진 쿠누 마을로 이사했다. 롤리홀라홀라가 세 명의 누이와 어머니와 함께 머문 집은 갈대와 진흙으로 벽을 세우고, 짚으로 지붕을 올리고, 개미집 흙과 쇠똥으로 바닥을 채운 전통 오두막이었다.

롤리홀라홀라가 이러한 운명에서 벗어나려면 부족의 전통교육만 받아선 안 된다는 것을 본능적으로 감지한 그의 어머니 노세케니는 아들의 미래를 걱정하며 남편의 친구인 마을 두 실력자의 조언을 듣고 아들을 감리교 교회에서 세례를 받게 하려고 마음먹었다. 명색이 족장이었던 헨리 가들라는 읽을 줄도, 쓸 줄도 몰랐으며 단지 영어 단어 몇 개만 알고 있을 정도로 가족 가운데 공부한 사람이 아무도 없었지만, 노세케니는 아들을 원주민 행정관으로 만들고자 쿠누에 있는 초등학교에 등록시키기로 했다.

그렇게 해서 일곱 살의 어린 소년은 어깨를 천으로 묶고 허리를 휘감는 전통복장을 벗어 버리고, 아버지의 낡은 바지를 줄여 만든 반바지를 입고 끈으로 허리띠를 대신한 유럽식 복장으로 갈아입었다.

등교 첫날 아프리카인 여선생은 영국의 해군 제독을 기리는 뜻에서 그에게 넬슨이라는 영국 이름을 지어주었고, 학교에서 그는 그 이름으로 불렸다. 혀로 소리를 내는 흡착음이 특징인 코사족 언어를 들은 유럽인은 대부분 당황하는 기색을 감추지 못했는데, 넬슨은 그 언어밖에 몰랐기에 영어를 기초부터 배워야 했다. 그렇다고 해서 그가 코사 문화를 버린 것은 아니었다. 그는 친구들과 함께 보어인들이 '벨트'*라고 부르는 고원지대를 달렸고, 새 잡는 덫을 만들었고, 전쟁놀이를 하며 전투를 익혔으며, 특히 투창에 능했다. 또한, 여느 아이들처럼 집에서는 가축을 돌봐야 했다.

1927년 소년이 아홉 살 때 그의 아버지가 결핵으로 사망하는 최악의 사건이 발생했다. 아버지의 상(喪)을 당했다는 표시로 롤리흘라흘라는 삭발했으며, 그의 삶은 혼란에 빠졌다. 게다가 그를 양육할 도리가 없었던 그의 어머니는 템부족의 왕이자 아버지의 사촌인 욘긴타바에게 아들을 보냈고, 왕은 그의 후원자가 되었다. 항상 아들의 미래를 걱정하던 노세키니가 이 같은 혜택을 얻어 내는 데 성공했던 것이다.

젊은이는 무거운 마음으로 쿠누를 떠나 10여 킬로미터 떨어진 음케케즈웨니로 갔다. 포드 V8을 운전하고 나타난 왕은 세 시간이나 걸어온 그를 따듯하게 맞아주었다. 전에 한 번도 자동차를 본 적이 없었던 롤리흘라흘라는 깜짝 놀랐다. 그는 이중 함석 지붕을 얹은 정사각형 집에서 살면서 욘긴타바의 아들 저스티스와 동등한 대우를 받았으며, 그와 친형제 이상의 절친한 사이가 되었다.

그때부터 놀이와 소치기, 학교생활 등 아이의 일상에는 거의 변화가 없었고, 훗날 그가 회고하듯이 근면한 학생이었던 롤리흘라흘라는 좋은 성적을 받으려고 열심히 공부했다. 세례를 받을 때 딱 한 번 교회에 갔던 그가 미사와 교리 수업에도 빠진 적이 없었다. 친구들은 지나치게 진지

---

* Veld: 네덜란드어로 '고원'이라는 뜻인데 남아프리카에 이주한 네덜란드인이 현재의 남아프리카 공화국 내륙을 펠트라고 총칭하였던 것이 그대로 고유명사가 되었다.

한 그를 '할아버지'란 별명으로 부르며 놀려댔다. 마티올로 목사를 존경했던 넬슨은 그의 딸에게 매료되어 그녀에게 언덕을 산책하자며 남몰래 데이트 신청을 하기도 했다.

음케케즈웨니는 큰 마을이었지만, 템부 정부의 중심지는 아니었다. 왕의 고문이 될 운명이었던 롤리흘라흘라는 정치를 배워야 했다. 그는 궁정이나 대저택에서 열리는 부족장 회의에 참여하여 그를 입양한 아버지를 지켜보며 많은 것을 배웠다. 아버지는 그가 다른 족장들의 의견을 듣고, 협상하여 결정할 수 있도록 배려해 주었다. 이제 사람들은 족장의 전용공간에서 어른들 곁에 있는 그의 존재에 익숙해졌다. 그는 식민지가 되기 이전에 영국이 코사 부족의 옛 무훈에 경의를 표했다는 사실, 그의 선열들이 19세기 초 영국에 대항하여 용감하게 싸웠다는 사실 등 자랑스러운 역사만을 듣고 자랐다. 그는 그때까지 과거 부족의 용맹성과 위대성을 조금도 의심하지 않았으며, 자신이 그런 부족의 일원이라는 사실에 대단한 긍지를 가지게 되었다.

두 마을이 가까이 있었지만, 넬슨이 어머니가 있는 마을로 가는 일은 거의 없었는데, 그것은 쿠누 마을 사람들을 경멸하는 양아버지의 바람이기도 했다. 그 대신 왕이 가끔 직접 포드 자동차를 타고 노세케니의 집으로 가서 그녀를 데리고 와서 아들과 함께 지내게 해주었다.

하지만, 어머니 없이 지내야 했던 롤리흘라흘라-넬슨은 욘긴타바의 아름다운 부인 노잉글랜드를 어머니처럼 따랐다. 1934년 성인식을 치른 그는 이제 아이가 아니라 남자가 되었다. 한 달 후 욘긴타바는 양아들의 미래, 즉 템부족 왕가의 고문이라는 지위에 걸맞은 교육을 시키고자 그를 자동차로 한 시간 거리에 있는 클라크스베리 대학에 입학시켰다.

롤리흘라흘라는 처음으로 자신이 태어나고 자란 전통적인 농촌 세계를 떠나서 백인의 세계를 접하며 이중문화를 충분히 체험하게 되었다.

노벨평화상을 수상한
넬슨 만델라(1993)

흑인들을 위한 포트헤어 대학과 요하네스버그 대학 법학과를 졸업한 그는 1942년 아프리카민족회의(African National Congress, ANC)에 가입하여 소수 백인의 지배에 반대했다. 1948년 인종차별정책 아파르트헤이트가 시행되자 그는 정부에 반대하는 무력투쟁 노선을 이끌었다. 1962년 마흔네 살의 나이로 체포된 그에게 테러리즘의 죄목으로 무기징역이 선고되었다. 그는 케이프타운의 먼바다에 있는 로벤 섬의 형무소에서 수감되어 28년을 복역했다. 세상에서 가장 유명한 장기수 정치범이었던 그는 신화적인 존재가 되어 1990년 2월 11일 석방되었다.

1991년 7월 넬슨은 아프리카민족회의 의장으로 선출되고 나서 실용주의 노선을 택하여 드클레르크의 백인 정부와 협상을 벌여 350여 년간 지속한 인종분규를 종식시켰다. 이러한 공로를 인정받아 그는 1993년 드클레르크와 함께 노벨평화상을 받았으며 1994년 5월 남아프리카공화국 최초로 흑인이 참여한 자유총선거를 통해 구성된 다인종 의회에서 대통령에 선출되었다.

하지만, 그것은 또 다른 이야기의 시작이다.

많은 사람이 두려움 때문에
원하는 것을 말하지 못한다.
그래서 그들은
원하는 것을 얻지 못하는 것이다.

마돈나

Madonna L.Ciccone
엄격한 집안의 돌출 소녀, 마돈나

자녀가 많은 집안에서 태어나 늘 사랑받기를 원하고, 늘 인정받으려 애썼던 이 아이의 삶은 자신을 가장 사랑한 어머니의 죽음으로 크게 동요되었다. 그때부터 그녀는 밖으로 나돌며 필사적으로 인기와 성공을 얻으려고 노력했으며, 지나치게 외향적인 행동으로 급기야 아버지에게 충격을 주기에 이르렀다.

영악했지만 남의 관심을 끄는 방법을 몰랐던 아이 마돈나 루이즈 치코네(Madonna Louise Veronica Ciccone)의 강박관념은 어떻게 해서든지 사람들이 자신에 대해 이야기하도록 하는 것이었다. 사람들이 자신에 대해 이런저런 이야기를 하고, 자신에게 주목하고, 자신에 대해 감탄하다 보면 이제 겨우 열세 살이 된 마돈나는 학교의 연말 공연에서 다른 사람들이 생각지도 못했던 춤을 고안해서 선보였다. 사설탐정으로 변장한 그녀의 현란한 춤은 그녀가 최고상을 받는다고 해도 아무도 이의를 제기할 수 없을 정도로 뛰어났다. 그런데 마지막 순간에 그녀는 갑자기 이상한 동작을 해보였다. 연습 때는 조심스럽게 감춰두고 보여주지 않았던 그 동작은 입고 있던 레인코트를 찢어 버리면서 민망할 정도로 가슴이 깊이 파이고 몸에 딱 달라붙는 검은색 레오타드*를 드러내는 것이었다.

수치스러울 정도로 심하게 노출했다는 판정을 받은 그녀는 손에 쥔 것이나 다름없었던 상을 빼앗겼고, 너무 조숙하고 천박하다는 평판까지 얻게 되었다.

이제 마돈나는 '헤픈 여자'라는 이미지를 벗어날 수 없었다. 하지만 그것은 자신의 운명을 개척하고 영광스러운 미래를 향해 나아가기를 원한다면, 어쩔 수 없이 치러야 할 통과의례가 아니었을까?

그러나 이 깜찍한 소녀에게 평범하지 않은 삶이 숙명적인 것은 아니었다. 마돈나는 신앙심이 깊고 보수적인 집안에서 태어났다. 그녀의 할아버지 가에타노 치코네는 평범한 이민자였다. 꿈의 나라 미국을 선망한

---

* leotard: 소매가 없고 몸에 꼭 끼는 아래위가 붙은 옷으로, 신축성이 있어 체조 등 운동할 때 입는 복장.

그는 1920년 이탈리아 중부에 있는 고향 아브루초를 떠나 미국으로 건너와서 피츠버그 외곽의 앨리퀴파에 있는 철강회사에서 용광로 작업을 하게 되었다.

그에게는 아들이 여섯이나 있었으며 그중에서 사람들이 '토니'라고 부르는 막내아들 실비오가 바로 루이즈의 아버지였다. 가난에서 벗어나고 싶었던 토니는 한국전쟁이 발발하기 직전 공군 예비병으로 자원했다. 그의 형들은 고등학교에 다닌 적이 없었지만, 그는 물리학을 공부하고 싶었다.

1955년 학교를 졸업한 그는 펜실베이니아를 떠나 캐나다 국경 지역의 작은 산업도시인 미시간 주 베이시티로 갔다. 그곳에 정착한 지 얼마 지나지 않아 그는 군대 시절에 우연히 만난 마돈나 루이즈 포르탱과 결혼했다. 토니는 빠르게 신분상승에 성공했다. 그는 베이시티에서 100킬로미터 정도 떨어진 폰티악의 한 군사장비 제조업체에서 기술자가 되어 장기근속하면서 높은 급여를 받았다. 프랑스계 퀘벡 출신의 마돈나 루이즈는 스무 살의 나이에도 여전히 수줍음을 탔지만, 노래와 춤을 특히 좋아했다. 가무에 대한 그녀의 열정은 직업으로 발전할 수도 있었지만, 결혼과 함께 곧바로 임신하는 바람에 그녀는 연예인이 되겠다는 꿈을 접어야 했다. 매년 아이를 생산한 그녀는 앤서니, 마틴을 낳은 후 1958년 8월 딸을 낳자 자신의 이름을 따서 마돈나 루이즈라고 불렀고, 이어서 폴라, 크리스토퍼, 멜라니를 낳았다.

앵글로색슨 계통의 이름 사이에서 낯설게 들리는 '마돈나 루이즈'라는 이름 때문에 그녀는 학교에서 놀림감이 되었고, 오랫동안 콤플렉스에서 벗어나지 못했다.

늘 사람들의 주목을 받고 싶었던 그녀는 형제 사이에서도 돋보이고 싶은 욕구를 감출 수 없었다. 그녀는 어머니의 깊은 신앙심만이 아니라 그녀의 아름다움, 무용수로서의 재능 역시 부러워했으며, 특히 어머니의 관심을 한몸에 받고 싶어했다. 실제로 치코네 부인은 장녀를 지나치게 편애하여 다른 자녀가 질투를 느낄 정도였다.

1962년 온 가족의 사랑을 받던 어머니가 유방암 진단을 받았다. 그녀의 몸에서 암세포가 발견되었을 때 막내딸 멜라니를 임신하고 있었기에 항암치료를 받으려면 몇 달을 기다려야 했다. 하지만 출산 후에도 그녀는 아이가 젖을 뗄 때까지 치료를 또 연기하는 치명적인 결정을 내렸다. 그때 그녀의 몸에는 이미 암세포가 손을 쓸 수 없을 정도로 퍼져 있었다. 그녀는 1년 동안 서서히 죽어갔다. 방사선치료로 지칠 대로 지쳤지만, 그녀는 마지막 순간까지 아이들을 돌보며, 낙관적인 태도와 품위를 잃지 않아 주위의 찬사를 받았다.

1963년 12월 1일 그녀는 경건한 분위기에서 숨을 거두었다. 어머니의 이름을 물려받은, 그리고 어머니를 너무도 빼닮은 어린 소녀가 견디기에는 너무나 큰 불행이었다.

어머니의 죽음으로 남자 형제들은 난폭해졌지만, 어린 마돈나의 성격은 내성적으로 변해서 밤마다 악몽을 꾸며 집 밖으로 나가려고 하지도 않았다. 종교에서 안식을 찾은 그녀는 수녀가 되기로 결심했고, 신앙심이 매우 깊은 홀아비 아버지는 그녀의 결정에 흡족한 반응을 보였다.

일찍부터 마약과 알코올중독에 빠져서 그녀를 강간했던 오빠들과는 달리 마돈나는 모범적인 소녀가 되었다. 아버지가 바라는 대로 되고 싶었던 그녀는 고인이 된 어머니 대신 집안일을 열심히 했고, 아버지를 기쁘게 하려고 아역배우 셜리 템플처럼 테이블 위에 올라가서 춤을 추기도 했으며, 아침 여섯 시부터 아버지를 따라 미사에 참석했다. 아버지는 그녀가 학교에서 A학점을 받아올 때마다 50센트씩 주었는데, 그녀는 이런 격려에 고무되어 우수한 성적을 받았다.

마돈나 루이즈가 여덟 살 때 아버지의 사랑을 갈구하던 그녀에게 심각한 문제가 발생했다. 아버지 토니의 인생에 새로운 여인이 등장한 것이다. 토니는 조앤 구스타프슨을 보모로 고용하고 나서 부인이 사망한 지 6개월 만에 그녀와 결혼하여 두 아이를 낳았다.

마돈나에게 그것은 견디기 힘든 충격이었다. 귀염둥이 예쁜 딸에서 지긋지긋한 천덕꾸러기가 되어버린 소녀는 스물세 살밖에 되지 않은 조앤을 어머니로 받아들이고 함께 사는 것이 너무나 힘겨웠다. 새어머니는 마돈나에게 어린 동생들을 돌보게 했다. 소녀는 새어머니에 대한 반항심으로 짙은 화장을 하고, 몸에 꼭 끼는 바지와 몸매가 드러나는 스웨터를 입고 돌아다녔다. 그녀의 돌출적이고 반항적인 행동이 시작된 것이다. 그녀는 피아노에 소질이 있었지만, 아버지가 가르치고 싶어했기에 반항하는 의미에서 교습을 거부했다. 집에서 버림받았다고 생각한 그녀는 도발적인 행동을 계속했다. 그러나 그녀는 자신의 그런 행동이 오랜 세월이 흐른 후에 세계적인 스타로 자리 잡는 원동력이 되었다는 사실은 짐작조차 하지 못했다.

토니가 베이시티에서 가장 좋은 지역인 로체스터힐로 이사하기로 했을 때 결국 마돈나는 무너지고 말았다. 폰티악에서 살 때 그녀는 흑인 친구들과 함께 뒷마당에서 춤을 추며 어울렸다. 그러나 그런 것은 아무래도 상관없었다. 아담스 고등학교로 전학한 외향적인 소녀가 학교에서 스타가 되는 데에는 아무 문제가 없었다. 그녀는 춤, 탭댄스, 재즈 강의를 들었고, 치어리더가 되었다. 그때까지 판에 박힌 안무 일색이었던 춤에 섹시한 매력을 가미한 신입 단원은 미식축구 경기장에서 눈부신 성공을 거두었다. 그녀는 이미 남자들의 시선 끄는 방법을 훤히 알고 있었다.

그녀의 레퍼토리는 다양해졌다. 열다섯 살 때 고등학교 연극 동아리에서 주인공 역을 맡아 공연한 뮤지컬 「가스펠*」은 성공을 거두었다. 사실, 이 작품은 마태복음을 불경스럽게 각색한 것이었는데, 그녀는 소녀역을 훌륭하게 연기하여 기립박수를 받았다. 마돈나에게는 매우 중요한 순간이었다. 공연이 끝나고 잠시 정적이 흐른 후 여기저기서 박수가 터져 나오고, 브라보를 외치는 관중의 소리가 그녀를 향해 밀려드는 순간, 그녀는 그 소리를 자신을 향한 사랑의 외침으로 여기며 기대 이상의 만족감을 느꼈다. 그녀는 이후에도 계속해서 이러한 가슴 벅찬 강렬한 느

---

* Godspell: 존 마이클 테벨락 원작, 스테판 슈왈츠 음악. 마태복음을 뮤지컬로 만든 작품으로 1971년 초연 이후 전 세계에서 사랑받고 있다.

낌을 경험했다. 바로 이 박수, 외침, 자신을 향한 사랑 때문에 마돈나는 연예인의 직업을 택했던 것이다.

그렇다고 해서 어린 소녀가 자신의 결함을 의식하지 않고 오만하기만 했던 것은 아니다. 그녀는 자신의 모자란 점을 채우고자 했다. 특히 춤을 제대로 배우고, 육체적 능력을 기르려고 발레 수업을 받았다. 먼지가 가득 찬 스튜디오에서 매일 저녁 두 시간씩 연습해서 발은 피범벅이 되곤 했다. 처음부터 아무 말 없이 지켜만 보던 발레 교사 크리스토퍼 플린은 이 범상치 않은 학생의 고집스러운 열정에 감복하고 말았다. 자신은 발레리노로서 성공하지 못했지만, 그 지역 동성애자 사이에서 유명했던 크리스토퍼는 마돈나를 제자로 삼아 그녀의 예술적 감각을 키워주는 데 모든 노력을 기울이겠다고 다짐했다. 그는 발레만 가르친 것이 아니라, 제자를 디트로이트의 여러 박물관, 극장, 오페라에 데리고 다니며 새로운 세계에 눈뜨게 해주었다. 그뿐만 아니라 독서 지도도 병행하여 그녀의 취향을 세련되게 이끌어 주었다. 플린은 단순한 스승이 아니라 그녀의 멘토였으며 후원자였다.

마돈나는 학교 친구들과 거리를 두기 시작했다. 그녀는 이제 짙은 화장과 도발적인 옷차림을 버리고 보헤미안처럼 차리고 다녔다. 그녀가 살던 답답한 소도시에서는 자신의 진가를 인정받지 못했지만, 그녀는 이미 스스로 예술가를 자처하고 있었다. 또한, 플린과 깊고 진실한 우정을 나누었던 그녀는 그와 함께 디트로이트의 동성애자 클럽을 돌아다니며 시간을 보냈다.

　　1976년 초 크리스토퍼 플린은 그녀에게 졸업이 아직 한 학기 남은 고
등학교를 떠나 미시간 대학 무용과에 응시하라고 조언했다. 자신의 재능
을 확신한 그녀는 그의 말에 따라 대학에 응시하여 장학생이 되었다. 그
녀 자신도 잘 알고 있었듯이 이제 그녀는 영광으로 가는 길로 들어섰던
것이다.

　　1978년 7월 주머니 속에 달랑 35달러밖에 없었지만, 그녀는 무용수로
성공하겠다는 강한 의지 하나만으로 뉴욕으
로 갔다. 몇 달간의 궁핍한 생활을 하며 노력
한 그녀는 다음해 그룹 브랙퍼스트 클럽*에
서 음악을 시작할 수 있었다. 하지만 음반 시
장에서 그녀의 이름이 알려지기 시작한 것
은 1982년이었다. 1983년 첫 앨범「마돈나」
가 1천만 장이나 팔리며 그녀는 전례 없는
성공을 거두었다.

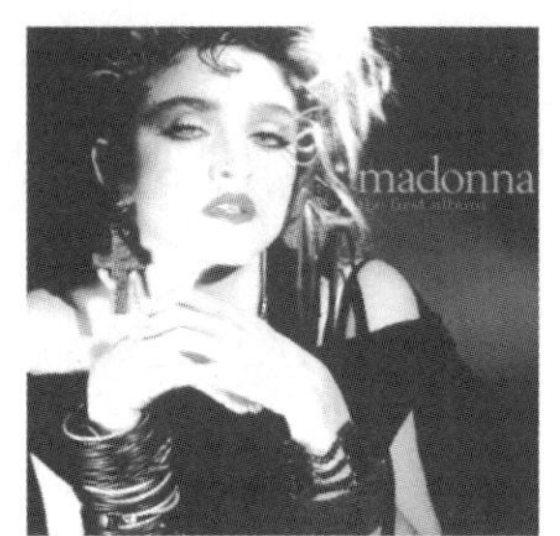

마돈나의 첫 앨범「마돈나」(1983)

　　하지만, 그것은 또 다른 이야기의 시작이다.

---

* Breakfast Club: 1979년 뉴욕에서 결성되어 1988년까지 활동한 댄스팝 그룹. 히트곡「Right
On Track」으로 빌보드차트 7위를 기록했다. 한때 마돈나가 드러머로 활동했다.

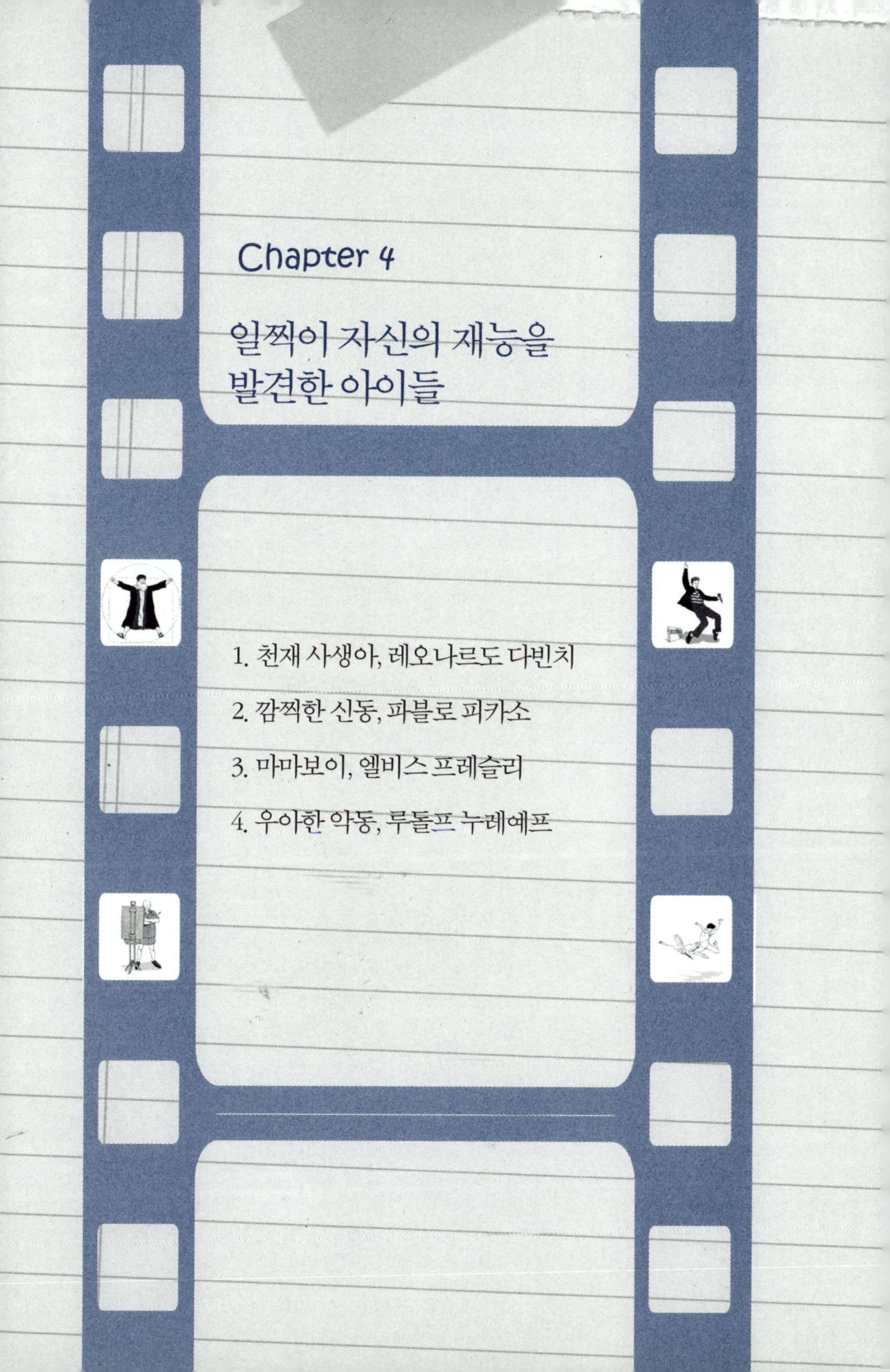

Chapter 4

일찍이 자신의 재능을 발견한 아이들

재능은 발견하고 개발하는 사람의 몫입니다

"천재는 1%의 영감과 99%의 노력으로 만들어진다!"

에디슨의 이 명언은 노력이 그만큼 중요하다는 얘기일 뿐, 개인의 능력에는 부정할 수 없는 차이가 있습니다. 발자크는 "천재는 보통 사람을 닮았지만, 보통 사람은 천재를 닮을 수 없다."라고 했습니다.

자연 상태에서 모든 존재는 불평등한 질서 안에서 살아갑니다. 더 강하고, 더 영리하며, 더 적응력이 뛰어난 존재와 그렇지 못한 존재가 함께 뒤섞여 살아가는 것이 자연의 질서입니다. 문제는 상대적으로 열등한 존재가 자신의 부족한 부분을 채울 기회가 평등하게 주어지느냐 하는 데 있을 겁니다. 따라서 인간 사회에서 정의를 실현하는 길은 개인 간 능력의 불평등을 부정하기보다는 기회의 불평등을 개선하는 데 있다고 봐야겠지요.

어린 시절부터 놀라운 관찰력과 재능을 보였던 레오나르도 다빈 치는 보통 사람이 도저히 따라갈 수 없는 경지에 도달했습니다. 그는 수학, 물리학, 천문학, 생물학, 의학, 해부학, 지리학, 토목학, 기계학 등 인간의 거의 모든 지식 영역에서 역사에 길이 남을 위대한 업적을 남겼습니다. 파블로 피카소는 말을 시작하기도 전에 그림을 그렸다 고 하지요. 그는 너덧 살 때 어머니의 눈을 피해 수첩과 연필을 손에 들고 말라가의 좁은 골목길을 누비며 눈에 보이는 풍경들을 크로키 했다고 합니다. 엘비스 프레슬리는 두 살배기 아기였을 때 교회에서 성가대의 찬송가가 울려 퍼지자 어머니의 무릎에서 뛰어내려와 단상 으로 기어 올라가 놀라울 정도로 정확하게 멜로디를 따라 했다고 전 해집니다. 피카소도 엘비스 프레슬리도, 또한 일곱 살 어린 나이에 한 번 본 춤 동작은 무엇이든 똑같이 따라 할 수 있었던 누레예프도 분명히 재능을 타고난 사람들이었습니다.

그러나 이들이 성공을 거둔 것이 과연 타고난 재능 덕분이었을까 요? 그렇지만은 않은 것 같습니다. 세상에는 재능 있는 사람이 수없 이 많지만, 그들이 모두 성공을 거두는 것은 아니며, 어린 시절 천재 라고 불렸던 사람들이 불행한 종말을 맞는 경우를 우리는 흔히 볼 수 있으니까요.

이 장에서는 어린 시절부터 남다른 재능을 드러내고 그 재능을 계 발하여 세계적인 명성을 얻은 사람들을 소개합니다. 우리가 지금 이

순간에도 그들의 이름을 기억하는 이유는 그들에게 놀라운 재능이 있었기 때문만은 아닙니다. 만약 그들이 자신의 내면에 숨어 있는 재능을 일찍이 간파하고, 그 재능을 꽃피우고자 치열하게 노력하지 않았더라면 그들은 역사에 어떠한 흔적도 남기지 못했을 겁니다. 천재, 혹은 재능인이라 불렸던 그들에게서 우리는 몇 가지 공통점을 발견할 수 있습니다.

1. 창의력으로 세상을 바꿔라!

진정한 재능은 무엇인가를 다른 사람보다 잘하는 데 있는 게 아니라, 아무도 생각하지 못한 것을 해내는 데 있습니다. 피카소는 이렇게 말합니다. "사람들은 있는 그대로의 사물을 보고 그것이 왜 그렇게 되었는지 궁금해한다. 그러나 나는 그것이 어떻게 달라질 수 있었는지를 보고 왜 그렇게 되지 않았는지 궁금해한다."

바로 이런 창의력이 그를 20세기 회화의 지형을 바꾼 천재적 화가로 만들었던 겁니다.

레오나르도 다빈치의 할아버지는 어린 손자를 데리고 빈치의 강가와 계곡과 들판을 산책하면서 조약돌과 나뭇잎과 곤충을 하나하나 꼼꼼히 관찰하게 했습니다. 그리고 손자가 어떤 대상을 '마치 처음 본 것처럼' 새로운 시선으로 바라볼 수 있게 하려고 늘 "눈을 떠라!"라고 끊임없이 가르쳤습니다.

엘비스 프레슬리는 그때까지 확연히 구분되었던 백인의 컨트리나 포크 음악과 흑인의 리듬 앤 블루스를 접목하여 새로운 형식의 음악을 만들어냈습니다. 친구들은 그것이 '촌놈의 음악' 이라며 비아냥거렸지만, 그는 로큰롤이라는 새로운 장르를 탄생시켰고, 이 새로운 음악의 황제가 되었습니다.

이들 재능 있는 인간은 바로 이러한 '새로운' 시각과 창의적인 시도를 통해서 세상을 바꾸어 놓았으며 역사에 뚜렷한 발자취를 남겼습니다.

2. 재능을 발견하고 집중적으로 계발하는 노력을 기울여라

세상에는 자신의 내면에 놀라운 재능이 숨어 있다는 사실조차 모르는 채 생을 마감하는 사람이 많습니다. 너무도 안타까운 일입니다. 그런가 하면, 자신에게 재능이 있다는 사실을 알면서도 여러 가지 사정 때문에 이를 세상에 드러내어 빛을 보지 못한 채 평범한 인간으로 일생을 마치는 사람도 있습니다.

그러나 여기 소개하는 사람들은 일찍이 자신의 재능을 발견하고 그 재능을 발판으로 삼아 집중적인 노력을 기울여 성공에 이르렀습니다.

화가였던 아버지의 실력을 열 살 나이에 뛰어넘고 미술 교사들의 실력을 하찮게 여겼던 파블로는 연필이 닳도록 스케치 연습을 하고

끊임없이 심미안을 갈고 닦는 치열한 노력을 기울였습니다. 엘비스는 늘 기타를 가지고 다녔으며 학교에서도 기타를 손에서 놓지 않았습니다. 타고난 춤꾼 누레예프는 일찍이 자신에게 재능이 있음을 자각했고, 몹시 어려운 가정 형편에도 발레리노가 되겠다는 꿈을 포기하지 않았습니다. 학교에서는 쉬는 시간을 아껴가며 도약과 피루엣을 연습했고, 주말이면 무용단과 함께 지방 순회공연을 떠났습니다.

그들이 가는 길에는 찬사와 비난이 엇갈렸지만, 자신의 재능을 굳게 믿었던 그들은 전혀 상관하지 않았습니다.

그러나 그들에게 재능은 단지 성공을 향한 먼 여정의 시작에 불과했을 뿐, 그들은 자신의 꿈을 끝까지 따라가며 늘 재능을 키워갔기에 전 세계가 놀라는 업적을 이룰 수 있었지요.

나는 근심 속에서도 웃을 수 있고,
고난에서 힘을 모으며, 성찰을 통해 용감하게
성숙해 가는 사람을 사랑한다.

레오나르도 다빈치

Leonardo da Vinci
천재 사생아, 레오나르도 다빈치

피렌체 출신 공증인의 사생아 레오나르도는 그의 운명에 지대한 영향을 끼치게 될 할아버지와 함께 시골에서 대부분 어린 시절을 보냈다. 비록 시골에서 교육받았지만, 아버지가 그를 다시 피렌체로 불렀을 때 그는 여러 분야에서 뛰어난 재능을 보였다. 그에게 다양한 지식을 전수하며 본격적으로 미술을 가르쳤던 피렌체의 거장 조각가 베로키오는 인류역사상 최고의 천재를 발굴했다.

1467년 어느 화창한 봄날. 얼마 후에 피렌체에서 공증인이 될 피에로 다빈치가 아직 고향에 머무르던 시절, 그의 땅을 경작하는 소작인 한 사람이 그를 찾아왔다. 그 농부는 피에로의 아들 레오나르도가 그림에 소질이 있다면서, 많지는 않아도 값을 치를 테니 레오나르도로 하여금 자기 집 실내를 장식할 나무방패를 만들게 해달라고 부탁했다. 생전 처음 주문을 받은 레오나르도는 매우 기뻐하면서 즉시 작업에 착수했다. 그는 적을 쫓는 원형패* 표면에 바라보기만 해도 돌로 변해버린다는 그리스 신화의 괴물, 고르곤 메두사의 머리를 그려 넣어 고풍스러운 양식으로 제작하기로 했다.

이 괴물을 그리려고 모델을 찾아 나선 레오나르도는 도마뱀, 귀뚜라미, 뱀, 메뚜기, 박쥐를 잡아서 각각 날개, 눈, 주둥이 등을 취합하여 악몽에나 나올 법한 끔찍한 괴물을 그려 넣었다.

방패가 완성되자 그는 아버지에게 보여주었다. 전해오는 말에 따르면 피에로는 괴물의 머리로 장식된 원형패를 보자 너무 놀라고 무서워서 뒤로 물러났다고 한다. 피에로는 방패를 주문했던 소작인에게 넘기지 않고 어느 부유한 상인에게 100두카토에 팔았으며, 머지않아 이 방패는 밀라노 공작의 수중에 들어갔다. 공증인은 성공적인 거래를 했다고 기뻐하면서 늦게나마 그토록 재능 있는 사생아를 거둔 것은 아주 잘한 일이라고 생각했다.

그러한 거래가 이루어지기 15년 전. 1452년 4월 15일 피렌체에서 40여 킬로미터 떨어진 토스카나의 평범한 마을 빈치에서 훗날 '레오나르

---

* 圓防牌: 둥근 널빤지 뒷면은 무명으로 바르고 앞면은 쇠가죽으로 싼 방패. 가운데에 손잡이가 달려 있고, 대부분 앞면에 물결과 짐승 얼굴이 그려져 있다.

도'라고 개명하게 될 사내아이 리오나르도가 태어났다. 80세 노령의 할아버지 안토니오 다빈치는 피렌체에서 대대로 이어온 가업이었던 공증인 지위를 버리고 그 마을에 정착했다. 가문에서 최초로 자신의 독립성을 입증한 안토니오는 세파에 물들지 않은 신비스러운 인물이었고, 평범한 사람으로 일생을 마치겠다는 소원대로 시골에서 소박한 삶을 살았다.

그러나 자유로운 정신의 소유자인 그는 빈치에서 상당히 유명한 인물이 되었으며, 포도농장과 올리브농장에서 나오는 수입으로 부인과 세 아이와 함께 평화롭게 지냈다. 하지만 가문의 옛 신분으로 돌아가고 싶었던 그의 맏아들 피에로는 피렌체에서 법학을 공부하고 1448년 공증인이 되어 중단되었던 가업을 다시 이었다. 3년 후 그는 고향에서 이웃 목축업자의 딸 카타리나와 짧은 사랑을 나누었다. 그들 사랑의 결실이 바로 당대와 후세에 그 이름이 길이 남을 레오나르도였다.

당시 피에로의 나이는 겨우 스물두 살이었다. 예기치 않았던 아이의 탄생을 책임지기엔 두려움이 너무 컸던 그는 서둘러 피렌체로 돌아갔다. 그는 소를 키우는 아가씨보다는 야망 있는 청년에게 훨씬 잘 어울리는 도시 처녀 알비에라 디지오반니 아마도리와 약혼한 상태였던 것이다.

버림받은 카타리나는 아이에 대한 모든 권리를 포기해야 했으며, 1년 후 안토니오 다빈치가 이 불쌍한 소녀를 위해 근처에 사는 옛 고용인을 소개하여 두 사람은 결혼했다. 이 가여운 여인은 비록 친권은 없었지만, 아이 조부모의 배려로 아이의 유모가 되어 젖을 뗄 때까지 돌볼 수 있었다. 그 이후에도 아이는 생모와 마주칠 기회가 자주 있었지만, 둘의 관계에 그 이상의 진전은 없었다.

자신이 사생아라는 사실은 레오나르도에게 치유할 수 없는 상처가 되었다. 훗날 그에 대해 많은 연구 결과를 남긴 프로이트의 설명에 따르면 그 상처는 그의 복잡한 성격과 동성애 성향의 원인이 되었다.

어머니를 빼앗긴 아이는 아버지와도 떨어져서 살아야 했고, 게다가 아버지라는 사람은 아이의 미래에 대해 아무 관심도 없는 것 같았다. 사람들에게 고통을 주며 이익을 챙기는 피렌체의 공증인 생활보다는 순수한 시골의 삶을 더 좋아했던 프란체스코 삼촌은 아이의 할아버지와 함께 빈치에서 레오나르도를 키웠다.

계절의 변화에 순응하며 사는 순박한 이들 두 사람에게서 레오나르도는 빈치의 언덕에서 시작하여 아르노 강 계곡에 이르는 넓은 지역의 자연을 유심히 살펴보고 관찰하는 법을 배웠다. 예리한 관찰력이 있었던 할아버지는 손자와 함께 아침나절 내내 들판을 돌아다니다가 때때로 발걸음을 멈추고 손자에게 조약돌과 나뭇잎과 곤충을 자세히 들여다보게 했다. 그러고는 손자가 제대로 관찰할 수 있도록, 다시 말해 어떤 대상을 처음 본 것처럼 새로운 시선으로 바라볼 수 있게 하려고 그 지역 방언으로 "눈을 뜨라"는 의미의 "포 로키오!"라는 말을 자주 반복했다.

안토니오가 연로하여 산책하기가 어려워지자, 조카보다 열여섯 살 연상인 프란체스코가 그 임무를 이어받았다. 소작인들을 돌아보러 갈 때면 그는 조카를 데려가면서 수많은 약초의 이름과 효능을 알려주었고, 하늘을 살펴서 날씨를 예측하는 법도 가르쳐주었다. 레오나르도는 정규교육을 받지 않았다. 물론, 읽고 쓰고 셈할 줄은 알았지만, 라틴어도 배우지 않았다. 그는 왼손으로 글씨를 쓰는 습관이 있었는데 아무도 금지하지 않았지만, 어느 날부턴가 오른손으로 글씨를 썼다. 소년은 성경 외에는 어떠한 책도 읽은 적이 없었고, 마을 교회 외에는 어떠한 예술품도 본 적이 없었다.

안토니오는 1460년대 초 세상을 떠났다. 피에로는 너무 늦은 감이 있었지만, 그제야 비로소 아들의 존재를 인식했는지 그를 피렌체로 불러서 곁에 두고는 마치 그동안 하지 못했던 아비의 책임을 다하려는 듯이 아들이 시골에서 받은 이상한 교육을 바로잡으려고 애썼다. 비록 사생아이긴 했지만, 당시 그에게 레오나르도는 하나밖에 없는 아들이었다.

특권적인 직업이 모두 그렇듯이 사생아는 공증인이 될 수 없었기에 아들을 후계자로 삼을 수 없었던 피에로는 그를 중개인으로 만들 생각이었다. 따라서 그는 아들에게 산술을 가르칠 가정교사를 고용했지만, 몇 달 후 이들의 역할은 뒤바뀌었다. 소년이 매우 까다로운 문제를 내면 선생은 해답을 찾지 못해 쩔쩔매곤 했다. 그는 자신이 배우는 모든 과목에서 즉시 두각을 나타냈다. 레오나르도의 놀라운 재능은 숫자에만 국한된 것이 아니어서 그는 모든 영역에서 교사들의 실력을 뛰어넘었으며, 곧 그들이 필요 없게 되었다.

그중에서도 특히 미술적 재능은 믿을 수 없을 만큼 특출하여 결국 그의 운명을 결정짓게 되었다. 우선 그는 진흙이나 금속에 얼굴, 동물의 실루엣, 경치 등을 그리기 시작했다. 그리고 나서 그 유명한 원방패를 만들었던 것이다. 아들의 남다른 재능을 알아본 피에로는 그를 화가이자 조각가인 친구 안드레아 베로키오에게 보냈다.

열세 살 소년의 자신감에 넘치는 손놀림과 수월하게 그림을 완성하는 능력에 깊은 인상을 받은 거장은 장래가 촉망되는 이 재능 있는 소년을 즉시 제자로 받아들였다. 피에로가 아들의 교육을 위해 베로키오를 선택한 것은 그동안 소홀히 했던 아버지의 의무를 충분히 만회할 수 있는 행동이었다. 이 거장의 절충학설과 열린 정신이야말로 레오나르도의 천재성에 꼭 필요한 것이었다. 베로키오는 화가이며 조각가일 뿐만 아니라 금속세공사, 제련공, 건축가, 엔지니어, 음악가였다.

레오나르도는 아틀리에의 바닥을 쓸고, 붓을 빨고, 물감을 준비하는 일부터 시작했지만, 오래지 않아 스승은 붓으로 초벌그림을 그리거나, 큰 그림의 배경 작업을 제자에게 맡겼다. 스승이 그에게 맡긴 최초의 중요한 단독 작업은 지름 6미터 크기의 구리 공을 만들어 대성당 원형 지붕 꼭대기에 설치하는 일이었다. 이처럼 레오나르도는 애초부터 예술가이며 동시에 엔지니어로서 교육을 받았다.

즉, 레오나르도는 베르키오의 아틀리에에서 자기보다 열 살 연상의 산드로 보티첼리와 동문수학하며 제대로 공부한 것이다. 아름다운 외모의 청년으로 성장한 그는 동급생들이 좋아하는 모델이었을 뿐만 아니라 몇몇 친구에게는 영감의 원천이 되었다. 많은 동료가 그의 작업을 흉내냈으며, 자신이 그린 크로키를 교정하고 평해 달라고 그에게 부탁했다. 이제 레오나르도가 그들을 가르치는 위치에 서게 되었던 것이다. 그는 할아버지가 그랬던 것처럼 그들에게 "포 로키오!" "눈을 떠!"라고 끊임없이 말했다.

르 클로뤼세(Le Clos-Lucé): 레오나르도 다빈치가 생을 마감할 때까지 말년을 보낸 저택. 앙부아즈 성까지 500여 미터 거리가 지하로 연결되어 있어서 왕은 남의 눈을 피해 레오나르도 다빈치를 은밀히 만날 수 있었다.

1480년 자신의 박식함에 자신감이 생긴 그는 여러 제후를 위해 자신의 지식을 활용하기 시작했다. 1499년까지 그는 밀라노에서 루도비코 일 모로를 위해 일했고, 그 후에는 당시 정치적으로 불안했던 피렌체 공화국의 지도자들을 위해서 일했다. 1506년부터는 밀라노의 프랑스 사령관에게 고용되어 군사기술자로 활동하기도 했다. 동시에 그는 자신의 그림을 발전시켜 밀라노의 어느 도미니크 수도원을 위해 「최후의 만찬」 (1494~1498)을 그렸으며, 「암굴의 성모」를 스케치했다. 1516년 그는 마지막 후원자가 된 프랑스의 프랑수아 1세의 초청으로 앙부아즈 성 근처의 클로뤼세 저택에 머물며 말년을 보내다 1519년 그곳에서 생을 마감했다.

하지만, 그것은 또 다른 이야기의 시작이다.

사람들은 있는 그대로의 사물을 보고
그것이 왜 그렇게 되었는지 궁금해한다.
나는 그것이 어떻게 달라질 수 있었는지를 보고
왜 그렇게 되지 않았는지 궁금해한다.

파블로 피카소

Pablo Picasso
깜찍한 신동, 파블로 피카소

(1881~1973)

자존심이 강한 피카소는 유명한 화가로 성공하기까지 피나는 노력을 기울였다는 사실을 세상에 알리고 싶지 않았다. 그래서 어린 시절부터 그는 자신이 조숙했다는 점을 의도적으로 과장했다. 그는 화가로서 실패한 아버지를 보며 그림만 잘 그린다고 해서 훌륭한 예술가가 되는 것이 아니라는 사실을 일찍부터 깨달았기에 어려서부터 자신의 미래를 화려하게 장식하려고 부단히 노력했다.

그의 아버지 돈 호세 루이스 블라스코는 다른 화가들에게서 자신의 재능을 인정받지 못하리란 사실을 분명히 알고 있었다. 사람들의 관심을 받지 못한 이 화가는 결국 무명 작가로 남게 되었다. 하지만 그는 그림을 포기하지 않았다. 그는 늘 자기가 좋아하는 비둘기 그림을 그렸기에 누구보다도 비둘기만은 잘 그릴 자신이 있었다. 그는 부인 마리아 피카소 로페스와 아이들과 함께 에스파냐 북서부 대서양에 면한 라 코루냐에 있는 작은 아파트에서 한 무리의 비둘기를 기르며 살았다.

어느 날 저녁 돈 호세는 그리던 그림을 미처 완성하지 못한 채 친구들과 함께 모퉁이에 있는 선술집으로 가게 되었다. 그는 웃옷을 걸치면서 무심코 아들 파블로에게 자기가 그리다가 중단한 비둘기 발 부분을 마무리하라고 일렀다. 그리고 얼마 후 집에 돌아왔을 때 그는 눈을 의심하지 않을 수 없었다. 파블로가 그려 놓은 비둘기 발은 너무도 정확하고 완벽하여 마치 실물 같았다. 자기보다 더 훌륭하게 그렸다는 부정할 수 없는 사실 앞에서 그는 심한 충격을 받았다. 쉰 살의 돈 호세는 그토록 손쉽게 아버지를 능가하는 어린 아들을 보면서 자신이 될 수 없었던 진정한 예술가의 재목이라는 것을 깨달았다. 이러한 사실을 확인한 순간, 그는 화가로서의 길을 포기하고 그 후로 다시는 붓을 들지 않았다.

아이는 이제 겨우 열 살이었지만 분명히 예술적인 재능이 있었다. 아들의 재능을 가장 먼저 발견한 돈 호세는 그때부터 이를 개발하고 발전시켜서 세상에 알리는 데 온 힘을 기울였다.

한때 영화를 누렸던 안달루시아의 항구도시 말라가는 수십 년 전부터 쇠퇴일로에 있었다. 포도밭은 해충으로 초토화되었고, 섬유공장과 제철소도 차례로 문을 닫았다. 1881년 10월 이처럼 아무 희망도 없는 암울한 도시에서 신동이 태어났다.

안달루시아 지방의 귀족 지주 출신인 파블로 가문은 에스파냐의 다른 가정들과 마찬가지로 사회적 쇠퇴의 길에서 벗어나지 못했다. 그의 할아버지 돈 디에고 루이스는 장갑 장사로 전락했으며, 그가 낳은 열한 명의 자녀 중 아홉째인 돈 호세, 즉 파블로의 아버지는 서른여덟 살까지 부모의 집에 얹혀살았다.

그림 수업이 끝나면 호세는 대부분 비둘기와 황소를 그리거나, 말라가의 카페에서 수다를 떨며 시간을 보냈다. 키가 큰 이 젊은이는 성공한 예술가, 사교계 인물이 되길 꿈꾸었지만, 그에게는 운도 재능도 없었다. 훗날 파블로가 '식당용 그림'이라고 평가한 그의 비둘기 그림들은 기교는 대충 봐줄 만했지만, 구성이 치밀하지 못했으며 돈을 내고 사려는 사람도 없었다. 오래도록 아버지 신세를 지던 돈 호세는 아버지가 죽자, 부유하고 명망 있는 의사 동생 살바도르의 도움을 받아야 했다.

1880년 그는 가족의 압력에 못 이겨 형제들이 소개해준 열일곱 살 연하의 마리아 피카소 로페스와 결혼했다. 이탈리아 제노바 출신인 마리아의 가족은 포도밭을 운영했는데 포도나무뿌리진디라는 해충이 창궐하여 결국 파산하고 말았다. 검은 머리, 검은 눈동자의 이 튼실한 여인은 결혼 이듬해 파블로를 낳았다. 파블로는 태어날 때 사산아가 아닌지 의심할 정도로 울거나 움직이지 않았지만, 그의 삼촌 살바도르가 아기의 얼굴에 시가연기를 뿜자 이내 생기를 되찾았다. 훗날 이 일화는 늘 죽음에 민감했던 파블로의 상상력에 깊이 각인되었다.

가족 전체가 아이 교육에 전념하는 안달루시아 관습에 따라 그의 가족이 사는 아파트에서는 마리아의 어머니와 그녀의 두 자매 엘로디아와 엘리오도라가 함께 살았다. 모든 사람의 사랑을 독차지한 그 집안 유일의 사내아이는 자기를 둘러싼 많은 여인에게서 원하는 것을 얻어내는 방법을 재빨리 체득했다. 세월이 흐르면서 그의 누이동생 롤라와 콘차가 태어났다.

갓난아기 파블로는 말을 시작하기도 전에 그림을 그렸다고 전해진다. 그가 발음한 첫 단어는 '피스(piz)', 즉 연필을 의미하는 '라피스(lápiz)'였다고 한다. 어린 파블로는 아버지가 그리는 비둘기보다 달팽이에 더 관심을 보이며 달팽이의 나선모양을 계속 그렸다. 어머니와 이모들이 아파트 발코니 아래에 있는 메르세드 광장으로 데려가면, 그는 같은 또래 아이들과 어울려 놀기보다는 모래 위에 그림 그리기를 더 좋아하여 그렇게 쭈그리고 앉아서 몇 시간이고 그림을 그렸으며 누군가가 방해하는 것을 몹시 싫어했다. 집안에서 전해지는 얘기로는 아이가 너덧 살 때 어머니의 감시가 소홀한 틈을 타서 수첩과 연필을 손에 들고 말라가의 좁은 골목길을 누비며 마드리드 귀족의 별장, 지브랄파로와 알카자바의 무어식 성채들을 그렸다고 한다.

그는 가난한 집시구역에서 담배와 플라멩코와 춤을 배웠다. 특히 투우에 대한 그의 열정은 어려서부터 말라가의 투우장으로 그를 자주 데려간 아버지가 물려준 것으로 그의 조숙한 상상력을 풍부하게 해주었다.

파블로는 빨리 어른이 되고 싶어하는 특이한 아이였다. 유년기는 그에게 지겨운 시간이었다. 훗날 그의 고백을 들어보면, 어린 시절에도 그는 아이다운 그림을 그린 적이 한 번도 없었다. 그렇다면, 그가 사춘기 전에 말라가에서 그린 초기 그림들에서 그의 천재성을 엿볼 수 있을까? 당시 파블로가 그린 투우 장면이나 고대 전투의 크로키들은 몇 점밖에 남아 있지 않지만, 이 그림들을 보면 그는 천재라기보다는 그저 재능 있는 아이일 뿐이었다. 학교 공부보다 예술 쪽에 훨씬 흥미를 느꼈던 파블로에게는 어찌 보면 당연한 일이었다.

1886년 파블로는 유서 깊은 수도원 내에 있는 초등학교에 입학했다. 콧수염이 난 하녀 카르멘은 컴컴하고 삭막한 학교 건물을 무서워하는 그를 학교에 보내기 위해서 아침마다 강제로 끌고 가야 했다. 후에 그는 자신이 열등생 중의 열등생이었으며, 아홉 살이 되어서야 겨우 읽고 쓰는 것을 익힐 수 있었다고 고백했지만, 그것은 그림에 마음을 온통 빼앗긴 전설적인 어린 천재 이야기의 완결편이었다. 하지만 그렇다고 해서 그가 초등학교 졸업장을 받는 데 큰 어려움이 있었던 것은 아니다.

강의가 끝나면, 아마추어 예술가 호세 루이스 플라스코는 사랑하는 고향 말라가 항구의 섬세한 빛과 풍부한 색을 표현하고 싶어서 유화를 그리려고 했지만, 얼마 안 가서 완전히 다른 생활환경에서 살아야 했다. 그는 말라가 미술협회에 자신의 그림을 여러 번 출품했지만 매번 거절당해 자존심이 상한 데다, 1880년대 말 보조교사로 근무하던 예술학교의 교사시험에 낙방하는 수모까지 겪었다. 게다가 1890년 그가 작업실을 사용하며 보잘것없는 보수를 받고 학예사로 근무하던 마을의 소규모 박물

관마저 문을 닫고 말았다.

그동안 그의 가족으로부터 받던 경제적 원조가 줄어들면서 돈 호세는 급여만으로 살 수 없는 처지에 놓였다. 벌써 나이가 쉰두 살이 된 그는 말라가를 떠날 수밖에 없었다. 동생 살바도르의 주선으로 라 코루냐에서 꽤 괜찮은 보수를 주는 학교선생 자리를 구할 수 있었지만, 따뜻하고 햇볕이 풍부한 에스파냐 남부 안달루시아 사람인 그에게 춥고 비가 잦은 에스파냐 북서부 갈리시아 지방으로 이사 가는 것은 가혹한 유배와 같았다. 그의 가족들은 출렁거리는 배를 타고 1891년 가을이 되어서야 목적지에 도착했다. 하지만 파블로는 이처럼 메마른 환경에서도 초기 작품들을 그리며 예술적 기질을 유감없이 발휘했다.

그의 아버지는 화가로서 많은 노력을 기울였지만, 말라가에 있을 때보다도 더 인정을 받지 못하자 결국 작품전시를 포기하고 말았다. 파블로의 어머니는 다섯 식구가 먹을 음식조차 구하지 못할 때도 있었다. 그는 친구들과 투우를 흉내 내거나, 집 근처에 있는 리아소르 해변에서 놀며 집 밖에서 보내는 시간이 많아졌다. 하루는 그가 해변의 탈의실 근처를 지나다가 생전 처음으로 여자의 알몸을 보게 되었다. 탈의실을 닮은 작은 줄무늬 오두막이 그의 작품에 가장 자주 등장하는 주제가 될 정도로 이 경험은 그의 내면에 깊이 새겨졌다.

1891년 그는 아버지가 근무하는 예술학교에 편입했는데 학교생활은 그럭저럭 견딜 만했다. 그가 가장 좋아하는 과목은 장식미술이었다. 파블로는 놀라울 정도로 정확하고 빠르게 기술을 습득했다. 학교에서 가르치는 대로 열심히 그림을 공부한 그는 곧 천재로 이름을 날리게 되었다. 처

음에는 돈 호세도 이런 아들이 자랑스러웠으나 시간이 지나자 조금씩 역
정이 나기 시작했다.

파블로는 사람들의 칭찬을 모두 사실로 믿었으며 끊임없이 그림을
그렸다. 그는 집에서도 초보 예술가의 신선한 시각으로 누이동생 롤라와
부모의 표정을 포착하여 초상화를 그렸다.

연필이 닳도록 스케치 연습을 하고 끊임없이 심미안을 갈고 닦은 파
블로는 천재이기 이전에 대단한 노력가였다. 그는 갈리시아 지방에 머무
는 동안 이러한 노력의 대가로 재능 있는 학생에서 재능 있는 예술가로
변신할 수 있었다. 그러나 그는 자신이 '천재 화가'로 불리기를 원했기에
작품 뒤에 숨은 피나는 노력을 사람들에게 알리고 싶어하지 않았다.

그는 유채화를 그리는 솜씨가 데생 실력보다 더 나아졌고 결국 상당
한 수준에 이르게 되었다. 그가 에스파냐 고전주의 그림의 영향을 받은
것은 명백하며, 그가 수없이 이사를 하면서도 항상 가지고 다녔던 「챙 모
자를 쓴 거지」 혹은 그의 개 클리퍼의 초상화들은 이 시기에 그린 작품들
로서 피카소의 주요 그림 가운데 손꼽힐 정도로 뛰어난 작품이다. 열세
살 때 그는 칼레 레알의 한 우산 가게에서 이 그림들로 첫 번째 전시회를
열었는데, 비록 작품이 팔리지는 않았지만, 지역 언론의 찬사를 받았다.

1894년 말, 루이스-피카소 가족에게 또 한 번의 위기가 닥쳤다. 막내
콘차가 디프테리아에 걸렸던 것이다. 곱슬곱슬한 금발머리의 귀여운 막
내를 특히 좋아했던 파블로는 망연자실하여 동생의 목숨을 구해준다면
자신으로서는 가장 큰 희생인 그림을 포기하겠다고 신에게 기도했다. 하

지만 그토록 신앙심 깊은 어머니와 파블로의 간절한 기도에도 불구하고 콘차는 며칠 후 숨을 거두고 말았다. 가족들은 모두 절망에 빠졌고, 막내딸의 장례를 치를 돈조차 없었던 돈 호세는 저주받은 도시 라 코루냐를 떠나기로 결심했다. 그는 예전에 자신의 보조교사였던 사람의 바르셀로나 교사 자리와 자신의 교사 자리를 맞바꾸기로 했다.

1895년 여름, 실패한 화가 가족은 이번에는 카탈루냐 지방으로 또다시 이사했다. 돈 호세는 가는 길에 잠시 마드리드에 묵으며 아들에게 프라도 미술관을 관람시켜주었다. 파블로는 처음으로 에스파냐의 명작들을 직접 마주했으며 그중에서도 특히 벨라스케스의 그림을 보고 큰 감명을 받았다. 소도시 라 코루냐에서 지내면서 우월감으로 기고만장했던 소년은 이 충격적인 경험을 통해 깊이 반성하고 겸손해졌다.

바르셀로나에 도착하자마자 아버지와 아들은 라 로트하 예술학교로 갔다. 돈 호세는 카탈루냐 민족주의자들이 운영하는 그 학교에 들어가려면 어마어마한 경쟁에서 이겨야 한다는 것을 잘 알고 있었으나 파블로는 차분하게 모든 시험을 치렀다. 시험 결과에 따라 그는 가장 높은 반에 편입했으며, 그의 강렬한 시선과 안달루시아적인 매력에 이끌린 대여섯 살 연상의 동급생들은 그를 별 어려움 없이 받아주었다. 그중에서도 특히 그와 우정을 맺은 열아홉 살의 마누엘 팔라레스는 그에게 바르셀로나 최고의 번화가인 람블라스 거리의 밤 생활을 맛보게 해주었다. 사실 파블로는 예술적으로만 조숙한 것이 아니어서 머지않아 윤락가를 드나들기 시작했으며, 이 경험은 입체파의 선구적인 그림인 「아비뇽의 아가씨들

(Les Demoiselles d'Avignon)」(1907)에 영향을 주었다. 그는 열다섯 살 때 젊은 서커스 곡마사의 연인이 되었다.

비록 잠시 소홀하긴 했지만 파블로는 그림 공부에 전념했다. 라 코루냐에서는 석고상을 그리는 데 만족해야 했지만 이곳 라 로트하에서는 학생들에게 실제 모델들을 제공해주었기에 더욱 정교하고 수준 높은 훈련을 할 수 있었다.

파블로는 연구에 연구를 거듭하여 강의가 끝나면 어머니와 누이에게 포즈를 취해달라고 부탁하여 그림을 그렸고, 자화상도 수없이 그렸다. 그는 바르셀로나의 여러 미술관에 가서 여러 걸작을 모사했다. 아들에게 역량이 있다고 판단한 돈 호세는 일감이 꾸준히 있기에 돈벌이가 되는 종교예술 분야로 관심을 돌리라고 종용했다. 그리고 집 가까운 곳에 작업실을 얻어주며 그에게 도움을 주려고 노력했다. 탁월한 기량을 갖춘 파블로는 아버지의 말에 순종하여 수도원에서 주문한 판에 박힌 작품들을 옛날 방식으로 제작하여 첫 고객에게 납품했다. 그의 작업실에는 루르드 동굴의 모형, 제단, 촛대들이 쌓여갔다. 하지만 이러한 교회의 집기들을 제작하는 것도 잠시였다.

아버지와는 달리 열성적이었던 파블로는 언젠가 자신의 예술로 생계를 유지할 수 있으리라고 확신했으며, 그 지역 수녀들만이 아니라 대중에게서 인정받고 싶어했다. 1897년 여름 그의 친척들은 돈을 모아 어린 천재를 에스파냐의 수도이자 예술의 수도인 마드리드로 보냈다. 파블로는 아무 문제없이 산 페르난도 왕립 미술아카데미 입학시험에 합격했다. 이처럼 손쉬운 성공은 그가 얼마 지나지 않아 마드리드의 스승들을 시시

파블로 피카소(1910)

하게 여기며 그들에게서 아무것도 배울 것이 없다고 생각할 정도로 그의 자신감을 회복시켜 주었지만, 그 반감으로 선생들은 그의 도발적인 작품들을 비판했다.

자신의 재능을 인정받고 싶었던 파블로는 전통에 집착하는 에스파냐가 마치 감옥처럼 느껴졌고 숨이 막혔다. 그때부터 그는 수업에 소홀하고 방탕한 생활을 시작했다. 몇 달 후 돈도 체력도 바닥난 그는 성홍열에 걸려서 바르셀로나로 돌아갈 수밖에 없었기에 천만다행으로 아무 득도 없는 난잡한 생활을 일찍 끝낼 수 있었다. 그는 친구 마누엘 팔라레스의 부모와 함께 카탈루냐 지방 시골 농가에서 6개월간 머물며 건강을 회복했고, 순박한 시골 삶에서 그동안 마드리드에서 소진한 에너지와 결단력을 만회할 수 있었다.

1899년 2월 바르셀로나로 돌아온 그는 임박한 성공을 의심치 않았으며, 이미지 쇄신을 위해 너무 평범한 아버지의 성 루이스를 버리고 특이한 어머니의 성 피카소로 이름을 바꾸었다. 이것은 결정적으로 아버지와의 단절을 의미하는 상징적인 행동이었다.

1901년 파리에 자리를 잡은 피카소는 죽음, 노화, 가난 등 어두운 주제가 뚜렷한 '청색 시대'의 성공을 경험했다. 그의 수많은 러브스토리 가운데 첫 번째에 해당하는 '장미빛 시대'(1904~1906)는 형체를 사실적으로 묘사하는 전통적인 규칙들과 결별한 화가의 화풍이 드러나 있으며, 세계

게르니카(Guernia, 349×775cm, 1937) 에스파냐 내란을 주제로 전쟁의 비극을 표현한 피카소의 대표작

에 대한 그의 긍정적인 비전을 볼 수 있다.

현실을 변형하여 기하학적인 입체감으로 표현한 그는 큐비즘의 거장이 되었다. 세계적으로 명성을 얻은 피카소는 대중의 눈에 현대미술의 화신으로 비쳤으며, 1936년 에스파냐 내란에서 프랑코 군부와 파시스트가 저지른 범죄를 고발하면서 정치적 입장을 뚜렷이 밝힌 예술가가 되었다. 제2차 세계대전 후에 프랑스 남동부 지중해 연안의 휴양지 코트다쥐르에 정착한 그는 공산당에 가입하여 평화를 위해 투쟁했다.

하지만, 그것은 또 다른 이야기의 시작이다.

현재에 집착하는 것은 인간의 본성이다.
하지만 나는 앞으로 나아가
최선을 다한다.

엘비스 프레슬리

Elvis Aron Presley

마마보이, 엘비스 프레슬리

(1935~1977)

미국 남부의 가난한 집안에서 태어난 엘비스는 그를 애지중지하는 어머니 외에는 눈에 띄지 않는 소극적인 아이였다. 그는 교회에서 처음 들은 음악에 심취하여 노래를 부르기 시작했다. 친구들은 투펠로나 멤피스의 흑인 창법을 흉내 내는 그를 보고 짓궂게 놀려대곤 했다. 하지만 엘비스는 자기도 모르는 사이에 흑인의 블루스에 백인의 컨트리를 혼합하여 '로큰롤(rock'n'roll)'이라는 새로운 장르를 탄생시켰다.

1953년 여름, 빌 헤일리가 「락 어라운드 더 클락(Rock Around the Clock)」이라는 새로운 장르의 곡으로 인기를 끌고 있을 때 휴즈에서 멤피스 고등학교를 갓 졸업한 엘비스 프레슬리는 잔디를 깎고, 트럭을 운전하고,

영화관 안내원으로 일하며 빚을 갚느라 고된 나날을 보내는 부모를 돕고 있었다.

그러나 꿈을 포기할 수 없었던 미국 남부의 음악광 백인 소년은 7월 어느 날 유니온 가에 있는 한 스튜디오의 문을 밀고 들어갔다. 그곳은 샘 필립스가 최근 개업하여 운영하는 '선 레코드'라는 스튜디오로 누구에게나 문이 열려 있었다. 그는 그곳에서 일주일치 용돈인 4달러를 내고 어머니에게 선물할 감미로운 발라드 두 곡을 45회전 음반에 녹음했다. 선 레코드의 여직원 마리온 키스커는 이 소년의 목소리가 매우 독특하고 색다른데다가 얼굴도 미남이라는 사실에 주목했다. 그녀는 별다른 생각 없이 메모지 한 귀퉁이에 그의 이름을 적어놓았다.

6개월이 흘렀다. 엘비스는 다시 스튜디오를 찾았고 이번에는 필립스가 자리에 있었다. 그는 먼저 이 젊은이의 눈에 띄게 반항아적인 외모에 매료되었고, 곧이어 그의 엄청난 가능성을 알아보았다. 그는 까다롭기로 소문난 멤피스의 대중에게 이 신인가수의 데뷔 음반이 몇 주 안에 수만 장 팔려 나가리라는 것을 의심치 않았다.

엘비스 아론 프레슬리는 음악이 일상인 미국 남부의 아이였다. 그는 미시시피 주의 투펠로에서도 가장 가난한 지역의 보잘것없는 오두막에서 태어났다. 18세기 초 아일랜드에서 대서양을 건너온 이민자의 후손인 엘비스의 아버지 버논은 끝이 보이지 않을 정도로 드넓은 목화밭과 사탕수수 농장에서 일용직으로 일했다. 2달러의 일당을 받고 셔츠 공장에서 일하는 그의 아내 글래디스는 1935년 1월 8일 두 칸짜리 조그만 집에서 쌍둥이를 낳았으나 첫아이 제스 개론은 태어나자마자 죽고 말았다.

이틀 후 부부는 아이의 시신을 종이 상자에 담아 장례를 치렀다. 나중에 이 사실을 알게 된 엘비스는 평생토록 쌍둥이 형에 대한 생각이 뇌리에서 떠나지 않았다. 그는 스타의 바쁜 일정에도 시간을 내어 여러 차례 그의 무덤을 찾았다. 글래디스는 비극적인 출산 이후 건강이 나빠져서 더는 아이를 낳을 수 없게 되었기에 소중한 외아들 엘비스에게 더 깊은 애정을 쏟았다.

시골 군청소재지인 투펠로의 농부들은 토지가 척박하여 수입이 형편없었다. 그래서 20세기 초부터 그곳에 들어서기 시작한 여러 공장에서 노동자로 일하게 되었다. 그런 상황에서 그들에게 닥친 1930년대 경제공황의 피해는 막대했다. 엘비스의 아버지 역시 빚을 지게 되었다.

풍채가 위풍당당했으나 내성적이고 말이 없는 이 사나이는 한량이라는 평판 때문에 안정적인 직업을 구할 수 없었다. 그는 1937년 돼지 한 마리를 팔고 받은 수표를 위조했다가 8개월간 강제 노동을 해야 했으며, 이 수치스러운 사건은 일종의 낙인이 되어 그와 가족의 생활은 더욱 곤궁해졌다. 이후 그가 할 수 있는 일은 남의 농사를 거들거나, 운전을 하거나, 남의 집 페인트를 칠하는 등 잡일밖에 없었다. 결국 그는 엘비스가 태어난 작은 집마저 팔아야 했고, 부인과 아들을 데리고 셋집을 전전했다.

하지만, 이러한 어려움은 가족의 결속을 더욱 단단히 다져주었다. 남편과 달리 항상 밝고 수다스러운 글래디스는 자신이 물려준 체로키 인디안 특유의 윤곽이 드러나는 천사 같은 얼굴의 아들 곁을 늘 지켰다. 행여

프레슬리 가족(1936)

아이가 다칠까 봐 노심초사한 그녀는 잠시 외출할 때에도 친구들과 공놀이를 하는 아이를 데리고 갈 정도로 끔찍하게 아꼈다.

1941년 가을 밝은 색 머리에 초록색 눈의 이 어린아이가 학교에 입학하자 그녀는 교문 앞까지 데려가서 등교하는 아들을 꼭 껴안아 주곤 했다. 친구가 거의 없었던 엘비스는 혼자 다닐 때가 많았는데, 낚시를 하러 가더라도 태양의 위치를 확인하며 어머니가 정한 통행금지 시간인 오후 2시를 넘길까 봐 늘 마음을 졸이곤 했다.

내성적인 이 소년에게는 눈에 띄는 특징이 없었기에 반 친구들도 그에게 별다른 주의를 기울이지 않았다. 독실한 개신교 신자였던 프레슬리 가족은 장로교회에 열심히 다녔고, 신앙생활은 그들 사회생활의 전부였다. 따라서 엘비스가 '음악'이란 것을 처음으로 발견하게 된 곳도 글래디스의 삼촌이 설교하는 초라한 목조건물이었다. 겨우 두 살짜리 아기였을 때 그는 성가대의 찬송가가 울려 퍼지자 어머니의 무릎에서 뛰어내려와 단상으로 기어 올라갔다. 그는 아직 가사를 외워 정확하게 노래할 수 있는 나이가 아니었지만, 몇 년 후 어린이 성가대원이 되어 목이 쉬도록 부르게 될 멜로디만큼은 놀라울 정도로 정확하게 따라 했다.

음악은 엘비스의 마음을 달래주었고, 그는 곧 자신의 에너지를 온통 음악에 쏟아 붓게 되었다. 1945년, 평소 음악 시간에 그의 목소리에 주목했던 여교사는 연례행사로 장이 열릴 때 지역 라디오 방송국에서 개최하는 노래대회에 그를 신청자로 등록해 주었다. 미래의 로큰롤 황제에 대한 세간의 풍문이야 어떠하든 간에 당시 어린 소년은 대번에 청중을 사로잡지는 못했다. 물론, 다른 참가자들과는 달리 악기 반주도 없이 노래해야 했지만, 버림받은 늙은 개의 슬픈 이야기를 주제로 한 그의 노래는 수상 목록에 들어가지 못했다.

얼마 후 열한 번째 생일을 맞은 그에게 아버지는 첫 기타를 선물했다. 자나 깨나 아들의 안전을 걱정하는 어머니 때문에 엘비스는 원했던 자전거는 가질 수 없었다. 소년은 교회 목사에게서 몇 가지 화음을 배워 별 열정도 없이 덤덤하게 예배시간에 기타를 연주했지만, 토요일마다 투펠로 라디오 방송국에서 열리는 작은 콘서트에 가는 것은 좋아했다. 그로서는 그것이 음악가들과 함께하는 유일한 기회였다. 항상 기타를 가지고 다녔던 그는 학교에서도 점심때면 기타를 치며 컨트리 음악을 노래했다. 컨트리 음악은 백인들의 민요에 속했지만, 엘비스의 가족은 이리저리 떠돌다 결국 대다수 주민이 흑인인 빈민촌에 정착했고, 그 때문에 흑인의 블루스에 영향을 받은 엘비스가 노래를 부르면 아이들은 그가 '촌놈의 음악'을 한다며 조롱했다.

엘비스는 가수가 되어 언젠가 반드시 성공하리라는 확신이 있었기에 아이들의 조롱 따위는 개의치 않았다. 소년은 적지 않은 빚을 지고 있던 부모에게 자기가 곧 그 부채를 갚겠다고 여러 차례 말했지만, 부모는 그가 심취한 새로운 취미에 대해 별로 관심을 기울이지 않았다.

1948년 가을, 지독한 가난 때문에 프레슬리 가족은 투펠로마저도 떠날 수밖에 없었다. 그들은 멤피스에서 재기하려고 했지만, 테네시의 주도인 멤피스에서 생활은 특히 더 힘들었다. 프레슬리 부부와 열세 살 된 아들은 방 한 칸짜리의 비참한 하숙집에서 함께 지내야 했다. 1949년 2월, 마침내 엘비스의 아버지는 유나이티드 페인트 회사의 창고에서 안정적인 일자리를 얻었고, 그들 가족은 비교적 잘 꾸며진 방 세 칸짜리 조그만 아파트로 이사했다.

하지만 프레슬리 가족은 로더데일코트 아파트 주민들의 작은 공동체에 동화되지 못했다. 글래디스는 확실히 호감이 가는 여자였지만, 아들을 지나치게 어린아이 다루듯 하는 그녀의 태도가 다른 엄마들의 빈축을 샀다. 그녀는 엘비스가 새로 전학한 중학교에도 아침마다 아들을 데려다주었고, 엘비스는 친구 사이에서 마마보이로 통했다. 성적은 중간 정도로 중학교 2학년 때 영어에서 B학점을 받았으나, 그의 창법을 못마땅하게 여긴 노처녀 마만 선생 때문에 음악에서 C를 받는 수모를 당하기도 했다.

그러나 그 정도로 괴로워하기에는 젊은이의 신념이 너무 확고부동했다. 그는 투펠로에서 그랬던 것처럼 학교에 기타를 가지고 다니진 않았지만, 흑인과 백인 등 남부 지방의 모든 스타가 총출동하는 멤피스 라디오 방송을 매일 밤 들었다. 컨트리, 힐빌리,* 흑인영가 등 엘비스는 매우 다양한 장르의 음악에 심취했다. 그는 매주 그 동네에 사는 다른 소년에게서 기타를 배웠지만, 그의 기타 실력은 여전히 형편없었다.

---

* hillbilly music: 미국 남부 미개척지 산악지대 주민이 혼히 부르던 민요조의 음악으로 컨트리 음악의 원형이다.

고등학교 1학년이 되자 엘비스는 급격히 변하기 시작했다. 그가 살던 아파트 앞 대로를 지나가는 트럭 운전사들의 차림새에 영향을 받은 그는 이마에 머리카락을 늘어뜨리고 숱이 많은 머리에 포마드를 발라 붙이는 헤어스타일을 좋아했는데, 이것은 후에 그의 트레이드마크가 되었다.

이처럼 이상한 헤어스타일에 빨간 플란넬 셔츠를 입은 그는 학교에서 외톨이였다. 축구팀 코치는 머리를 자르라는 명령을 따르지 않는 그를 팀에서 제명했다. 그는 부모의 수입을 보충하려고 학교 수업 전후로 문지기, 노동자, 정원사, 배달부 등으로 여러 시간 일했는데, 그의 고용주들도 그의 괴상한 차림을 탐탁지 않게 여겼다.

1953년 4월, 그는 고등학교 졸업식이 임박해서 매년 열리는 학교 공연에 아무도 모르게 참가신청을 했다. 그의 차례가 되자, 겁에 질린 그는 무대에 오르기를 주저하다 감히 관중을 바라보지도 못하고 어쩔 수 없이 비틀거리며 조금씩 앞으로 걸어갔다. 1분 동안 그는 그렇게 숨소리도 내지 못하고 꼼짝 않고 서 있었다. 그리고 겁에 질린 눈길로 관중을 둘러보고 나서는 용기를 내어 공연을 시작했다. 바로 그 순간, 새로운 스타가 탄생했다. 몇 주 후 대학입학 자격시험이 있을 때까지 학교에서 엘비스의 인기는 하늘을 찌를 듯했다.

이와 같은 성공으로 용기를 얻은 그는 7월 샘 필립스의 스튜디오로 갔다. 그리고 1954년 1월 그가 45회전 음반을 녹음하러 스튜디오에 나타났을 때 프로듀서는 그가 노래하는 모습을 직접 지켜봤다. 그는 머리에 포마드를 바른 이 젊은이가 소리 훈련을 더 해야 한다고 판단했지만, 인기를 끌 수 있는 가수를 물색하던 그는 그해 7월 엘비스에게 연락했다.

엘비스는 정식으로 음악 레슨을 받은 적이 없었지만, 그가 부른 「하트브레이크 호텔(Heartbreak Hotel)」은 음반으로 출시된 후 몇 주일 만에 백만 장이 팔려 나갔다(1957).

첫 녹음의 결과는 끔찍했다. 낙담한 필립스는 엘비스에게 '흑인처럼' 노래하라고 절망적으로 주문했지만, 그는 필립스가 원하는 대로 노래할 수 없었다. 그러나 그가 평소 자기 방식대로 크루덥의 「댓츠 올 라이트 마마(That's Alright Mama)」를 부른 순간, 프로듀서는 새로운 재능을 발견했다. 필립스는 몇 달 전부터 찾아 헤매던 흑인의 리듬앤드블루스에 컨트리가 혼합된 새로운 형식의 음악을 드디어 발견했던 것이다. 음반이 멤피스 라디오의 전파를 타자마자 방송국의 전화에 불이 났다. 모든 청취자가 로큰롤의 황제가 될 그의 이름을 알고 싶어했다.

몇 달 만에 엘비스는 미국 청소년의 우상이 되었지만, 부모 세대는 유치한 욕정을 불러일으키려는 듯 허리를 비틀어대는 그의 춤에 눈살을 찌푸렸다.

1958년 어머니의 죽음으로 큰 충격을 받은 그는 독일에서 2년간 군 복무를 마치고, 새로운 방향으로 전환하여 영화에 뛰어들었다. 그는 매니저 커널 파커를 만나 할리우드에서 뮤지컬 영화에 출연했으나 실패로 끝나고 말았다. 그럼에도 변함없이 대중의 우상이었던 그는 1960년대 말

엘비스 프레슬리의 장례식을 보러 몰려든 인파(1977. 8. 19. 미국 테네시 주 멤피스)

가요계로 복귀하여 완벽한 성공을 거두었다. 그러나 엘비스는 멤피스의 사유지 그레이스랜드로 돌아가 은둔생활을 하며 점차 사람들과 관계를 단절한 채 은둔하기 시작했다. 그리고 1977년 약물 남용으로 인한 호흡 곤란으로 사망했다.

하지만, 그것은 또 다른 이야기의 시작이다.

I was like a bird inside a net.
A bird must fly,
see the neighbor's garden and what lies beyond.

나는 둥지 속의 새와 같았다.
그러나 새는 날아야 한다.
이웃 정원도 구경하고
아래 무엇이 있는지 보아야 한다.

루돌프 누레예프

Rudolf H. Nureyev
우아한 악동, 루돌프 누레예프

제2차 세계대전이 한창이던 무렵, 누구에게도 비밀을 털어놓을 수 없었던 배고픈 외톨이 소년 루돌프 누레예프는 춤을 보고 한눈에 반했다. 그의 나이 일곱 살 때였다. 어린 시절의 그에게 춤은 괴로운 일상을 탈출할 유일한 수단이었다. 야생 동물과 같은 그의 천재적 기질은 일찍이 드러났지만, 그가 발레의 세계에 입문하는 데에는 오랜 시간이 걸렸다. 조바심이 난 그는 하루빨리 솔리스트로 세계무대에서 성공하고 싶었다.

러시아의 유명한 발레학교가 배출한 발레리노 루돌프 하메토비치 누레예프(Rudolf Hametovich Nureyev)는 틀에 얽매이지 않는 자유분방한 성격의 소유자였다. 그의 혈통이 말해주듯 항상 반항적이고 기이한 기질을

보인 그는 발레 교사들의 엄격한 주입식 교수법을 거부했다. 그는 자서
전에서 이렇게 회고한다.

"엄밀히 말해서 누레예프 집안에서는 나를 러시아인으로 간주한다.
우리 가계는 타타르*인과 바슈키르**인의 피가 흐르고 있다. 러시아인이
아니라 타타르인이라는 사실이 무엇을 의미하는지는 정확히 정의할 수
없지만, 나는 그 차이를 피부로 느낄 수 있다. 이유는 모르겠으나 내 몸에
흐르는 타타르인의 피는 더 빨리 흐르고 언제든지 끓어오를 준비가 되어
있다. 내 생각에 우리는 러시아인들보다 더 감성적이고, 더 관능적이다.
우리에게는 무언가 아시아적인 부드러움이 있으면서 동시에 우리 조상
의 열정이 깃들어 있다."

그는 18세기까지 러시아에 종속되기를 거부하며 우랄산맥 너머 광
활한 스텝을 활주하던 용감한 기마족의 후예였으며, 길들지 않은 격정과
기품이 결합한 폭발적 기질을 물려받은 무용가였다. 바로 그 기질에 관
객은 저항할 수 없는 매력을 느꼈고, 누레예프 자신도 그 점을 알고 있었
다. 그는 새장에 갇힌 새처럼 기존 발레의 틀에 자신을 맞추거나 자신의
독특한 본성을 억누르기보다는 자유로운 새처럼 하늘을 날고 싶었다.

---

* Tatar: 러시아 연방 중동부, 볼가 강과 카마 강 유역에 있는 자치 공화국으로 수도는 카잔. 주
민은 대부분 터키계 타타르인과 러시아인이다.
* Bashkir: 유럽 러시아 동부 우랄산맥 남서쪽 기슭에 있는 자치 공화국으로 수도는 우파. 주민
은 바슈키르 족.

그가 태어날 당시의 상황은 유목생활을 하던 조상의 처지와 비슷했다. 누레예프가 자신의 탄생을 "나의 생애에서 가장 낭만적인 사건"이었다고 고백할 정도로 그의 유년기는 전혀 낭만적이지 않았다.

1938년 살을 에듯 추운 어느 날 임신 8개월 반의 무거운 몸으로 세 딸과 함께 시베리아 횡단 열차에 몸을 실은 파리다 누레예프는 우랄산맥의 고향마을을 떠나 남편과 합류하기 위해 시베리아 끝에 있는 태평양 연안 소비에트제국 최변방 도시 블라디보스토크로 향했다. 그곳에서 병사들의 정치교육을 담당한 하메트 누레예프는 가족이 거주할 사택을 구해 놓았다. 눈 덮인 자작나무 숲과 스텝을 통과하는 6일간의 여행은 변화무쌍했다. 3월 17일 파리다는 열차의 3등 객실에서 한 의사의 도움을 받아 첫 사내아이를 출산했고, 블라디보스토크 역에서 가족을 기다리던 아이 아버지의 기쁨은 이루 말할 수 없었다.

누레예프 가족은 광대뼈가 튀어나오고 눈이 찢어진 외모가 특징적이고 터키-몽골 문화에 익숙한 타타르인이었지만, 아들에게는 그들의 전통과 무관한 루돌프라는 이름을 지어주었다. 아들이 태어날 무렵 하메트는 역사의 소용돌이 속에서 소비에트 시민이 된 것을 매우 자랑스럽게 여겼다. 그의 부인과 마찬가지로 가난한 농부 집안 출신인 그는 바슈키르 공화국의 수도 우파의 공산당 지역 세포조직에서 뛰어난 활동을 전개한 공으로 비록 장교는 아니지만 붉은 군대에서 중요한 직책을 맡았다. 그는 부인과 함께 공산당에 가입하면서 이슬람교를 버렸다.

어린 루딕(루돌프의 애칭)이 16개월 되었을 때 하메트가 모스크바로 전근하게 되었기에 그들은 다시 시베리아 횡단 열차를 탔다. 모스크바에 도착한 누레예프 가족에게는 한 칸짜리 볼품없는 집이 배당되었지만, 하메트는 그마저도 혜택을 보지 못하고 얼마 후에 집을 떠나야 했다. 1941년 6월 독일군이 소비에트 연방을 침공하자 그는 중위 계급장을 달고 전선에서 싸워야 했으며, 얼마 되지 않는 군인 봉급에서 쓰고 남은 돈을 가족에게 보냈다. 1946년 루돌프는 여덟 번째 생일이 지나서야 겨우 아버지를 다시 볼 수 있었다.

1941년 10월 독일 국방군이 모스크바를 위협하자 파리다는 네 아이를 데리고 폭격을 피해 그녀의 고향인 바슈키르로 피난을 갔다. 누레예프 가족은 작은 마을 치슈아나에 있는 연로한 러시아인 농부 부부의 작은 통나무집에서 다른 두 가족과 함께 살았다. 루딕은 누이가 셋이나 있었지만, 잘 돌봐주지 않아 복작거리는 공동생활에서도 혼자 있을 때가 잦았다. 그는 7개월이나 계속되는 기나긴 겨울 내내 쌓여 있는 거대한 눈더미 사이로 난 길을 걸어서 마을을 돌아다녔다. 하루는 그가 기름 램프를 쓰러트려 화상을 입은 적이 있었다. 그래서 이웃 마을에 있는 병원에 입원했던 사건은 그에게 어린 시절의 가장 행복한 추억이 되었다. 어머니는 생전 처음으로 그때까지 그가 가져보지 못한 크레용과 그림책을 사주었다. 아무도 자신에게 관심이 없다고 생각했던 아이는 간호사와 의사의 정성어린 보살핌을 받으며 행복한 시간을 보냈다.

1942년 봄, 지긋지긋한 겨울이 끝나자 파리다는 남편의 형제가 살고 있는 우파로 아이들을 데리고 갔지만, 그곳의 상황은 치슈아나보다 더 어려웠다. 누레예프 가족은 9평방미터의 비좁은 방 한 칸에서 함께 살면서 늘 굶주림에 시달렸다. 그의 어머니는 하루에 20킬로미터를 지치도록 걸어 다니고도 아이들에게 줄 것이라고는 고작 얼어 터진 감자 몇 개밖에 구하지 못하는 날이 허다했다. 루딕은 어머니가 조금씩 삶의 즐거움과 아름다움을 잃어가는 것을 속수무책으로 바라볼 수밖에 없는 현실이 너무나 슬펐다. 여전히 내성적인 그에게 친구라곤 어쩌다 만나 체스를 두는 이웃 꼬마가 전부였다. 초등학교 친구들은 신발도 없고, 누이들이 물려준 낡은 외투를 입은 루돌프를 거지 취급하며 놀려댔다. 파리다는 매일 아침 그를 학교에 데려가려면 말 그대로 아이를 집 밖으로 끌어내야 했다. 학교에서 그는 까다로운 기질 때문에 '아돌프'라는 언짢은 별명까지 얻었다. 아이들이 조롱할 때마다 그는 소리를 지르며 싸우거나 주먹질을 했다.

점점 더 세상과 단절된 루돌프는 집에서만 편안함을 느꼈다. 파리다는 가재도구를 하나씩 내다 팔아서 먹을 것을 구했지만, 라디오만은 끝내 팔지 않았다. 클래식 음악을 듣는 것이 유일한 낙이었던 아들이 자리에 앉은 채 몇 시간이고 음악을 듣곤 했던 것이다. 그것이 어린 소년에게는 괴로운 현실을 잊는 유일한 방법이었다. 그리고 음악은 꼼짝도 하지 않고 가만히 앉아서만 듣는 것이 아니라는 사실을 발견한 순간, 음악에 대한 그의 열정은 배가되었다.

루돌프가 결정적으로 무용을 접한 것은 1945년, 그의 나이 일곱 살 때였다. 아이들은 학교에서 타타르 민속음악에 맞춰 민속무용을 배웠다. 집

에 돌아온 루딕은 저녁 내내 춤을 멈출 수 없었다. 그가 놀라운 기억력의
소유자라는 사실은 이미 수업시간에 입증되었지만, 춤 동작을 한 번만
보면 똑같이 따라 할 수 있었던 그는 선생들이 가르쳐준 스텝을 연습했
다. 그는 집에서, 감탄하는 이웃사람들 앞에서, 그리고 이미 전쟁이 끝났
는데도 끊임없이 유럽에서 돌아오는 부상병들 앞에서 춤을 추었다. 모든
사람이 파리다에게 춤에 재능이 있는 아들이 발레를 배울 수 있도록 레
닌그라드로 보내야 한다고 말했지만, 그를 가르칠 여력이 없었던 루딕의
어머니는 그에게 헛된 꿈을 버리라고 했다.

　1945년 12월 31일, 루돌프는 볼쇼이 무용수들의 공연을 보면서 드디
어 고전무용이 무엇인지 알게 되었다. 그것은 그에게 새로운 발견이었다.
극장의 붉은 벨벳, 황금 장식, 샹들리에…. 그리고 그가 처음 본 발레「백
조의 호수」는 눈이 부시도록 아름다웠다. 그때부터 수석무용수가 되겠다
는 꿈에 부푼 그는 시간이 날 때마다 지나가는 기차를 바라보며 언젠가
레닌그라드 행 급행열차에 타고 있을 자신의 모습을 꿈꾸었다.

　그러는 사이 그는 학교에서 거의 모든 과목에서 우수한 성적을 냈을
뿐만 아니라 운동에도 재능을 보였다. 1946년 여름, 완전히 동원 해제된
하메트 누레예프는 5년간의 공백을 깨고 드디어 가족 곁으로 돌아왔다.
루돌프의 우수한 학교 성적을 보며 그는 아들이 의사나 엔지니어가 되기
를 바랐다. 루돌프에게 거의 낯선 사람이나 다름없는 아버지는 그를 이
해할 수 없었고, 그 또한 아버지를 이해할 수 없었다. 누레예프 가족은 이
제 14평방미터의 방 한 칸짜리 아파트로 이사했는데, 루딕은 같은 또래

아이들로 구성된 민속무용단의 연습실에 가는 저녁이면 아버지 몰래 아파트를 빠져나와야 했다. 무용이 남자의 직업이 될 수 없다고 생각했던 아버지는 아들에게 타타르 사나이의 남자다운 기개를 심어 주려고 함께 사냥과 낚시도 하고, 몰래 집을 빠져나간 아들의 귀가가 늦어지면 매를 들기도 했지만, 소용없는 일이었다. 꿈을 포기할 수 없었던 소년은 아버지가 권유하는 청년 공산당에 가입하는 것조차 거부하며 자신의 뜻을 관철하려고 했다.

그는 오래도록 음악가인 누나 로사에게 의지할 수밖에 없었다. 그녀는 가끔 무용 수업에 그를 데려가기도 했고, 발레복을 집에 가져오기도 했는데, 그럴 때면 루딕은 그 발레복을 하염없이 쓰다듬었다.

열한 살 때, 그는 전직 여자 무용수를 알게 되었다. 그의 스텝을 본 그녀는 "넌 반드시 고전무용을 배워야 해. 너처럼 재능 있는 아이는 레닌그라드에서 키로프 발레단 학생들과 함께 공부해야 해."라고 말하며 그가 남몰래 키워온 소망이 헛된 꿈이 아님을 일깨워 주었다. 그녀는 그에게 일주일에 두 번 무료 강습을 해주었다. 1년 반 동안 그녀에게 고전무용의 기초를 배운 그는 좀 더 실력이 좋은 엘레나 바이토비치의 수업을 들었다. 전 우파 오페라 발레 교사의 수업시간에 루돌프는 유연성과 힘찬 도약으로 그보다 경험이 풍부한 다른 학생들의 기를 꺾을 정도로 탁월한 기량을 보였다. 그러나 그는 학교 수업에는 완전히 흥미를 잃었다. 지루한 수업이 끝나고 쉬는 시간이면 도약과 피루엣*을 연습했다. 다른 학생

---

* pirouette : 한 발을 축으로 팽이처럼 도는 춤 동작.

들은 그를 '발레리나' 취급했지만, 그는 개의치 않았다. 그는 주말마다 민속무용단과 함께 지방 순회공연을 떠나 두 대의 트럭 위에 판자를 올려 만든 시골 무대에서 춤을 추었다.

　다행히도 무용수가 되겠다는 그의 꿈은 열다섯 살 때 구체화하기 시작했다. 그는 우파 오페라에서 단역을 맡아 순회공연을 하게 되었다. 하지만 공연에서 그의 배역은 걸인이나 병사의 옷을 입고 무대를 가로질러 도약하는 게 전부였다. 그러는 중에도 생활력이 강하고 대담한 루돌프는 노동자 위원회에서 민속무용 강사로 일하며 한 달에 200루블의 강사료를 받았다. 그것은 아버지의 봉급과 거의 비슷한 수준이었다. 그의 노력은 곧 결실을 맺었다. 우파 오페라의 감독은 돌출행동이 잦고 규율을 잘 따르지도 않는 그에게 극단의 정식 무용수 자리를 주었다. 그러나 키로프 발레학교에 입학시험을 보러오라는 통지를 받은 루돌프는 남들이 탐내는 그 자리를 과감하게 거절했다. 1955년 8월 24일, 젊은 타타르인은 우파 오페라단과 함께 모스크바에서 순회공연을 하던 중 도망하여 레닌그라드 행 열차에 몸을 실었다. 심사위원 앞에서 고작 10분 동안에 자신의 능력을 입증하려고 장거리 여행을 감행했던 것이다. 당시 열일곱 살이었던 그는 다른 지원자들보다 훨씬 나이가 많았고, 훈련도 부족했다. 그럼에도 엄격한 심사위원은 그에게 입학을 허가해 주면서 "젊은이, 내가 보기에 자네는 위대한 무용가가 되거나 완벽하게 실패한 무용가가 되거나 둘 중 하나일 걸세."라고 예언했다.

프랑스 파리에서 공연하는
누레예프(1974)

3년 동안 악착스럽게 노력하여 모자란 기술을 습득한 그는 키로프 발레단과 계약하게 되었고, 곧이어 우아함과 기이한 행동으로 명성 높은 발레리노가 되었다.

1961년 키로프 발레단 유럽 순회공연 때 누레예프는 KGB의 감시를 따돌리고 파리에서 망명했으며, 오스트리아 국적을 얻었다. 서방에서 그는 당대 가장 위대한 무용가로 인정받았고, 특히 현대무용을 시작하면서부터 자신이 출연한 대부분의 무용의 안무를 직접 맡음으로써 현대무용의 발전에도 크게 공헌했다.

1983년 파리 오페라의 무용 감독으로 임명된 그는 1992년 마지막으로 「라바야데르」*의 안무를 맡아 활동했으며, 이듬해 초 에이즈에 희생되어 생을 마감했다.

하지만, 그것은 또 다른 이야기의 시작이다.

* 「La Bayadère」: 회교사원의 무희를 뜻하는 프랑스어로, 프랑스 출신 안무가 마리우스 프티파가 러시아 황실 발레단을 위해 만든 전3막5장의 발레이다. 1877년 1월 상트페테르부르크에서 첫 공연을 한 후 전 세계에서 사랑받는 레퍼토리가 되었다.

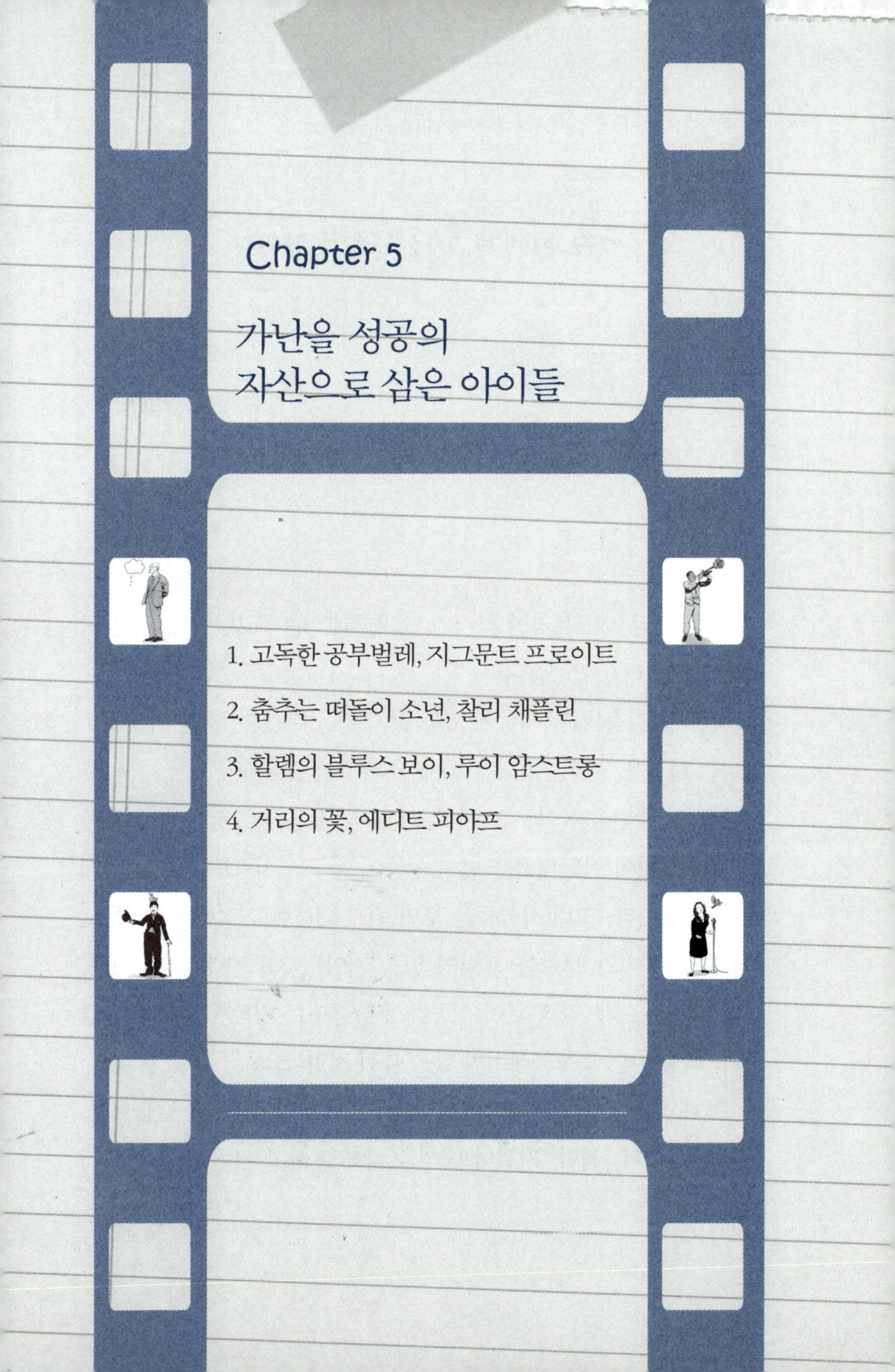

가난을 성공의 자산으로 삼은 아이들

고대 그리스의 유명한 극작가 소포클레스는 "고난이 없으면 성공도 없다." 라고 말했습니다.

맞는 말 같습니다. 세상에 고통 없이 얻을 수 있는 것은 아무것도 없다는 사실을 우리는 경험을 통해 잘 알고 있습니다.

하지만 주변을 돌아보면 태어날 때부터 유복한 환경에서 자라 아무 어려움 없이 탄탄대로를 달려 성공에 이르는 사람도 드물지 않게 볼 수 있습니다. 그런 사람들을 보면 뭔가 억울한 심정에서 '그들도 나름대로 우리가 모르는 고민이 있을 거야!' 라고 지레짐작하지만, 사실 그들은 아무 걱정 없이 성공해서 나름대로 행복한 일생을 보냅니다. 그렇다면, 소포클레스의 말은 틀린 것일까요?

그 대답은 '성공' 이라는 말의 의미에서 찾아야 할 것 같습니다. 우리가 돈이나, 권력, 지위나 명성을 목표로 삼고 거기 도달한 상태를 성공이라고 부른다면, 소포클레스의 주장은 틀렸다고 말할 수도 있을 겁니다. 그러나 한 인간의 성공이 물질적인 수단이나 외적인 조건을 획득함으로써 완성된다고 말할 수는 없겠지요.

괴테는 "고난을 겪을 때마다 그것이 참된 인간이 되어가는 과정임을 기억해야 한다."라고 말했습니다. 또한 페스탈로치는 "고난과 눈물이 나를 높은 예지로 이끌어 올렸다. 보석과 쾌락은 내게 이것을 이루어 주지 못했을 것이다."라고 고백했습니다.

다시 말해 물질적이고 외적인 수단을 얻는 것이 내면적이고 인격적인 완성을 의미하는 것은 아니며, 진정한 성공이란 지향하는 목표에 도달함과 동시에 인간적으로 성숙한 상태에 이르는 것을 뜻합니다.

이와 관련하여 영국 조지 왕의 유명한 일화가 있습니다.

어느 날 왕은 작은 도시의 한 도자기 공장에 들렀을 때 전시된 두 개의 꽃병을 보았습니다. 똑같은 원료를 사용하고 무늬까지 똑같았지만, 하나는 윤기가 흐르고 생동감이 있었고, 다른 하나는 투박하고 볼품이 없었습니다. 이를 이상하게 여긴 왕이 도공에게 그 이유를 묻자, 그는 이렇게 대답했습니다.

"이유는 간단합니다. 하나는 가마에서 높은 온도의 불로 구웠고, 다른 하나는 아직 가마에 들어가지 않았습니다. 이처럼 시련을 겪은 인생은 뜨거운 불에 구워져 예술품으로 완성된 도자기와 같습니다. 두 개의 꽃병을 나란히 전시한 것은 그것을 보여주려고 한 것입니다."

이 장에서는 어린 시절 지독한 가난에 시달리면서도 끈질기게 노력하여 마침내 세계적 명성을 얻은 인물들을 소개합니다. 그들은 가난을 오히려 남들이 경험하지 못한 그들만의 자산으로 삼아서 성공에 도달했습니다. 그들은 또한 자신이 겪은 고통을 통해 남의 고통을 진실로 이해하는 넓고 따듯한 마음을 가지게 되었기에 많은 사람의 존경과 사랑을 받았습니다. 그들 삶에서 우리는 보석처럼 소중한 두 가지 교훈을 발견할 수 있습니다.

1. 가난을 성공의 자산으로 삼아라

찰리 채플린의 어린 시절. 아버지는 그를 버렸고 어머니는 서서히 미쳐갔습니다. 굶주림에 지쳐 거리로 나온 찰리가 의지할 사람이라곤 자기 자신밖에 없었습니다. 그러나 찰리가 생존의 위협을 받으며 거리를 헤맸던 그 처참한 시절은 그의 인생과 작품에 결정적인 영향을 미쳤고, 그가 전 세계인이 기억하는 '떠돌이' 캐릭터를 창조하는 데 중요한 영감으로 작용했습니다. 즉, 그에게 가난과 고난은 단순히 불행과 역경의 동의어가 아니라, 그가 장차 세계적인 배우로 성공하는 데 누구도 가질 수 없는 그만의 자산이 되었던 겁니다.

루이 암스트롱의 경우도 마찬가지였습니다. 매음굴로 둘러싸인 빈민가에서 태어나 굶주림에 시달리던 그에게 성공적인 미래란 상상조차 하기 어려운 것이었습니다. 그러나 그런 환경은 오히려 그에게 뜻밖의 행운을 가져다주었습니다. 그가 맨발로 쏘다니던 고향 마을 스토리빌은 아메리카 흑인 음악이 살아 숨 쉬던 곳이었으며 '재즈'라는 획기적인 장르가 탄생한 곳이기도 했습니다. 가난의 고통을 잊고자 거리의 음악에 푹 빠졌던 루이의 경험은 그가 장차 세계적인 음악가로 성공하는 데 귀중한 자산이 되었습니다.

또한, 어린 나이에 거리에서 한뎃잠을 자면서 구경꾼들의 마음에 드는 노래를 불러야 했던 에디트 피아프 역시 서민의 삶과 애환을 누구보다도 잘 알고 있었습니다. 그래서 그녀는 다른 어느 가수도 흉내 낼 수 없는 감동적인 목소리를 그 고통스러웠던 체험에서 끌어낼 수 있었습니다. 그리고 그 경험은 후일 그녀가 세계적인 가수가 되었을 때 대중과 진정으로 소통하는 데 무엇과도 바꿀 수 없는 소중한 자산이 되었습니다.

가난에서 벗어나려는 집안의 기대를 양 어깨에 짊어지고 학교에서 1등 자리를 한 번도 놓친 적이 없었던 프로이트에게도 가난은 지적 성장의 동력이자 자산이었음을 부정할 수 없습니다.

이처럼, 어떤 사람에게 가난은 넘어설 수 없는 장애이지만, 그것을 자산으로 삼는 사람에게는 성공의 열쇠가 되기도 합니다.

2. 가난을 인간적 성숙의 동기로 삼아라

고통은 소리굽쇠와 같아서 한 사람의 고통이 소리를 내며 울면 다른 사람의 가슴속에 숨어 있던 고통도 따라서 공명합니다. 고통은 인간을 성숙하게 하는 과정이며 타인과 소통하는 언어이기도 합니다. 어린 시절 지독한 가난에 시달리며 고통스러운 삶을 살았던 사람에게는 자신이 경험한 고통을 통해 남의 고통을 이해하는 인간적인 깊이가 생기고, 남과 진실하게 소통하는 능력이 생깁니다. 또한, 그 지독했던 가난을 극복하고 큰 성공을 거둔 사람에게는 자신감과 자부심도 생기게 마련입니다.

처절할 정도로 가난에 시달렸던 루이 암스트롱은 아이러니하게도 늘 주위의 가난한 사람들을 도와야 한다고 생각했습니다. 그는 이웃을 대신해서 장을 봐주거나, 신문을 팔았고, 몇 푼의 동전을 벌고자 친구들과 보컬을 결성해서 거리에서 노래했습니다. 나중에 뮤지션으로 성공하고 나서는 가난한 사람들에게 수십만 달러를 나누어 주기도 했습니다.

에디트가 세상을 떠났을 때 남자들은 푸른 작업복을 입고, 여자들은 앞치마를 두른 채 묘지까지 그녀의 운구행렬을 따라갔습니다. 살아생전 그녀는 가난하고 고된 삶을 살아가는 사람들의 친구였고 연인이었으며 그들을 위해 노래한 가수였기에 사람들은 진정으로 그녀를 사랑했고, 그녀의 죽음을 진심으로 애도했던 거지요.

전 세계인이 찰리 채플린의 매력에 빠진 것도 그가 창조한 '찰리' 라는 떠돌이 캐릭터에 열광했기 때문이었으며, 그 떠돌이는 가난하고 버림받은 사람들을 대변하고 그들의 고달픈 삶에 공감하는 인물이었습니다.

이 세상에서 우리는 엄청난 부를 축적하고 높은 자리에 올라 세속적 성공을 거둔 사람들을 흔히 볼 수 있습니다. 그들은 죽음의 문턱에 섰을 때 나름대로 행복한 삶을 살았다고 생각할지도 모릅니다. 하지만 많은 사람이 그가 말하는 행복의 개념에 동의하지 않는다면, 과연 그것을 행복한 삶이라고 말할 수 있을까요?

고대 그리스어로 '살아있다.' 라는 말은 '남들과 함께하다.' 라는 뜻이라고 합니다. 또한 '죽었다.' 라는 말은 '남들과 함께하기를 그치다.' 라는 뜻이라고 합니다. 그처럼, 한 사람의 성공과 행복이란 자기만족이 결정하는 것이 아니라, 바로 같은 시대를 살아가는 수많은 사람, 즉 타인이 결정한다는 사실을 잊어서는 안 되겠지요. 그리고 진정한 성공과 행복은 인간적으로 성숙하여 많은 이의 사랑과 존경을 받았을 때 비로소 이루어지는 것이라는 사실도 명심해야 할 것입니다.

이처럼, 우리가 어떻게 대응하느냐에 따라서 가난은 불행이 될 수도 있고, 진정한 성공과 행복을 향한 인간적 성숙의 계기가 될 수도 있습니다.

Civilization began the first time
an angry person cast a word
instead of a rock.

인간의 문명은 화가 난 사람이
처음으로 돌 대신 말을 던지면서부터
시작되었다.

지그문트 프로이트

Sigmund Freud
고독한 공부벌레, 지그문트 프로이트

당시 오스트리아 제국에 내재한 반유대주의 정서에 피해를 보고 있던 모라비아 지방의 유태인 가정에서 태어난 지그문트 프로이트는 빈에서 어린 시절을 보냈다. 모직물 상인이었던 그의 아버지는 경제적 어려움을 겪고 있었다. 어려서부터 매우 총명했던 그는 지식에 대한 열망이 남달리 강했으며, 사회적 신분 상승을 꿈꾸던 프로이트 가문은 그에게 모든 희망을 걸고 있었다.

어린 시절 기억 가운데 가장 인상에 남는 일이 무엇이냐는 질문을 받으면 지그문트 프로이트는 자신의 인격형성에 지대한 영향을 미친 사건으로 아버지와 관계된 일화를 들곤 했다. 그가 열두 살 때 아버지 야콥은 이런 이야기를 들려주었다. 하루는 그가 빈의 거리를 지나가는데 어떤 사람이 그의 모피 모자를 벗겨서 길가의 도랑으로 집어던지고는 그에게 "유대인, 인도에서 내려와!"라고 명령했다. 야콥은 그가 시키는 대로 보도 아래로 내려와 모자를 집어 들었다고 한다.

이 사건 이후로 지그문트는 자신의 처지를 숙명처럼 받아들이는 나약한 성격의 아버지를 무시하게 되었으며, 그때까지 돈독했던 부자 관계는 위기를 맞았다. 합스부르크 왕가의 제국에서 태어난 지그문트의 유년기에 유대인 공동체는 오스트리아 사회에 동화되지 못한 채 비난의 대상이 되었지만, 그는 이러한 차별에 용감히 맞섰다. 자칭 '대담한 반대파'였던 그는 차별받던 유대인이라는 출신과 따돌림받던 어린 시절이 반항적이고 반순응적인 성격이 형성된 원인이 되었다고 고백했다. 훗날 인간 정신의 표출에 관한 그의 연구는 커다란 논란을 불러일으켰다.

1856년 5월 6일 모라비아 지방의 작은 마을 프라이베르크에서 태어난 정신분석의 창시자 지기스문트 프로이트(Sigismund Schlomo Freud)는 스물두 살 때 자신의 이름에서 알파벳 두 자를 떼어내어 지그문트 프로이트로 개명했다. 당시에는 오스트리아 제국에 속했고 현재는 체코 공화국에 속하는 프라이베르크는 빈에서 북동쪽으로 250킬로미터 떨어진 곳에 있는 인구 5,000명의 작은 도시로 100여 명의 유대인이 살고 있었는데, 그들 대부분은 최근에 이주한 사람들이었다. 이처럼 그의 선조는 수세기에 걸쳐 박해를 피해 독일에서 리투아니아 쪽으로 쫓겨다녀야 했으며, 19세기 초 다시 오스트리아로 이주하여 정착하기에 이르렀다. 우크

라이나의 오데사에서 성장한 지기스문트의 어머니 아말리에 나탄손도 젊은 시절에 가족과 함께 빈으로 이주한 사람이었다.

아들이 태어났을 때 그녀의 나이는 겨우 스무 살이었지만, 남편 야콥 프로이트는 마흔한 살의 중년이었다. 그는 1년 전에 이 젊은 여인과 결혼했으며, 지기스문트는 그의 세 번째 아이였다. 그는 첫 결혼에서 엠마누엘과 필립 두 아들을 두었으며, 이복동생 지기스문트가 태어날 때 이들은 각각 스물네 살과 스무 살이었고 프라이베르크에 살고 있었다.

프로이트는 개인의 성격이 드러내는 중요한 특징들이 어린 시절에 형성된다고 주장하는데, 그 자신도 어린 시절에 매우 복잡한 감정과 애정이 얽힌 세계에서 성장했다. 이복형 엠마누엘의 아이들인 조카 존과 폴린은 그와 비슷한 나이였는데, 그들과 함께 그를 키워준 유모는 가톨릭 신자였다. 지기스문트가 태어날 무렵 프로이트 집안은 약간 유복한 편이었지만, 그런 안락함이 그리 오래가지는 못했다. 프로이트 집안에서는 독일어와 이디시어*를 사용했기에 지기스문트가 성장하면서 체코어를 잊어버렸지만, 체코어를 쓰는 유모는 아이를 미사에 데려가며, 착하게 굴지 않으면 지옥에 떨어진다고 협박했다. 그보다 한 살 많은 조카 존은 그의 놀이 친구이자 자주 다투는 경쟁자이기도 했다. 사실 이 어린 소년은 자기보다 촌수는 낮지만 체구도 더 크고 힘도 더 센 조카 앞에서 윗사람으로 처신해야 할 필요가 있었다.

---

* Yiddish language: 중부 및 동부유럽 출신 유대인이 사용하는 언어.

1857년 4월에 태어난 지기스문트의 동생 줄리우스가 8개월 후 사망하자 그는 죄책감을 느꼈다. 자신이 사랑하는 명랑하고 아름다운 어머니의 사랑을 빼앗기기 싫었던 그는 아기가 태어나자 기분이 상하여 무의식적으로 아기가 죽기를 바랐는데, 그의 바람이 현실이 되었던 것이다. 사실, 어머니는 자신의 맏아들을 '나의 금쪽같은 지기'라고 부르며 유별난 애착을 보이고 있었다. 게다가 과자점에서 우연히 만난 카드 점쟁이가 맏아들이 장차 위대한 사람이 되리라고 예언했기에, 어머니는 매우 흡족해하며 지기스문트에게 큰 기대를 걸고 있었다. 1897년 프로이트는 친구에게 보낸 편지에서 두 살 때 어머니의 벗은 몸을 보자 곧바로 자신의 리비도가 깨어났다고 고백했다.

어머니보다는 그와 다소 거리감이 있었던 아버지 야콥은 엄격하지만 관대한 인물이었다. 사람들의 환상을 꼬집고 빈정거리는 그의 독특한 유머감각은 아들에게 그대로 전해졌다. 그러나 지기스문트는 그를 아버지라는 존재로서 쉽사리 받아들일 수 없었다. 지기스문트와 야콥 사이에는 중간 세대인 두 이복형이 있었고, 그에게 연배가 아버지뻘인 그들의 존재는 아버지를 마치 할아버지처럼 여겨지게 했던 것이다. 따라서 그는 일반적으로 아들이 아버지에 대해 품는 경쟁심을 느끼지는 않았다. 그러나 자신이 독차지한 어머니의 사랑을 다섯 명의 여동생과 한 명의 남동생에게 빼앗길 수는 없었다.

야콥은 그 지역 직물공장에서 생산된 모직물을 거래하는 상인이었다. 그런데 수공으로 모직물을 생산하는 것보다 훨씬 경쟁력이 있는 현대적인 직조기를 설치할 자금이 없었던 그의 사업은 1840년대 말부터 급격히 몰락하기 시작했다. 현대 경제의 순환에 뒤처져 있던 프라이베르크는 이제 기차조차 서지 않는 낙후된 도시가 되었으며, 야콥의 수입도 급격히 감소했다. 이러한 경제불황과 동시에 반유대주의 열풍이 보헤미아와 모라비아에 불어 닥쳤다. 1848년 유럽혁명과 1848~1849년에 발생한 일련의 혁명적인 사건 이후 체코에서 국가주의가 부상하자, 많은 사람이 경제적 어려움을 독일 문화권에 거주하는 유대인의 책임으로 돌리며 이들을 핍박했다. 프라이베르크에서도 직물제조업자들은 유대인 모직물 거래상들을 언어적, 신체적으로 공격하기 시작했다.

1859년 10월 지기스문트가 세 살 때, 야콥의 가족은 그들의 선조처럼 모라비아를 떠나 중세부터 상업도시로 발전한 독일 작센 주 남서부의 라이프치히로 갔다. 몇 달간 그곳에 머물며 사업 전망을 살펴보고 실망한 지기스문트의 아버지는 다시 빈으로 이주했다. 한편 그의 이복형 엠마누엘과 필립은 영국의 맨체스터에서 그들의 운을 걸어 보기로 했는데, 지기스문트는 그들을 따라가고 싶었다. 유대인에 대한 차별이 오스트리아보다 훨씬 덜했던 영국은 그에게 지상낙원처럼 여겨졌으며, 이후 그는 영국에서 살고 싶다는 소원을 평생 간직하게 되었다. 그는 모라비아 지방의 계곡과 초록이 우거진 경치, 그리고 아버지와 함께 산책하던 집 근처의 숲에서 멀어지는 것이 아쉽기만 했다. 이사는 그에게 지속적으로 충격을 주는 사건이었다. 거듭된 여행 탓에 그에게는 기차에 대한 병적인 공포증이 생겼다. 마흔 살이 넘었을 때 지그문트는 자기분석을 통해 그 옛날 프라이베르크를 떠나면서부터 기차라는 운송수단이 그의 무의

야콥과 지그문트 프로이트(1864)

식 속에서는 고향 상실과 연결되어 있었음을 확인하고 나서야 이 공포증에서 벗어날 수 있었다.

야콥이 오스트리아의 수도에 정착하고 나서 매년 아이가 태어났지만, 그의 사업은 여전히 고전을 면치 못했다. 따라서 그는 경제적으로 몹시 어려운 처지에 놓였기에 처가의 도움을 받아야 했다. 그들 부부는 여섯 아이를 데리고 욕실도 없는 방 네 칸짜리 작은 아파트에서 살았다.

하지만 1869년 법령에 따라 유대인들이 프란츠 요제프 황제의 다른 백성과 동등하게 시민권을 얻게 되면서 프로이트 가족에게는 희망이 생겼다. 그 순간 야콥에게 떠오른 생각은 아들이 고등학교와 대학교 진학의 길이 열렸다는 것이었다. 그의 조상과 달리 지기스문트는 이 도시에서 저 도시로 옮겨 다니며 근근이 연명해야 하는 운명을 벗어날 수 있게 되었던 것이다. 그의 아버지는 재능이 뛰어나고 장래가 촉망되는 아들의 성공을 확신했다. 그가 학교에 들어가기도 전에 아버지는 그에게 몇 가지 교훈을 주었다. 지식욕이 왕성한 이 상인은 아들에게 종교적 신앙심을 심어 주기보다는 자신이 독학으로 터득한 철학에 가까운 심오한 유대 문화를 전수했다. 지그문트 역시 그의 아버지처럼 신을 믿지 않았다. 지식에 목마른 조숙한 아이는 그때부터 아버지와 끈끈한 정으로 다시 맺어질 수 있었다.

사립학교에 다닌 지기스문트는 아홉 살 때 입학시험에 통과하여 1년 먼저 김나지움에 들어갔다. 그때부터 그는 대부분의 시간을 숙제나 독서를 하며 보냈다. 그에게는 자신의 운명에 대한 변치 않는 믿음이 있었다. 외국어에 관심이 많았던 그는 영어와 프랑스어를 빠르게 습득했다. 그는 여덟 살 때부터 셰익스피어의 작품을 읽으며 인간의 본성을 분석하는 데 몰두했을 뿐만 아니라, 라틴어와 그리스어에도 남다른 재주를 보였고, 이탈리아어와 에스파냐어를 독학했다. 빈의 슈페를 김나지움에 다닌 8년 가운데 후반 6년 동안 그는 반에서 1등을 놓치지 않았다.

지그문트와 어머니 아말리아(1872)

지기스문트는 가문의 희망이었다. 그는 뛰어난 성적과 공부를 좋아하는 기질 덕분에 비록 네 칸짜리 협소한 아파트였지만 독방을 차지할 수 있었으며, 그가 '사무실'이라 부르는 그 방에서 자고 공부하는 생활을 계속했다. 아들의 독서 취미를 충족시켜 주고자 변변치 않은 수입의 많은 부분을 책값에 충당한 아버지의 아량 덕분에 그는 편집적으로 많은 책을 살 수 있었고, 그가 병원 인턴으로 근무하게 되면서 비로소 떠나게 된 그 협소한 방은 차츰 발 디딜 틈이 없을 정도로 수많은 책이 들어찬 도서관으로 변하고 말았다.

잠시라도 공부할 시간을 뺏기고 싶지 않았던 그는 저녁이면 이 '사무실'에서 혼자 서둘러 식사하곤 했다. 다른 식구들이 초를 켜고 사는 동안

뒷줄 왼쪽에서부터 세 번째가 지그문트. 그 옆이 이복형 엠마누엘, 맨 끝이 외삼촌 시몬 나탄손. 아랫줄 중앙에 앉은 이가 아말리아와 야콥 프로이트(1876)

그는 석유램프에 불을 밝혀 공부했다. 그는 친구들이 찾아오면 그 좁은 방으로 데리고 들어가서 책을 읽게 하고, 학문적인 토론을 벌여 그들을 당황하게 했다. 지기스문트의 부모는 피아노 소리가 독서에 방해된다며 여동생의 피아노 레슨을 중단시켜 달라는 그의 요구를 즉시 들어줄 정도로 집안 식구가 모두 그의 공부를 중요하게 여겼다. 지기스문트는 빈의 공원이나 레스토랑에 들어설 때 음악이 들려오면 귀를 틀어막을 정도로 평생 음악에 대해 끔찍한 혐오감을 드러냈다.

1873년 야콥은 그동안의 노고를 보상받고 희망이 결실을 보게 되었다. 그의 아들이 열일곱 살에 대학입학 자격시험에 합격한 것이다. 교사들은 그의 뛰어난 문체에 칭찬을 아끼지 않았다. 훗날 그가 작성한 정신분석 치료 보고서는 마치 한 편의 소설과 같아서 읽는 이는 그 탁월한 글재주에 감탄하지 않을 수 없었다. 그는 선배의 충고에 따라 정계로 나아가고자 법학을 공부할 생각이었지만, 누차에 걸쳐 아버지가 상기시켜준 것처럼 그의 유대 혈통 때문에 정치에 입문하는 것은 불가능한 상태였다. 따라서 1873년 가을 그는 결국 의과대학에 등록했고, 별 열의 없이 강의를 들었다. 그는 수업이 생리학에 국한되는 것이 싫어서 철학과 생물학 강의도 함께 들었다.

의학 분야 중에서도 신경학을 전공한 프로이트는 박사과정을 마친 후 빈에서 임상의로 자리를 잡았다. 그는 현대 신경학의 창시자인 프랑스인 의사 샤르코의 영향을 받아 히스테리를 연구하고, 최면상태를 이용한 치료법을 활용했다. 그러나 1895년 그는 최면술 치료법 대신 직접 환자의 꿈과 불안을 연구하여 개발한 자유연상법이라는 심리분석 기술을 도입했다. 그는 이처럼 무의식 분야를 연구하여 개인의 인성 형성을 설명하는 정신분석학을 수립하고 체계화했다. 오랜 기간 임상 치료사로 일하면서 연구에 깊이를 더한 그의 이론은 전 세계에 급속도로 확산되었으나, 정작 그 자신은 1938년 나치 독일에 오스트리아가 합병되자 런던으로 피신하였고, 다음해 사망했다.

하지만, 그것은 또 다른 이야기의 시작이다.

자신을 믿어야 한다. 그것이 바로 비결이다.
고아원에 있을 때, 먹을 것을 찾아 거리를 헤맬 때,
나는 자신을 세계에서 가장 위대한 배우로 믿고 있었다.
자신감이 넘치다 보니 기고만장했던 것 같지만,
그런 확신이 없다면 우리는 인생에서 실패할 수밖에 없다.

찰리 채플린

Charlie S. Chaplin
춤추는 떠돌이 소년, 찰리 채플린

(1889~1977)

그를 버린 아버지, 직업도 없이 서서히 미쳐 버린 어머니, 찰스 채플린의
어린 시절은 끝없는 나락으로 떨어지는 것 같았다. 굶주림에 지쳐 혼자
렁던 거리로 나온 열네 살 찰스. 그는 세상에 자기 자신밖에 아무도 의지
할 사람이 없었다. 그런 그에게 뮤직홀은 구원의 무대였고 빈민의 출구
였다. 찰리가 부모에게서 물려받은 것이라곤 공연을 좋아하는 취향뿐이
었다.

찰스 스펜서 채플린(Charles Spencer Chaplin)은 자서전에서 어린 시절
과 청소년기를 되돌아보며 다음과 같이 기록하고 있다.

"먼 옛날, 나는 굶주림과 내일에 대한 두려움, 매일 반복되는 하루하루에 대한 공포에 사로잡혀 있었다. 내겐 그 두려움에서 벗어나게 해줄 어떠한 행운도 없었다. 나는 마치 가난과 결핍에 대한 강박에 사로잡힌 사람 같았다."

이처럼 보잘것없는 젊음은 채플린의 인생과 작품에 결정적인 영향을 미쳤고, 채플린을 말할 때 누구나 머릿속에 떠올리는 떠돌이의 이미지가 형성되는 영감으로 작용했다. 활기차고 관대하면서도 의심 많고 우울한 모습이 묘하게 뒤섞인 그의 양면적인 성격은 어린 시절부터 형성되었다.

세계적인 명성을 얻자, 출신 배경이 부끄러워진 그는 자신이 샤를 샤플랭이라는 프랑스 노르망디 지방 화가의 후손이며, 퐁텐블로에서 태어났다고 소개했다. 그의 아버지가 프랑스 혈통인 것은 사실이었다. 그의 가문은 낭트칙령*이 폐지되자 영국으로 망명한 보잘것없는 위그노 상인 출신이었다. 그의 어머니 한나 힐 역시 가난한 제화공 집안 출신으로 유대인이었다. 영국의 뮤직홀 학교에서 교육받은 그의 희극에 앵글로색슨보다는 유대와 라틴 성향이 짙은 것도 바로 이런 연유이다.

뮤직홀 무대에 서고 싶었던 찰리의 어머니 한나는 열여섯 살 때 집을

* Edit de Nantes: 1598년 4월 14일 프랑스의 왕 앙리 4세는 낭트칙령을 공포하여 신교파인 위그노에게 조건부 신앙의 자유를 허용하며 약 30년간 지속된 프랑스의 종교전쟁을 종식시켰다. 그러나 루이 14세는 1685년 10월 18일 칙령을 폐지하고 위그노의 종교적, 시민적 자유를 박탈하였기에 프랑스 남서부 지역에 살던 약 40만 명의 신교도가 영국, 네덜란드, 프로이센 등으로 망명했다.

나와서 릴리 할리라는 이름으로 유랑극단의 배우 겸 가수가 되었다. 그러다가 찰스 채플린이라는 이름의 그럭저럭 성공한 바리톤 가수를 만났는데, 그는 연인 역을 연기하는 보랏빛 눈동자에 갈색 머리 한나를 보자 한눈에 반했다. 나중에 그녀는 사람들에게 찰스를 귀족이라고 소개했지만, 그것은 분명히 그녀가 즉흥적으로 둘러댄 신분이었을 것이다. 아무튼, 그녀는 찰스와 결혼하기 몇 달 전인 1885년 6월 아들 시드니를 낳았다. 양쪽 집안 어디에도 연예계에 발을 들여놓은 사람이 없었지만, 남보다 뛰어난 외모와 노래에 약간의 재능이 있었던 찰스와 한나는 가방 하나만 달랑 들고 영국 대도시에 널려 있는 화려한 뮤직홀들을 돌아다녔다. 대중극장 무대에서는 곡예사, 마술사, 어릿광대, 복화술사, 악기 연주자, 가수들의 공연이 밤새도록 이어졌다. 어린 시드니를 키워야 했던 젊은 부부는 2년 동안 가수로서 성공하기 어려웠지만, 1887년 찰스는 드디어 첫 계약서에 서명했다. 그는 대중가수로서 약간의 성공을 거두었으며, 그의 노래 가운데 몇 곡은 음악 전문지에 소개되기도 했다. 반면 한나는 별 볼일 없는 극장에서 따낸 시답잖은 계약 몇 건에 만족해야 했다.

1889년 4월 16일 그들이 결혼한 지 4년이 채 못 되었을 때 런던에서 가장 평판이 좋지 않은 빈민가인 월워스에서 찰스 채플린이 태어났다. 당시 채플린 가족은 람베스의 서민 동네에 있는 방 세 칸짜리 아파트에서 살고 있었다. 갓난아기는 일찍부터 부모의 순회공연을 따라다녔으며, 풍문에 의하면 생후 몇 달도 되지 않은 그가 벌써 촌극 무대에 섰다고 한다. 하지만 부모의 부부관계는 이미 파경을 향해 가고 있었다. 알코올중독에 난폭해진 아버지 찰스는 무대에 서지 않는 날이면 선술집에서 시간을 보내며 집에 들어오지 않을 때가 잦았다. 심지어 몇 주 동안 아무 말 없이 사라지기도 했다. 결국 아이가 한 살이 되었을 때 채플린 부부는 이혼했다. 한나는 즉시 성공한 가수 레오 드라이든에게 의지하며 지냈고, 1892년 8월 그의 아이 조지를 낳았다. 그러나 6개월 후 어머니로서 한나의 자질을 의심한 레오가 아들을 데리고 떠나자, 그녀는 깊은 절망에 빠졌다.

전 남편이 얼마 되지도 않는 별거수당을 제때에 지급하지 않았기에 한나는 첫 결혼에서 얻은 두 아들을 혼자 힘으로 키워야 했다. 그녀의 수입은 일주일에 고작 몇 파운드에 불과해서 간신히 먹고사는 정도였다. 그러나 찰리 채플린은 그 시절을 이렇게 회상한다. "그때 우리는 정말 행복했다. 끼니를 거르지 않고 거의 매일 먹을 수 있었으니까…" 아이들이 즐거워하는 모습을 보려고 그들만을 위한 공연을 준비할 정도로 자식을 사랑했던 어머니 덕분에 두 아들은 가난했지만 안락한 생활을 했다. 한나는 찰리 채플린이 글을 배우기도 전에 그에게 영국민요와 뮤직홀에서 부르는 노래를 가르쳤다. 훗날 그는 비록 직업적으로는 대접받지 못한 어머니였지만 그녀의 재능에 찬사를 보내며 이렇게 기록했다.

"어머니는 내가 한 번도 본 적이 없는 위대한 팬터마임 배우였다. 나는 어머니의 노래를 듣고 연기를 보면서 손과 얼굴로 감정을 표현하는 방법을 배웠고, 사람들을 관찰하고 연구하는 방법도 배웠다."

하지만 지치고 쇠약해진 한나는 가끔 발작을 일으켰고, 고질적인 후

두염에 시달린 나머지 성대에 손상을 입어 더는 노래할 수 없게 되었다. 그녀가 런던의 시시한 극장들과 맺은 계약은 하나 둘 파기되기 시작했다. 어느 날 저녁 무대에 선 그녀의 목소리가 나오지 않자, 대부분 군인이었던 관객이 화를 냈고, 극장 주인은 다섯 살밖에 되지 않은 그녀의 어린 아들을 어머니 대신 무대에 내보냈다. 그동안 무대 뒤에서 어머니의 공연을 지켜보았던 찰리는 전혀 당황하지 않고 활기차게 무대에 올라가 재미있는 노래를 부르기 시작했다. 놀랄 정도로 만족한 관객이 무대 위로 던져준 동전이 비 오듯 쏟아졌다. 엉금엉금 기어다니며 동전을 주워 어머니에게 가져다주는 아이의 모습에 관객은 폭소를 터뜨렸고 극장 안은 시끄러워졌지만, 그는 다시 코믹한 촌극을 연기하고 노래를 부르며 군인처럼 걷던 어머니의 연기를 흉내 냈다.

그러나 어린 천재는 가족을 먹여 살리려고 무대에 섰던 어머니를 대신할 수는 없었다. 그들은 점점 더 작은 빈민촌 아파트로 이사해야 했다. 어머니 한나는 임시방편으로 시작한 삯바느질로 연명했다. 두 아들에게도 바느질을 가르쳐 주었지만, 침대 매트가 하나밖에 없는 비좁은 단칸방에서 세 사람은 굶을 때가 많았다. 신발도 없었던 아이들은 무료급식소에서 나눠주는 식량을 얻으러 어머니 구두를 신고 나갔다. 그러다가 돈이 바닥나자 어머니는 아이들과 함께 람베스의 빈민구호소에 몸을 의탁하는 수밖에 다른 도리가 없었다. 강제로 어머니와 헤어진 시드니와 찰리는 머리를 삭발하고, 런던에서 20여 킬로미터 떨어진 '고아들과 버려진 아이들'을 위한 학교에 가야 했다. 막내는 아버지가 없는 동안 자립해야 했던 똑똑하고 예민한 시드니에게 모든 것을 의지했지만, 그곳에서

찰스(좌)와 시드니(1893)

두 형제는 서로 떨어져 지내야 했다.

2년 후 찰리가 아홉 살이 되었을 때 어머니는 마침내 아이들을 다시 데려와서 런던의 케닝턴 공원 부근에 있는 작은 방에서 함께 살 수 있게 되었다. 그러나 얼마 후에 어머니는 몇 년 전 정신질환으로 수용소에 들어갔던 아이들의 외할머니처럼 정신착란을 일으켜 정신병원으로 들어갔다. 두 아이는 사회복지사가 어렵사리 찾아낸 아버지에게 강제로 맡겨졌다. 몇 년 전부터 그는 한나가 살던 곳과 같은 지역에서 젊은 여인 루이즈와 살면서 아이까지 낳은 상태였다. 시드니와 찰리는 낯선 환경이 마음에 들지 않았다. 아버지와 마찬가지로 늘 술에 취해 있는 새어머니 루이즈는 그들에게 마룻바닥을 닦게 하고, 칼을 갈게 하고, 때로는 밤중에 집 밖으로 나가라고 하는 등 형제를 심하게 구박했다. 더군다나 찰리는 아버지에게 돈을 벌어다 바쳐야 했기에 주말이면 거리로 나갔다. 다행히도 몇 달 후 병원에서 나온 한나는 아이들을 다시 데려갔다.

1898년 말 어머니 한나는 윌리엄 잭슨이라는 사람이 단장으로 있는 어린이 무용극단 '에이트 랭카셔 래즈'*에 막내아들을 들여보냈다. 학교 공부보다 연극을 엄청나게 더 좋아했던 것은 사실이지만 직업 배우가 되

* Eight Lancashire Lads: 1800년대 말~1900년대 초 영국 뮤직홀에서 순회공연하던 소년 무용단.

겠다는 생각을 해보지 않았던 아이가 그 기회를 기꺼이 받아들이자, 어머니는 2년 동안 아이 걱정은 내려놓을 수 있었다.

숙식이 해결되고 어머니에게 일주일에 반 크라운의 은화까지 주게 된 찰리는 그때까지 길렀던 탐스럽고 아름다운 곱슬머리를 자르고 지방으로 순회공연을 떠났다. 주중에 그는 극단이 머무는 도시에서 학교 수업에 참여하여 미흡하나마 단편적인 교육을 받을 수 있었다. 그의 학습 능력은 겨우 글을 읽는 정도였지만, 탭댄스와 코믹 연기는 일품이었다. 작은 무용극단은 영국 전역의 대형 뮤직홀을 돌며 당시 인기스타들과 함께 공연했다. 찰리는 현장에서 유명배우들의 연기를 직접 눈으로 보면서 제대로 된 실습교육을 받았다. 찰리는 특히 주역을 돋보이게 하는 프랑스의 어릿광대 마르슬렝의 우스꽝스런 연기를 감명 깊게 보았다.

1901년 찰리는 극단을 떠나게 되었다. 극단주는 무대 뒤에서 공연을 지켜보며 아들의 안색이 창백하다느니, 건강이 좋지 않다느니 불평을 계속해대는 그의 어머니를 더는 참을 수 없었던 것이다. 찰리는 이 일로 크게 실망했다.

그의 가족에게는 또 다른 불행이 닥쳐왔다. 알코올 때문에 건강이 나빠진 아버지 찰스 채플린이 간경변과 수종으로 고통받다가 37세의 젊은 나이에 사망했던 것이다. 많지 않은 금액에 그나마 정기적으로 지급되지도 않았지만, 아버지로부터 받던 경제적 도움이 중단되자 한나의 아이들은 더욱 혹독한 가난에 시달려야 했다. 그들은 시장에서 상해서 버린 과일을 주워 먹었다. 꽃을 팔거나 거리에서 조악한 오르겐 소리에 맞추어 춤을 추는 등 잡일로 돈을 벌어야 했던 찰리는 학교에도 가지 못했다. 그는 심부름꾼, 이발소 조수, 서점 점원, 유리병 제작공 등으로 일하면서 변두리 뮤직홀에도 간간이 출연했다. 시드니가 영국과 남아프리카를 왕래하는 여객선의 웨이터 겸 나팔수로 일하게 되었을 즈음, 정신착란 증세가 재발한 어머니 한나는 정신병원에 입원해야 했는데, 그 후 다시는 회복하지 못했다. 유령과 대화한다고 주장하는 그녀를 진찰한 의사들은 그녀에게 평생 입원을 처방했다. 찰리는 열네 살에 혼자가 되었다. 그는 공원이나 폐가에서 밤을 보냈다. 하지만 그는 괴로움으로 쓰러지기는커녕 즐겁게 거리를 돌아다녔고, 시장 주변을 어슬렁거리며 사람들이 살아가는 모습을 예리하게 관찰했다. 그는 현대의 삶이 보여주는 지칠 줄 모르는 변화와 다양한 모습에 열광했다.

하지만 이러한 거지 생활에도 한계가 있었다. 1903년 가을, 찰리는 용기를 내어 자신의 운명에 도전하기로 결심했다. 런던에서 가장 큰 극단을 찾아간 그는 극단주의 눈에 띄어 얼마 후 첫 계약서에 서명했다. 200파운드가 조금 더 되는 주급을 받고 그는 연극으로 각색한 코난 도일의 작품에서 셜록 홈즈의 하인 역을 맡아 지방으로 몇 달간 순회공연을 떠났다. 당시 런던으로 돌아온 형은 여전히 글을 읽을 줄 몰랐던 동생을 위해 대본을 읽어 주었고, 최단기간에 그에게 글을 가르쳐 주었다. 젊은 청년은 극단 단원들과 어울리지 못했지만, 시드니가 극에서 작은 역할을 맡도록 주선해 주었다. 그때까지 무대에서 남을 흉내 내거나 팬터마임을 하는 데 그쳤던 찰리는 배우라는 직업을 새로이 발견했다. 자신의 재능을 마음껏 펼쳐 다른 배우들에게 깊은 인상을 남긴 그는 얼마 후 비평가와 극단주의 주목을 받게 되었다.

그러나 불행하게도 이후에 그가 출연한 작품들은 성
공하지 못했다. 그는 직접 코믹한 촌극을 써서 연기했지
만, 공교롭게도 런던의 유대인 지역 극장에서 반유대주
의적 농담을 하는 바람에 관객의 반응이 냉랭했다. 다시
거리로 나설 수밖에 없었던 찰리에게 결정적인 기회가
찾아왔다. 프레드 카르노는 팬터마임 극단과 악극단을
여럿 소유하고 있었는데, 얼마 전 입단한 시드니가 동생

찰스 채플린(1910)

을 강력하게 천거하자 그의 정성에 못 이겨 찰리의 연기를 한번 보겠다
고 수락한 것이다. 수줍음을 보상하고도 남을 춤꾼으로서의 재능이 있는
소년은 극단주에게 강한 첫인상을 남기진 못했지만 이제 자신에게도 행
운이 찾아왔음을 직감했다. 그는 곧 배우로서, 특히 희극배우로서의 재능
을 발휘하여 카르노와 노련한 선배 배우들의 마음을 사로잡았다. 이 극
단은 그의 예술적 성격 형성에 영향을 준 실력 있는 배우가 많았는데, 이
곳에서 곡예사, 광대의 재주를 익힌 그는 모든 동작을 놀라울 정도로 제
어할 수 있게 되었다. 시드니와 찰리는 상당한 금액의 보수를 받아 방 네
칸짜리 아파트를 빌려 정성스럽게 꾸몄으며, 가끔 병세가 완화된 어머니
가 그들을 찾아오기도 했다.

그러나 순회공연을 하는 하찮은 배우로 만족할 수 없었던 열일곱 살
의 젊은이는 무대 밖에서는 여전히 우울하고 말이 없었다. 수줍은 성격
때문에 다른 배우들에게 말을 걸 용기도 없었던 그는 혼자서 책을 읽거
나 정식교육을 받지 못해 부족한 부분을 보충하려고 애썼다. 그렇게 그

찰리 채플린이 창조한 떠돌이 캐릭터

는 수사학, 문법, 라틴어를 파고들었다. 독학으로 음악을 배워서 슬프고 감동적인 멜로디를 즉흥적으로 작곡하여 몇 시간씩 바이올린으로 연주하기도 했다.

1910년 극단주는 그에게 새로운 지평을 열어 줄 제안을 했다. 카르노는 얼마 전 미국에서 극단을 결성했는데, 배우들이 영화의 유혹을 이기지 못하고 빠져나가자 결원을 보충하기 위해 미국으로 가서 극단에 합류하라는 것이었다. 그는 13명의 영국 젊은이와 함께 미국으로 향했는데, 일행 중 한 사람이었던 스물한 살의 젊은이 스탠 로렐은 아메리카 대륙으로 떠나는 순간 "불현듯 본능적으로 이 신대륙에서 펼쳐질 자신의 운명"을 느낄 수 있었다고 했다.

카르노 극단이 미국 순회공연을 하던 중에 미국의 영화제작자 M. 세넷의 눈에 띈 찰리는 할리우드로 초청되어 큰 행운의 기회를 잡았다. 그 당시 발전 단계에 있었던 미국 영화계에서 희극영화를 제작하던 세넷은 채플린의재능을 세상에 알렸다.

1914년 그의 첫 영화 「생계(Making a living)」(1914)가 개봉되면서부터 철리는 1917년까지 수십 편의 단편영화에서 직접 각본을 쓰고, 감독하고, 주연을 맡았다. 미국 대중은 곧 찰리 채플린의 매력에 빠져들었다. 전 세계 사람들이 그가 창조한 떠돌이 캐릭터에 열광했고, 제1차 세계대전이 끝나기 전에 그는 이미 세계적인 스타가 되어 있었다.

그는 영화를 통해 사회의 불의와 폭력을 고발했고, 그의 마지막 무성영화인 「모던 타임스(Modern Times)」(1936)에서는 현대문명의 기계 만능

주의와 인간 소외를 희극적이며서도 예리하게 풍
자했다. 이후 유성영화로 전환한 「위대한 독재자
(The Great Dictator)」(1940)에서는 히틀러와 파시즘
을 과감히 비판했다. 그러나 「살인광 시대(Monsieur
Verdoux)」(1947), 「라임라이트(Limelight)」(1952) 등 장
편 유성영화는 이전과 같은 성공을 거두지는 못
했다.

1952년 그는 문란한 사생활과 공산주의를 찬
양하는 행동에 대한 세간의 비난을 피해 미국을
떠나 스위스에 정착했고, 마지막 영화 두 편을 만
들고 1977년 세상을 떠났다.

하지만, 그것은 또 다른 이야기의 시작이다.

영화 「모던 타임스」 포스터(1936)

'도레미'는 누구나 알고 있다.
그다음부터는
당신 스스로 찾아야 한다.

루이 암스트롱

Louis Armstrong
할렘의 블루스 보이, 루이 암스트롱

(1900?~1971)

선량하고, 편안하고, 늘 명랑한 것처럼 보이는 트럼펫 연주자의 이미지 뒤에서 가난과 인종차별로 고통스러운 삶을 살아가는 한 남자가 있었다. 그는 폭력과 매춘이 일상이 되어버린 미국 루이지애나 주 뉴올리언스의 우범지역에서 어린 시절을 보냈다. 그러나 그의 불우했던 성장과정과 비천한 출신은 오히려 그에게 뜻밖의 행운으로 작용했다. 매음굴이 되어버린 그 소란스러운 지역은 20세기 초 아메리카 흑인 음악이 살아 숨 쉬던 곳이었을 뿐만 아니라 재즈라는 획기적인 장르가 탄생한 곳이기도 했다.

일곱 살 때 어머니와 함께 스토리빌에 정착한 루이 암스트롱은 소위 '성격이 비뚤어진' 아이였다. 뉴올리언스에서도 평판이 나쁜 구역에 있는 그의 집 주변은 시 당국이 제한적으로 영업을 허가한 사창가였다. 낡은 목조건물 사이에는 유곽, 댄스홀, 도박장과 초라한 교회가 뒤섞여 있었다. 루이는 그중에서도 특히 '펑키 버트 홀'이라는 바를 좋아했다. 그는 담이라고 둘러친 칸막이 구멍을 통해 창녀들이 블루스 곡에 맞춰 선정적으로 엉덩이를 흔들며 춤추는 모습을 훔쳐보았다. 계몽주의 시대 프랑스 식민지였던 역사적 배경 때문인지, 이 도시에서는 이런 난잡한 광경을 흔히 볼 수 있었다. 아이는 이미 축제와 춤과 음악을 좋아하는 성향을 뚜렷이 보이고 있었다.

루이 자신도 부모의 한순간 욕정으로 세상에 태어난 아이였다. 1870년대 중반에 태어난 그의 아버지 윌리 암스트롱은 루이의 어머니 메이앤 마일즈와 함께 산 적도 없었다. 뉴올리언스에 정착한 그녀는 열다섯 살 때 윌리를 만나 곧바로 임신했지만, 테레벤틴 공장 노동자였던 윌리는 루이가 태어날 때쯤 그녀를 버리고 다른 여자와 가정을 꾸려 아이를 낳고 살았다.

당시 흑인들은 대체로 자녀의 출생신고를 하지 않았고, 그의 부모 또한 호적에 아이의 흔적을 남기고 싶지 않았기에 루이의 정확한 출생일은 알 수 없다. 메이앤은 그래도 글을 겨우 읽고 쓰는 수준이었지만, 윌리는 완전히 문맹이었다. 전기적으로 루이의 출생연도는 1900년이나 1901년으로 알려졌지만, 정황으로 보아 1897년이나 1898년이 분명하다. 그리고 그의 출생일이 미국 독립기념일인 7월 4일이라는 것 역시 허구임이 틀림없다. 그러나 비만 오면 진창이 되어버리는 제인 가라는 골목길 안의 한 오두막에서 루이가 태어났다는 사실은 이미 널리 알려졌다. 그 구역은 위생 환경이 매우 열악했으며, 시도 때도 없이 칼부림과 총질이 벌어져

누군가 죽어야만 상황이 종료되기 일쑤였다.

그가 태어날 때부터 아버지는 곁에 없었지만, 생후 몇 달 만에 어머니가 같은 동네에 사는 아이의 친할머니 조세핀 암스트롱에게 루이를 맡기자, 그는 어머니와도 헤어져야 했다. 메이앤은 거기서 몇 블록 떨어진 스토리빌의 지옥 같은 곳으로 거처를 옮겼다. 그녀는 아마도 출산하기 전에 그랬던 것처럼 그곳에서 몸을 팔았을 것이다.

루이는 방 세 칸짜리 허술한 집에서 사는 세탁부 할머니의 손에서 자랐다. 자존심이 강한 이 여인은 손자를 데리고 열심히 교회에 다녔고, 가끔 학교에 보내기도 했다. 1905년, 그가 일곱 살이 되던 해에 딸 베아트리스를 낳은 메이앤은 집안일을 시키려고 그를 데려갔다. 그렇게 루이는 제인 가를 떠나 스토리빌의 페르디도 가에 있는 방 두 칸짜리 아파트로 거처를 옮겼다. 어머니 홀로 아이 둘을 데리고 사는 삶은 비참하기 이를 데 없었다. 식사는 쌀밥과 삶은 팥으로 때웠다. 루이의 옷이라고는 서너 벌이 전부였고, 신발은 아예 없었다. 하지만 루이에게 그런 것은 아무렇지 않았다. 그는 배고픈 줄도 모르고 맨발로 온종일 동네를 쏘다니며 여기저기서 들리는 음악에 취했다. 그에게 음악은 음식이자 장난감이었고, 공기이자 친구였다. 20세기 초부터 수십 개의 오케스트라와 브라스밴드가 뉴올리언스의 카페, 공연장, 교회, 묘지에 넘쳐났지만, 그중에서도 특히 스토리빌만큼 음악의 열기가 뜨거운 곳은 없었다.

아들을 데려오고 나서 매춘을 그만둔 메이앤은 호구지책으로 백인들의 속옷을 빨았다. 정상적인 생활을 하기로 작심한 그녀는 루이를 펑키버트 홀 맞은편에 있는 학교에 보냈다. 그 덕분에 아이는 스토리빌에서 글을 읽고 쓸 줄 아는 몇 안 되는 주민 가운데 하나가 되었기에 이웃 사람들은 신문을 들고 그를 찾아와서 읽어달라고 부탁하곤 했다. 하지만 메이앤의 결심은 그리 단호하지 못했다. 온종일 더러운 속옷과 시트를 빠느라 지쳐버린 그녀는 저녁이면 자주 바에 가서 여흥을 즐겼으며, 오가다 만난 연인과 함께 며칠씩 사라지곤 했다. 루이와 그의 여동생이 의지할 데라고는 뉴올리언스 흑인 공동체의 유대뿐이었으며, 대부분 창녀인 이웃은 관대하게도 그들에게 잠자리와 음식을 제공했다. 그의 친척 가운데 한 사람인 홀아비 아이작 마일즈 역시 여섯 자녀와 함께 비좁은 단칸방에 살면서도 그들을 자주 받아 주었다.

열 살도 안 된 루이는 적은 돈이라도 벌어서 집으로 가져와야 했다. 그는 평생토록 주위의 가난한 사람들을 도와주어야 한다고 생각했으며, 실제로 수십만 달러를 나누어 주었다. 그는 이웃을 대신해서 장을 봐주었고, 신문을 팔았으며, 특히 몇 푼의 동전을 벌기 위해 친구들과 4인 보컬을 결성해서 거리에서 노래했다. 그가 처음으로 음악과 직접적인 관계를 맺은 이러한 경험은 2년간 계속되었고, 친구들과 수없이 즉흥적인 보컬 공연을 하면서 그에게는 독특한 음감이 형성되었다. 보컬 네 명 가운데 가장 인기가 높았던 루이는 그의 큰 입 때문에 동네에서 '게이트마우스(Gatemouth)'라는 별명을 얻었고, 나중에 재즈 스타가 되어서는 '샛치모(satchmo)'라는 별명도 생겼다.*

청소년기에 접어든 이 영리하고 재능 있는 소년은 자신과 어머니의 옷을 살 정도의 돈은 벌 수 있었다. 음악은 그의 인생에 열정과 기쁨을 주었다. 이제 루이에게는 음악가가 되겠다는 생각밖에 없었다.

가난과 폭력과 잔꾀로 점철된 거리의 삶도 1912년 초가 되자 끝나고 말았다. 전해지는 말에 따르면 루이는 새해맞이 행사로 어머니의 수많은 연인 가운데 한 사람에게서 훔친 총을 거리에서 쏘고 다니다가 체포되었다고 한다. 절도라는 범죄행위를 감추고 있는 이 일화의 진실이 어떤 것이든 간에 그는 전직 군인 조셉 존스가 몇 년 전 도시 외곽에 설립한 시설에 수용되었다. 그곳은 버림받은 유색인종 아이들을 돌보는 시설이었는데, 원생들에게 엄격한 규율이 필요하다고 생각한 조셉은 일주일에 두 번 목총을 나눠주고 군사훈련을 시켰다.

루이는 새로운 생활에 잘 적응했다. 그곳에서는 비록 조촐하지만 규칙적으로 음식을 먹을 수 있었고, 또 신발도(!) 신을 수 있었다. 특히 그는 북을 칠 수 있어서 좋았다. 늘 시설 운영비가 부족했던 조셉 존스에게 오케스트라 공연은 약간의 수입을 가져다주었는데, 루이는 이 시설의 오케스트라에서 연주하게 되었다. 흑인 음악가 피터 데이비드가 지도하는 오케스트라는 큰 북 하나와 15개의 금관악기로 구성되었다. 사실, 그것은 오케스트라라기보다는 대중에 잘 알려진 포크송이나 찬송가를 연주하

---

* Gatemouth는 사전적으로 남의 비밀을 퍼뜨리는 사람을 일컫지만, 여기서는 대문처럼 입이 크다는 뜻으로 동네 사람들이 암스트롱에게 붙여준 별명이다. 또한, 사람들은 그를 '입이 큰 놈'이라는 의미의 영어 단어 Satchel-mouth를 줄여서 satchmo라고 불렀다.

는 브라스밴드에 더 가까웠다.

뛰어난 음감으로 오케스트라에서 단계를 높여 가며 빠르게 적응한 루이는 작은북에서 시작하여 큰북에 이어 호른까지 연주하게 되었다. 멜로디 연주 악기를 생전 처음 대한 그는 기적을 이루었다. 자기 파트를 완벽하게 연주했을 뿐 아니라, 즉흥 연주의 재능까지 보여주었다. 그리고 얼마 후에 그는 코넷이라는 악기로 독주를 시도했다. 물론 그가 순수하게 독학으로 악기를 배운 것이 아니라 데이비드와 시설의 다른 음악교사들이 준 귀중한 조언이 있었던 것은 사실이지만, 연주의 도입부를 정확하게 잡아내거나 정확한 음을 내는 능력, 특히 연주 시작한 지 몇 달 만에 보여준 뛰어난 기교 등으로 볼 때 그에게 재능이 있는 것은 분명했다.

그가 시설에 들어간 지 2년이 지나자 소년법정은 아버지가 그를 책임진다는 조건으로 출소 판결을 내렸다. 친구들과 오케스트라를 떠나게 된 루이는 매우 낙심했고, 이방인이나 다름없는 남자의 집에서 어린 이복동생들을 보살피며 살고 싶지 않았다.

루이는 열다섯 살밖에 되지 않았지만, 이제 자신은 성인이며 자기 인생을 스스로 책임질 때가 되었다고 생각했다. 그는 우유와 석탄을 배달하고, 미시시피 강 부두에서 하역부로도 일했다. 당시 뉴올리언스는 음악계에 격변을 불러온 새로운 장르의 음악인 재즈에 매료되어 있었다. 블루스와 랙타임의 영향을 받았지만 전통적인 리듬과 멜로디에 일대 변혁을 가져온 재즈는 최고조의 전성기를 누리고 있었으며, 그 열기는 곧 루이에게도 전해졌다. 소년은 코넷을 들고 여러 바를 기웃거렸고, 오래지 않아 어느 오케스트라에서 자신의 재능을 발산하게 되었다.

킹 올리버의 크레올 재즈 밴드(1922). 초기 재즈에서 중요한 역할을 한 이 밴드는 루이 암스트롱에게 성공의 발판이 되었다. 왼쪽에서 네 번째 트럼펫을 든 사람이 루이 암스트롱, 피아노 앞에 앉은 이가 루이의 아내인 릴 하딘이다.

젊은 루이 암스트롱은 몇 년간 여기저기 작은 홀과 미시시피 강을 오르내리는 증기선에서 연주한 후, 1922년 그의 음악적 스승이었던 조 킹 올리버의 제안을 받아들여 그와 함께 재즈의 수도가 된 시카고로 가서 여러 달을 머물며 제2트럼펫 연주자로 활동했다. 하지만 비범한 실력을 선보인 그는 스스로 날개를 달고 하늘 높이 날아올랐고, 1920년대 후반, 즉흥연주의 대중화를 선도하면서 자신의 이름을 걸고 재즈사에 길이 남을 스탠더드 넘버들을 녹음했다.

1935년, 입술 근육이 파열되어 새로운 연주법을 고안할 수밖에 없는 곤경에 처하기도 했지만, 그는 미국 전역에서 공연했으며, 제2차 세계대전 이후부터 1971년 사망할 때까지 전 세계를 돌며 순회공연을 했다.

하지만, 그것은 또 다른 이야기의 시작이다.

Je ne regrette rien de ce que j'ai fait,
de ce que j'ai connu,
et si c'était à refaire je recommencerais.

나는 내가 한 일, 내가 알았던 모든 일을
결코 후회하지 않는다.
다시 해야 한다면
기꺼이 다시 시작할 것이다.

에디트 피아프

Edith Piaf
거리의 꽃, 에디트 피아프

(1915~1963)

에디트 지오반나 가시옹(Edith Giovanna Gassion)은 태어난 지 며칠 만에 어머니에게서 버림받았다. 갓난아이는 외할머니의 심한 학대를 받다가 유곽을 운영하던 친할머니의 손에 맡겨졌다. 그리고 일곱 살에 그녀를 떠맡은 곡예사 아버지에게서 물려받은 유산이라곤 입담이 전부였다. 그녀는 성숙할 때까지 아버지를 따라 파리 거리를 헤매었으며 후에 그녀의 노래에 많은 영향을 미치게 될 곡예사 생활과 파남* 소시민의 문화를 좋아하게 되었다.

---

* Paname: 파리를 속되게 이르는 명칭.

　1924년. 에디트는 열 살도 채 안 된 나이에 이미 인생의 우여곡절을 모두 경험하고 산전수전 다 겪은 조숙한 아이였다. 그녀에게는 거리가 교실이었고, 아버지 루이 가시옹이 교사였다. 거리에서 몸으로 재주를 부리는 아버지의 곡예 공연이 끝나면 구경꾼들에게 모자를 내밀어 관람료를 걷는 일은 어린 에디트의 몫이었다. 그러나 이제 그녀는 관객이 얼굴만 봐도 감동하기엔 너무 커버렸다. 루이는 아이가 할 수 있는 볼거리를 하나 만들어야겠다고 생각했다. 몸이 전혀 유연하지 않았던 에디트는 도저히 아버지의 곡예를 흉내 낼 수 없었다. 아버지는 생각했다. 오래 전에 연락이 끊긴 아이 어머니처럼 노래를 시켜보면 어떨까? 그래. 그거 좋은 생각이다! 그렇게 아홉 살 어린 소녀는 프랑스 국가 「라마르세예즈」의 후렴구를 노래했다. 첫날부터 이 공연은 거리의 관객을 감동시켰다. 사람들은 작고 마른 체구에서 나오는 그녀의 강렬하고 날카롭고 극적인 목소리에 넋을 잃었다. 예기치 않은 딸의 성공으로 아버지는 위협을 느꼈지만, 이것은 에디트가 유전적으로 연예계에서 성공할 운명이었음을 잘 보여주는 일화이다.

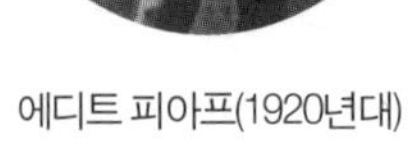

에디트 피아프(1920년대)

　노르망디 지방 서커스단 곡마사의 아들로 태어난 루이 가시옹은 어느 날 거리 공연을 마친 후 아네타 마이야르를 만났다. 알제리 카빌리아 지방 출신으로 간간이 가수 활동을 하던 벼룩 조련사와 유랑극단 배우 사이에서 태어난 그녀는 성공을 꿈꾸며 과자를 팔아 연명하고 있었다.

루이와 아네타의 사랑은 제1차 세계대전이 발발할 즈음 시작되었다. 전선에 동원되어 파리 남동쪽 110킬로미터 지점에 있는 부르고뉴의 상스에 주둔한 부대에 투입된 서른세 살의 곡예사 루이는 전선으로 떠나기 앞서 열네 살 연하의 아네타와 결혼했다. 그는 휴가를 나오면 벨빌 거리의 초라한 집에서 사는 그녀를 만나러 갔다. 1915년 초 임신한 아네타는 같은 해 12월 19일 저녁 산통을 느껴 비틀거리며 간신히 거리로 내려왔고, 우연히 마주친 경찰 두 명이 그녀를 병원으로 데려갔다. 그때 루이는 파리에 있었지만, 여느 때와 다름없이 동네 바에서 술을 마시고 있었다. 당시에는 독일인들이 부당하게 간첩으로 몰아 사형시킨 영국인 간호사 에디트 카발의 이야기가 온통 신문의 1면을 장식하고 있었는데, 그날 저녁 태어난 아이는 그녀의 이름을 따서 에디트라 불리게 되었다.

남편을 믿을 수 없었던 아네타는 곧 다른 남자들과 관계를 맺었으며, 돌볼 수 없는 어린 딸을 같은 지역에 사는 카빌리아 출신 어머니에게 맡겼다. 하지만 그녀의 어머니 아이샤는 손녀를 애지중지하는 할머니가 아니었다. 그녀는 아이의 젖병을 "살균하기 위해" 포도주를 부었고, 기저귀도 거의 갈아 주지 않았다.

그렇게 18개월이 흘러갔다. 휴가를 얻어 딸을 보러온 루이 가시옹은 때에 절고 온몸이 습진으로 덮인 두 살짜리 아이를 보자, 그 끔찍한 곳에서 아이를 데리고 나와 자기 부모에게 맡겼다. 당시 가시옹 가족은 떠돌이 유랑극단 생활을 접고, 프랑스 북서쪽 노르망디 지방의 베르네에 정착하여 유곽을 운영하고 있었다. 아이는 친할머니 루이즈 레옹틴과 여덟 매춘부의 정성어린 보살핌을 받았지만, 아이샤에게 받은 학대의 후유증으로 온갖 질병에 시달렸고, 특히 시력이 좋지 않았다. 에디트는 7~8세 때 각막염을 앓아서 일시적으로 시력을 잃었는데, 의사의 말로는 시력을 완전히 잃을 가능성도 있었다. 질산은 치료로 아이의 증세는 호전되었지만, 같은 병을 앓던 소녀가 성녀 테레즈의 무덤에서 기도하고 나서 치유되었다는 소문을 들은 그녀의 할머니는 매춘부들을 이끌고 리지외 성지로 순례를 떠나기도 했다.

에디트는 초등학교에 입학했다. 파란 눈의 왜소한 소녀는 공부도 좋아했지만 노는 것을 더 좋아했다. 그녀는 조부모가 운영하는 유곽에서 나름대로 행복하게 살았으며, 매춘부들이 할머니보다 더 많은 애정을 쏟으며 그녀를 돌봐 주었다. 하지만 베르네의 주임신부는 그들의 말을 들으려 하지 않았다. 그는 에디트가 유곽처럼 방탕한 곳에서 계속 살기엔 너무 성숙했다고 판단했다. 신부들의 주장대로 에디트의 아버지는 딸을 데려갔다.

1922년 일곱 살의 어린 소녀는 갑자기 환경이 바뀌어 파리 변두리 길거리에서 생활해야 했다. 아버지 가시옹이 곡예를 끝내면 어린 에디트는 눈을 깜박거리며 돈을 거두러 돌아다녔고, 그 광경을 본 구경꾼들은 측은한 마음이 들어서 동전지갑을 열었다. 그러나 아버지는 딸이 동전을 충분히 모으지 못하면 매질을 하곤 했다. 그는 행인 가운데 마음이 약해 보이는 여인을 가리키며 어머니에게서 버림받은 슬픈 사연을 들려 주라고 딸을 부추겼다. 그녀를 미끼로 동정적인 구경꾼들을 모으려는 그의 시도는 성공적이었다. 에디트는 아버지가 새로 사귄 여자들과 함께 지방의 소도시들을 떠돌았고, 가시옹이 한때 카롤리 서커스단에 몸담았을 때에는 벨기에까지 따라갔다.

이렇게 장거리 여행을 하는 동안 에디트는 아버지의 강요로 사람들 앞에서 노래를 부르기 시작했다. 루이가 무대에 등장하기 전 1부 무대에서 에디트는 「중국의 밤(Nuits de Chine)」이나 「내 마음이라오(Voici mon coeur)」처럼 당시 널리 알려진 곡과 그 시대를 가장 잘 풍자한 가수 프렐*의 노래를 불렀다.

아버지가 그의 연인 잔 로트와 함께 파리로 돌아오고 나서 에디트에게는 곧바로 이복여동생이 생겼다. 이제 열다섯 살이 된 에디트는 거리 공연에서 성공하여 그녀가 노래하면 구경꾼들은 박수치며 환호했다. 딸의 성공에 질투를 느낀 아버지는 그녀에게 다른 일을 찾아 주려고 궁리한 끝에 유제품 판매원이 제격이라고 생각했다. 하지만 직선적인 성격에 아무 때나 웃음을 터트리고 버릇없이 농담을 던지는 그녀의 태도 때문에 에디트는 며칠 만에 가게에서 쫓겨나고 말았다. 그녀는 가게에서 일하는 동안 사귄 레이몽과 로잘리라는 친구와 함께 트리오를 결성했다. 레이몽은 밴조를 연주하고 에디트와 로잘리는 노래를 맡았지만, 로잘리의 강한 음색에 묻혀 에디트의 소리는 들리지도 않았다.

다시 혼자가 된 에디트는 얼마 후에 아버지 친구인 줄타기 곡예사의 집에서 그녀처럼 비참한 인생을 살고 있는 시몬 베르토를 만났다. 메닐

---

* Fréhel(1891~1951): 프랑스 샹송가수 겸 배우. 그녀의 노래에는 여인의 서러움과 인간의 고뇌가 배어 있어 다미아, 조르주와 함께 3대 현실파 여가수로 불렸다.

몽탕 지역 수위의 딸인 그녀는 열네 살 어린 노동자로 에디트와 자매의 인연을 맺었다. 시몬의 어머니가 요구한 대로 에디트가 서명한 계약서에 따라 그녀는 주당 15프랑의 돈을 받고 에디트가 노래하고 나면 베레모를 들고 구경꾼들에게서 돈을 걷는 일을 맡았다. 두 소녀는 오르필라 가에 있는 싸구려 호텔 방에서 살면서 파리 시내를 돌며 돈을 벌었다. 그들은 이제 몽마르트르나 포부르생마르텡처럼 돈이 잘 벌리는 구역이 어디인지, 경찰 단속이 심한 구역이 어디인지 훤하게 꿰뚫고 있었다. 소란스러운 도시의 소음 속에서도 노래가 잘 들리도록 성대를 울리는 법과 진한 감동을 주기 위해 강하게 발성하는 법을 터득한 에디트는 가는 곳마다 청중을 사로잡았다.

열일곱 살에 임신한 에디트는 딸을 낳아 2년 동안 혼자 키웠으나 아이는 뇌막염에 걸려 사망했다. 1935년 샹젤리제에서 카바레를 운영하는 루이 르플레의 눈에 띈 에디트는 드디어 슬픈 운명에서 벗어날 수 있었다. 그는 에디트에게 '참새 새끼'라는 의미의 '라 몸 피아프*라는 예명을 지어주었고, 그녀의 비범한 목소리를 빛내줄 유명 작곡가들을 소개해 주었다.

때로는 한뎃잠을 자고 때로는 끼니를 걸러 가면서, 거리에서 살아남기 위해 구경꾼들의 마음에 드는 노래를 불러야 했던 에디트는 어린 나

---

* La Môme Piaf: 아이를 뜻하는 속어 'mome'과 참새를 뜻하는 'piaf'를 연결한 조어.

에디트 피아프(1950년대)

이에도 서민의 삶과 애환을 누구보다도 잘 알고 있었다.

항상 위험이 도사리는 고달픈 삶과 아버지의 폭력을 견디면서도 결코 삶의 의지를 버리지 않았던 그녀는 다른 어느 가수도 흉내 낼 수 없는 감동적인 목소리를 저 깊은 곳으로부터 끌어낼 수 있었다.

결국, 그녀는 온 국민의 사랑을 한몸에 받는 국민가수가 되었다. 그 과정에서 르플레가 살해된 사건이 발생하고, 극단주와의 복잡한 관계가 밝혀지면서 잠시 곤경에 처하기도 했지만, 그녀는 누구도 부인할 수 없는 샹송 레알리스트*이자 뮤직홀 스타였다.

---

* chanson réaliste: 현실적 샹송이라고 번역되는 샹송 레알리스트는 20세기 초 프랑스에 등장하여, 프렐, 다미아, 에디트 피아프 등 여가수에 의해 양차대전 사이에 폭발적인 인기를 끈 음악 장르이다. 파리 서민의 어두운 일상을 극적으로 노래한 것이 특징이다.

그녀는 1948년 뉴욕으로 건너가 큰 성공을 거두었고, 같은 해 유부남인 권투선수 마르셀 세르당과 염문을 뿌렸다. 그러나 연인이 사고로 사망하자 비탄에 잠긴 에디트 피아프는 다발성 관절염에 걸려 모르핀에 의존했지만, 계속해서 성공을 거두었다.

1963년 10월 그녀가 사망했을 때 파리의 남자들은 푸른 작업복을 입고, 여자들은 앞치마를 두른 채 페르라셰즈 묘지까지 그녀의 운구행렬을 따랐다. 살아생전 에디프 피아프는 그들처럼 가난하고 고된 삶을 살았고, 그들의 삶을 있는 그대로 노래한 가수였다.

하지만, 그것은 또 다른 이야기의 시작이다.

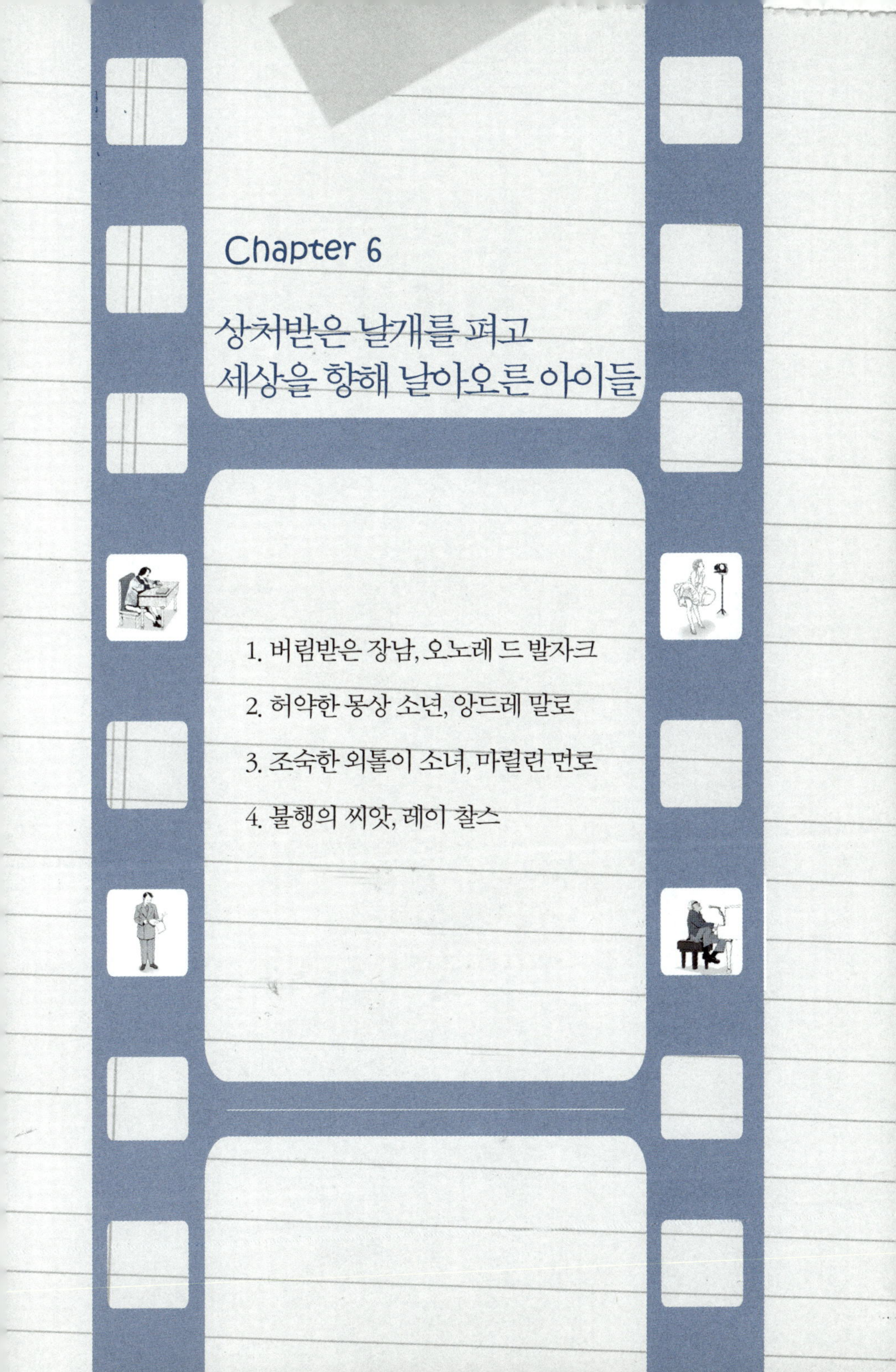

Chapter 6

상처받은 날개를 펴고
세상을 향해 날아오른 아이들

1. 버림받은 장남, 오노레 드 발자크

2. 허약한 몽상 소년, 앙드레 말로

3. 조숙한 외톨이 소녀, 마릴린 먼로

4. 불행의 씨앗, 레이 찰스

누구나 살아가면서 크고 작은 상처를 받게 마련이지만, 어떤 상처는 한 사람의 인생을 파멸로 이끄는 치명적인 결과를 낳기도 합니다.

특히, 상처를 준 사람이 가족이거나 사랑했던 사람이라면 그 폐해는 더욱 비극적입니다.

결혼도, 자식도 원치 않았던 오노레 드 발자크의 어머니, 이혼한 남편에 대한 증오심 때문에 자식을 흉물 취급했던 앙드레 말로의 어머니는 아들에게 평생토록 치유할 수 없는 상처를 주었습니다.

발자크는 자식의 운명에 전혀 관심이 없는 부모 탓에 완벽하게 소외된 삶을 살았습니다. 그는 감옥 같은 기숙학교에 갇힌 채 유년과 청소년 시절을 보내야 했으며, 무려 6년 동안이나 기숙학교 문 밖으로 한 걸음도 나오지 못했습니다.

회고록에서 자신의 어린 시절이 싫다고 서슴없이 밝힌 말로는 이혼한 부모에게서 받은 마음의 상처 때문에 투렛증후군이라는 신경질환까지 앓았습니다.

아이 키우기를 원하지 않았던 어머니에 의해 생후 2주 만에 낯선 사람 손에 맡겨졌던 마릴린 먼로는 청소년기에 어머니 친구의 남편과 외삼촌에게 강간당하는 등 씻을 수 없는 상처를 받기도 했습니다.

또한, 레이 찰스는 자신이 보는 앞에서 익사한 동생에 대한 죄의식 때문에 평생 고통받았고, 심지어 시력을 잃은 것이 자신이 저지른 잘못에 대한 징벌이라고까지 믿었습니다.

이 장에서는 어린 시절에 치명적인 상처를 받은 사람들이 어떻게 그 상처를 극복하고 자신의 꿈을 실현했는지를 살펴봅니다. 그중에는 발자크나 말로처럼 문학이라는 출구를 통해 감옥 같았던 현실에서 탈출하여 역사가 기억하는 명작을 남긴 사람도 있고, 자신을 찾아온 천재일우(千載一遇)의 기회를 놓치지 않고 포착하여 세계적 스타가 된 마릴린 먼로 같은 사람도 있습니다. 또한, 실명의 장애에도 불구하고 적극적인 삶의 자세를 통해 세계적인 가수가 된 레이 찰스 같은 사람도 있습니다.

한 편의 드라마와 같았던 그들 삶의 여정이 우리에게 소중한 교훈으로 남는 것은 우리 역시 무수히 상처를 받으며 살아가고, 때로 다시는 일어설 수 없을 것 같은 절망으로 쓰러져 괴로워하고 있을 때, 그들은 우리에게 고난을 헤쳐나갈 용기를 주기 때문입니다. 우리는 상처를 성공의 발판으로 삼았던 그들에게서 몇 가지 공통점을 발견하게 됩니다.

1. 다른 가능성을 꿈꾸어라

기숙학교에 갇혀 생활하는 동안 늘 불행했던 발자크에게는 문학과 독서만이 그 고통스러운 현실을 잊게 해주는 유일한 수단이었습니다. 그는 조금이라도 틈이 나면 마치 허기진 사람처럼 분야를 가리지 않고 책을 읽어댔습니다. 그가 방대한 독서량을 바탕으로 머릿속에서 구축한 방대한 세계는 「인간 희극(La Comedie humaine)」이라는 전대미문의 총서로 구체화하였습니다. 90여 편에 달하는 책으로 구성된 「인간 희극」에는 시간적·공간적으로 연관된 2,000여 명의 인물이 등장하여 하나의 완전한 세계를 이루고 있습니다.

만약 그가 부모에게 버림받은 상처를 이기지 못하고 슬픔 속에 침잠하여 세월을 보냈다면 세계적 문학가의 반열에 오른 소설가 발자크는 존재하지 않았을 겁니다.

부모의 이혼과 어머니의 냉대로 상처받은 앙드레 말로는 장차 세상에 나아가 명예와 권력을 거머쥠으로써 어린 시절에 받은 고통을 보상받고 세상에 복수하겠다는 결의를 굳혔습니다. 그에게 문학은 여행과 모험으로의 초대였으며, 유배생활과 같은 현실을 견디게 해주는 묘약이었습니다. 그는 젊은 나이에 인도차이나에서 반식민 혁명조직과 함께 활동했으며, 에스파냐 내란 때에는 전투비행단을 조직하여 공화군 편에 서서 투쟁했습니다. 프랑스가 나치 독일에 점령당했을 때에는 레지스탕스 조직에서 활동했으며, 전쟁이 끝나자 드골 정부의 문화부 장관을 역임했습니다. 그는 또한 미술에 대한 방대한 지식을 책으로 옮겨 소설 외에도 수많은 저작을 남겼습니다. 이처럼 그는 늘 현실을 넘어선 세상을 바라보고 꿈꾸었기에 어떤 사람들은 그에게 과대망상증이 있다고 비난했지만, 그의 언질은 마치 영험한 예언처럼 모두 현실로 나타났습니다. 만약 그가 파리의 변두리 소도시에 살면서 부모에게서 받은 상처를 곱씹으며 숨 막히는 삶을 지속했다면, 위대한 모험가이자, 작가, 정치가, 예술사가 말로는 존재하지 않았을 겁니다.

이들은 모두 가슴을 짓누르는 상처를 극복하고 족쇄처럼 조여오는 고통스러운 현실을 벗어나 새로운 가능성을 찾아 저 넓은 세상으로 날아간 위인들이었습니다.

2. 적극적으로 살아라

어린 시절 눈앞에서 동생이 죽는 장면을 목격하고, 곧이어 시력을 상실한 레이 찰스에게 미래는 캄캄한 어둠과 같았습니다. 그러나 그의 어머니는 아들에게 보통 아이와 똑같이 집안일을 시켰고, 때로 매를 들기도 했습니다. 그러면서 레이는 점차 맹인의 삶에 익숙해졌고 스스로 일상의 활력을 되찾았습니다.

레이는 장애인 특수학교에 다니던 시절 선생님의 포드 자동차를 몰래 운전하는가 하면, 오토바이 타는 법도 배웠습니다. 물론, 그것은 맹인으로서 상상하기 어려운 행동이었습니다. 그러나 그에게 장애는 '불편'일 뿐, '한계'가 아니었기에 다른 가수들과 당당히 경쟁하여 자신의 위치를 굳혀 갔습니다. 그리고 그때까지 흑인 가수들의 노래가 흑인 '전용' 블루스에 한정되었던 반면, 그는 거리낌 없이 백인 음악인 팝에 자유롭게 드나들었습니다. 그는 어린 시절의 죄의식과 장애가 남긴 상처를 삶에 대한 적극적인 자세로 극복한 전형적인 사례입니다.

이러한 적극성은 마릴린 먼로에게서도 찾아볼 수 있습니다. 상처로 얼룩진 어린 시절을 보내고 미래가 막막한 삶을 살면서 군수품 공장에서 가난한 노동자로 살아가던 그녀는 어느 날 우연히 찾아온 기회를 놓치지 않았습니다. 대수롭지 않은 홍보 포스터의 사진모델로 뽑힌 것뿐이었지만, 그녀는 그 기회를 도약의 발판으로 삼아 세계적인 스타가 되는 길로 들어섰던 겁니다. 어린 시절의 상처도, 유부녀라는 신분도, 시어머니의 반대도 그녀의 야망에 걸림돌이 될 수 없었습니다.

이들이 어린 시절에 받은 치명적인 상처에 쓰러지지 않고, 자신의 꿈을 따라 하늘 높이 날아오를 수 있었던 비결은 무엇보다도 삶에 대한 치열하고도 적극적인 자세였습니다.

천재는 보통 사람을 닮았지만,
보통 사람은 천재를 닮을 수 없다.

오노레 드 발자크

Honoré de Balzac
버림받은 장남, 오노레 드 발자크

(1799~1850)

자신의 일과 사회적 평판에만 관심 있었던 중년 남자가 있었다. 그리고 어머니로서의 책임과 의무를 원치 않았던 젊은 여자가 있었다. 그들이 낳은 아들 오노레 드 발자크는 부모의 무관심 속에서 성장했다. 기숙학교에서 생활하는 동안 그는 늘 불행했고, 문학과 독서만이 그의 서글픈 신세를 잠시나마 잊게 해주었다.

1816년 1월. 파리 생탕투안 가의 샤를마뉴 고등학교 2학년 학생 오노레는 수사학 강의를 듣고 있었다. 부모가 같은 마레 지구에 살고 있지만, 그들은 아들을 기숙학교에 보냈고, 교장은 그를 열등생으로 취급했다.

그날 어머니에게서 편지를 받은 오노레는 가장 슬픈 토요일을 보냈

다. 어머니는 편지에서 이렇게 말하고 있었다.

"사랑하는 오노레, 내 고통을 말로 다 표현할 수 없을 정도로 네가 나를 불행하게 만드는구나. 나는 자식을 위해 최선을 다했으니, 아이들이 나를 행복하게 해주기를 바랐는데 말이다. 존경하는 교장 선생님 말씀으로는 네가 라틴어 과목에서 32등을 했다더구나. 또 지난번에는 아주 나쁜 짓을 했다고 하시더라. 그래서 내일 너를 위해 준비했던 계획을 취소해야겠다. 내일 아침 8시에 너를 집에 데려와 함께 점심과 저녁 식사를 하며 유익한 대화를 하려고 했는데 말이다. 너의 태만과 경박함 그리고 네 잘못에 대한 벌로 너를 기숙사에 그냥 남겨두려고 한다."

여덟 살 때부터 줄곧 을씨년스러운 학교 기숙사에 갇혀 지낸 오노레는 그렇게 그곳에서 또 한 번의 주말을 보내게 되었다.

부모의 관심을 전혀 받지 못한 이 아이는 1799년 5월 20일 투르에서 태어났다. 신수가 훤한 그의 아버지 베르나르 프랑수아 발자크는 당시 투르 22사단 본부에 근무하는 52세의 고급 공무원이었다. 2년 전 그는 스무 살밖에 되지 않은 파리지엔 로랑스 살랑비에와 결혼하여, 이듬해 첫 사내아이가 태어났지만 33일밖에 살지 못했고, 오노레는 그들의 두 번째 아들이었다.

그의 아버지는 원래 프랑스 남서부 타른 지방의 평범한 농가에서 태어났으며, 당시 그의 성은 발자크가 아니라 발사였다. 학교에서 두각을 나타내는 총명한 그를 눈여겨보던 그 지역 소교구의 주임사제는 그를 지방 공증인의 사동으로 들여보냈다. 사제의 눈은 정확했다. 지적 능력이 뛰어났던 젊은이는 법조계에서 승승장구했다.

스무 살에 파리로 올라가 검사 사무실에서 일자리를 얻은 그는 왕실 고문회 조사관 비서가 되었다. 그는 1776년 성을 발자크로 바꾸고 루이 16세 밑에서 일하는 고급공무원이 되었으며, 1794년 왕실고문회가 폐지될 때까지 여러 가지 직무를 수행했다. 또한 프랑스혁명 때에는 열렬한 투사로 변신하여 파리의 다양한 정책결정기관에서 근무했고, 그 후 전업하여 프랑스 공화국 군대의 보급계에서 일했다.

1795년 3월 21일 그는 투르에 본부를 둔 22사단 보급계 감독관으로 임명되었다. 프랑스 대혁명 이후 사회적으로 어려운 시기였음에도 고액연봉자로서 남들이 부러워하는 지위에 올랐던 것이다. 자신의 지위를 좀 더 공고히 하고자 결혼을 결심한 그는 친구의 소개로 알게 된 파리 부르주아 출신의 한 아가씨에게 눈독을 들였다. 처녀의 부모는 파리 마레 지구에서 직물가게를 운영하는 상인이었다. 약혼녀 로르는 스무 살 젊은 아가씨로 아직 결혼할 준비가 되어 있지 않았지만, 결혼 후 곧 임신했고 첫아이의 죽음으로 받은 충격을 견디지 못했다. 이처럼 고통스러운 경험이 둘째 아이를 덜 사랑하게 된 이유였을까? 어쨌든 그녀는 태어난 지 며칠 되지 않은 오노레를 근처에 있는 작은 마을 생시르쉬르루아르에 사는 유모에게 맡겼다.

그녀는 자신의 순결을 너무 일찍 빼앗은 남편을 원망했고, 마음속에

자리한 증오심은 고스란히 아이에게로 돌아갔다. 어려서부터 가족과 떨어져 지내야 했던 오노레와 16개월 어린 여동생 로르는 함께 유모의 손에서 자랐고, 그는 평생 여동생을 애지중지했다.

1803년 초 유모가 시끄럽게 떠드는 아이들을 너무 거칠게 다룬다는 소문을 들은 발자크 부부는 남매를 집으로 데려왔다. 이제 오노레와 로르는 부모가 사는 투르 중심가 3층짜리 멋진 대저택에서 살게 되었다. 셋째 아이 로랑스의 출산이 임박했다. 어린 남매의 교육은 엄격한 가정교사 들라예 양이 맡았다. 그녀는 고용주로부터 특히 어린 소년을 엄하게 다스리라는 주문을 받았다.

들라예는 매일 아침 오노레를 어머니의 방으로 데려가서 예법에 따라 문안을 드리게 했다. 그러나 시시콜콜한 이야기까지 일러바치는 가정교사의 보고에 어머니가 얼마나 분노할지를 잘 알고 있었던 어린 소년은 늘 겁에 질려 있었다. 발자크 부인은 소년의 아주 사소한 실수도 심하게 꾸짖었다. 소년은 어머니의 따뜻한 미소를 고대했지만, 그에게 돌아오는 것은 '그를 집어삼킬 것 같은 냉정한 눈초리'뿐이었다.

부시장 자리를 노리며 자선시설을 경영하던 그의 아버지는 일에 몰두하여 아들의 교육 따위에는 전혀 관심이 없었다. 사회적 성공에 도취한 베르나르 프랑수아 발자크는 자기 이름에 귀족을 상징하는 '드(de)'를 붙여 스스로 '드 발자크'라는 성을 만들어 내고는 아들이 장차 그러한 허세의 덕을 보게 되리라 믿었다. 투르의 상류층 인사들이 그의 살롱으로 모여들었고, 그의 부인은 호사스러운 생활을 하며 사교계의 꽃이 되었다.

1804년 4월 다섯 번째 생일 전날, 오노레는 르게 기숙학교의 통학생으로 있다가, 상류층 자녀가 다니는 방돔 중학교의 기숙생이 되었다. 환속한 오라토리오회 수도사 두 사람이 운영하는 이 학교는 학생들에게 엄격한 수도원 규율을 강요하는 것으로 유명했다. 학교는 마치 도심 한복판에 있는 성채와 같았으며 학생들에게는 어쩌다 한 번, 그것도 감시를 받으며 하는 산책을 제외하면 외출이 완전히 금지된 감옥 같은 곳이었다. 방학도, 휴식도 없는 이곳에서 오노레는 1807년 6월부터 1813년 4월까지 무려 6년간 단 한 번도 바깥세상을 구경하지 못한 채 지냈다.

일 년에 한두 번, 부활절과 9월에 있는 시상식 때 어머니와 두 여동생이 그를 찾아왔지만, 그런 만남도 꾸지람과 훈계로 괴로운 시간이 되고 말았다. 방돔에 갇혀 지내는 동안 오노레가 받은 상이라곤 라틴어 번역에서 2등상을 한 번 받은 것이 전부였다. 그렇다고 해서 그가 문학을 좋아하지 않은 것은 아니었다. 교리문답 시간에 신성을 모독하는 답변을 한 죄로 독방에서 지내는 동안 그는 사서의 도움으로 라블레, 셰익스피어, 루소를 읽었고 그 밖에도 같은 또래 아이들이 접할 수 없는 작품들을 읽었다. 그리고 사감한테 빼앗겼을 때 아직 초안에 불과했지만, 야심 찬 『의지론』을 집필하는 노력도 기울였다.

1813년 4월 그로서는 '다행스럽게도' 중학교에서 쫓겨났다. 퇴학 사유는 분명하지 않은데, 아마 불경스런 언행 때문이었을 것이다. 그는 건강이 많이 나빠진 상태로 투르로 돌아갔으며 그때 이미 다섯 살이나 된 남동생 앙리를 처음 보았다. 그는 이 아이가 어머니의 사랑을 독차지한 모습을 보고 깊은 절망을 느꼈다. 앙리가 발자크 집안의 살롱에 자주 드나들던 장 드 마르곤이라는 인물의 자식이라는 소문은 사실이었다. 항상 무시당해온 적자(嫡子)이자 장자(長子)인 그가 어머니의 사랑을 독차지한 사생아 동생에게 심한 질투를 느낀 것은 어찌 보면 당연한 일이었다.

그러나 씁쓸했던 가족과의 생활도 오래가지는 못했다. 1813년 여름이 시작될 무렵 오노레는 파리 마레 지구에 있는 다른 기숙사로 보내졌다. 그곳에서 그는 샤를마뉴 고등학교에 다녔다. 그가 어린 시절부터 영웅으로 떠받들던 황제 나폴레옹은 당시 위기를 맞고 있었다. 1814년 봄 나폴레옹의 첫 번째 양위 직전 발자크 부인은 반프랑스 동맹군의 진격으로 위협받고 있는 파리로 아들을 데리러 갔다. 하지만 그녀의 속셈은 아들을 구하기보다는 최근 투르에서 알게 된 매력적인 스페인 남자를 만나려는 것이었고, 그래서 파리까지 그 위험한 여행을 감행했던 것이다. 이러한 어머니의 행동에 대해 오노레는 후일 그가 쓴 소설 『골짜기의 백합 (Le lys dans la vallée)』에서 펠릭스 드 반데네스라는 인물의 입을 통해 "그녀의 냉정한 태도는 솟아나는 그의 애정을 억눌러 버렸다."라고 분노를 표출하기에 이른다.

그의 아버지 드 발자크 역시 파리로 전근했다. 1814년 11월 발자크 가족은 로르가 태어난 마레 지구 뒤탕플 가에 정착했다. 능란하게 시류에 편승하는 인물이었던 그는 이전에 번갈아 혁명과 황제의 편에 섰던 것처럼 이번에도 왕정복고파가 되었다. 오노레는 마리 앙투아네트의 도주를 도왔지만 결국 실패한 열성적 왕당파가 운영하는 기숙사에 들어갔다. 그는 나폴레옹의 백일천하* 시기에 경솔하게도 공개적으로 나폴레옹을 지지하는 바람에 부르봉가가 다시 왕권을 회복했을 때 심한 박해를 받았다. 결국 오노레는 또다시 기숙사를 옮겨야 했다.

오귀스트 로댕의 발작 상(1898)

어쨌든 그는 수사학 학년을 무사히 마쳤고, 프랑스어 작문에 재능을 보여 선생들을 놀라게 했다. 하지만 오노레는 고등학교를 떠나기로 했다. 그의 부모는 아들이 프랑스의 국가 양성 엘리트 코스인 국립 공과대학에 들어가기를 은근히 바랐지만, 그런 바람은 이내 버려야 했다. 아버지는 그래도 아들이 웬만한 변호사는 될 수 있으리라고 믿으며 스스로 위로했다. 실제로 오노레는 1816년 가을 법학과에 등록했으며, 레알 지역 소송대리인의 수습사원으로 일하기도 했다. 그는 그곳에서 '학술원 같기도 하고 학교 같기도 한' 묘한 분위기를 경험했으며, 후에 이 경험은 소설 『샤베르 대령(Le Colonel Chabert)』을 집필할 때 큰

---

* Les Cent-Jours: 1814년 4월 나폴레옹이 동맹군에 패하자 왕정이 다시 실현되어 1815년 루이 16세가 왕위에 올랐으나, 같은 해 3월 20일 엘바섬에서 빠져나온 나폴레옹이 파리에 들어가 제정을 부활하고 다시 제위에 올랐다. 하지만 6월 29일 워터루전투에서 패배한 나폴레옹은 다시 퇴위하여 세인트헬레나로 유배되어 그곳에서 생을 마감했다. 100일천하란 나폴레옹이 제정을 부활한 3월 20일부터 퇴위한 6월 29일까지의 약 100일간의 지배를 일컫는 말이다.

영화로 제작된 「샤베르 대령」(1994)

도움이 되었다. 장차 『인간 희극』의 작가가 될 그는 이 시기에 동시대 사람들의 활동, 비밀, 성격 등 여러 가지 면모를 포착할 수 있었다. 사실, 소시민에서부터 거물급 인사까지 거의 모든 계층의 인간들이 그가 일하는 사무실의 고객이었다. 오노레는 대학 과정을 모두 이수했고, 1819년 1월 법과 바칼로레아 1차 시험에 합격했지만, 2차 시험에는 응시하지 않았다.

그는 조금이라도 자유시간이 생기면 책을 읽었다. 마치 허기진 사람처럼 미친 듯이 책을 읽어댔다. 그는 모든 분야의 책을 가리지 않고 읽었지만, 특히 좋아했던 분야는 철학과 정치였다. 1819년 오노레는 글을 써서 먹고살겠다는 돌이킬 수 없는 선택을 했다. 그의 부모는 아들의 결정에 경악했지만, 오노레의 의지를 꺾을 수 없었다. 발자크 부부는 경제적으로 곤경에 처한 그들의 현실보다도 아들의 결정을 더욱 끔찍하게 여겼다. 1819년 3월 그의 아버지는 본인의 의사와 무관하게 은퇴하여 수입이 끊어졌고, 은행의 파산으로 비축해 두었던 저축금마저 잃어버렸다. 살림살이를 줄일 수밖에 없었던 발자크 가족은 아들을 잃어버린 셈치고 파리에서 20여 킬로미터 거리에 있는 빌파리지에 정착했다.

철학가로서, 극작가로서 실패를 거듭한 발자크는 결국 소설을 쓰기 시작했다. 후에 그가 "껍데기"라고 평가한 그의 초기 작품인 역사소설이

사람들의 주목을 받으면서 그는 점차 파리의 지적
인 사교 모임에 드나들기 시작했다. 같은 시기에 그
는 사업에도 뛰어들어 출판사와 활자주조 회사를
차렸다. 이어서 신문사도 매입했지만, 결국 그의 모
든 시도는 요란한 파산으로 끝났고, 그는 엄청난 빚
을 지게 되었다.

『인간 희극』의 대부분을 집필한 시기인 1830년
대 이후 그의 작품 활동은 뜸해졌다. 빚쟁이들을 피
하려고, 그리고 격정적인 사랑에 빠져 그는 유럽 전
역을 여행했다. 1850년 3월 그는 평생토록 사랑했
던 한스카 부인과 결혼했지만, 같은 해 8월 온몸에 퍼진 수종으로 생을
마감했다.

하지만, 그것은 또 다른 이야기의 시작이다.

조세 다얀의 영화 「발자크」(2000)

Entre 18 et 20 ans, la vie est comme un marché
où l'on achète des valeurs non avec de l'argent,
mais avec des actes.
La plupart des hommes n'achètent rien.

열여덟 살에서 스무 살 사이 인생은
돈이 아니라 행동으로 가치를 사는
시장과도 같다. 그러나 대부분 사람은
아무것도 사지 않는다.

앙드레 말로

André Malraux
허약한 몽상 소년, 앙드레 말로

(1901~1976)

말로는 자신이 쓴 『반회상록(Antimémoires)』에서 "내가 아는 거의 모든 작가는 어린 시절을 좋아하지만, 나는 내 어린 시절이 싫다."라고 고백했다.

그는 네 살 때 부모의 이혼으로 오래도록 아물지 않는 마음의 상처를 입었다. 그래서인지, 아주 가까운 사람이 아니면 어린 시절에 대해 이야기하는 것조차 거부했다. 어린 그가 받은 상처는 투렛증후군*이라는 신경질환이 발병할 정도로 커다란 정신적 충격이 되었지만, 그는 장차 명

---

* Tourette symdrome: 틱 증세와 함께 반복되는 무의식적 행동으로 특성화된 신경장애. 이 질병을 처음으로 기술한 조르주 질 드 라 투레트의 이름을 따서 붙여진 병명이다. 일반적으로 안면과 머리 경련, 발을 구르거나 몸을 꼬거나 구부리는 증세 등이 나타난다.

예와 권위를 거머쥠으로써 어린 시절에 받은 고통을 보상받고 세상에 복수하겠다는 결의를 굳혔다. 그의 결심은 훗날 그가 경험하게 될 엄청난 모험과 변화무쌍한 삶의 자양분이 되었다.

여덟 살 때 소설을 처음 접한 앙드레 말로는 몹시 흥분되는 새로운 삶이 열리는 것 같았다. 세계열강의 식민지였던 아프리카 동쪽 인도양에 있는 섬나라 모리셔스 출신 혼혈아 조르주가 프랑스로 유학을 갔다 세계 곳곳을 돌아다니며 모험을 하는 알렉상드르 뒤마의 소설 『조르주(Georges)』를 발견한 그는 책에 완전히 빠져들었다. 문학이 그에게 얼마나 큰 영향을 미쳤는지 짐작할 수 있는 대목이다. 앙드레에게 문학은 이국 정서의 동의어였고 여행과 모험으로의 초대였으며, 몇 년 전 부모의 가슴 아픈 이혼으로 시작된 음산한 봉디 가의 지긋지긋한 유배생활을 견딜 수 있게 해주는 묘약이었다.

어머니 때문에 어쩔 수 없이 아무 매력도 없는 파리 외곽에서 살게 된 아이는 상실감을 느꼈다. 사실, 말로 가족은 프랑스 최북단 덩케르크 출신이다. 앙드레의 조상은 대부분 배를 타고 아이슬란드로 가서 대구를 잡아 생활했기에 젊은 나이에 바다에서 목숨을 잃는 일이 잦았다. 그래서 앙드레의 할아버지 알퐁스는 뭍에서 살고 싶어했다. 커다란 통을 만드는 일만으로도 한때 열 척의 배를 거느린 선단의 선주가 되어 윤택한 생활을 할 수 있었으니 그는 탁월한 선택을 한 셈이었다.

그는 의도적으로 프랑스어를 사용하지 않고 지역 방언인 플랑드르어를 사용할 정도로 반골 기질이 도드라진 독특한 인물이었기에 교구의 사제도, 시 당국도 그를 좋아하지 않았다. 결국 그는 자신의 엉뚱한 언동 때문에 파산하고 말았다. 선박 보험을 들지 않았던 그는 폭풍으로 선단의 대부분과 재산을 모두 잃었다.

그의 여덟 자녀 가운데 넷째인 페르낭은 항상 덩케르크를 떠나고 싶어했다. 그는 열여덟 살 나이에 가방도 없이 고등학교 졸업장만 들고 육군에 자원했고, 전역 후에는 파리에서 은행 직원이 되었다. 그는 자신을 중개인 혹은 엔지니어라고 소개하고, 펑크 나지 않는 바퀴 같은 진부한 발명으로 부자가 되기를 꿈꾸었지만, 특허를 내는 실리적인 노력을 기울이지는 않았다. 파란 눈에 멋진 콧수염을 기르고, 강건한 턱이 인상적인 이 매력적인 젊은이는 스물네 살 때 쥐라 지방 출신의 빵집 주인과 이탈리아 출신 재봉사 사이에서 태어난 베르트 라미라는 처녀에게 반했다. 그는 며느리로 지참금을 많이 가져올 상속인을 찾던 아버지의 반대에도 불구하고 1900년 3월 베르트와 결혼하여 몽마르트르 언덕 아래에 있는 멋진 아파트에서 살림을 차렸다.

바로 그곳에서 1901년 11월 3일 앙드레 말로가 태어났다. 부부는 점점 사이가 나빠졌고 이듬해 태어난 레이몽 페르낭의 이른 죽음도 이들의 불화를 해소하지 못했다. 페르낭은 사회적으로 성공하지 못한 채 계속 바람을 피우고 다녔고, 사이가 틀어진 부인과 한마디도 하지 않고 지내다가, 결국 집을 나가고 말았다. 동생을 잃은 앙드레는 아버지가 집을 떠나는 모습까지도 무기력하게 지켜보아야 했다.

베르트는 어머니에게 의지하는 수밖에 다른 도리가 없었다. 남편을 잃고 홀로 된 그녀의 어머니 아드리엔 라미는 남편의 빵가게를 팔고 봉

디 가에 제과점을 사서 큰딸 마리와 함께 운영하고 있었다. 그렇게 해서 베르트와 그의 아들은 파리에서 북동쪽으로 10여 킬로미터 떨어진 변두리에 정착하게 되었다.

집안의 유일한 남자였던 앙드레는 가게 위에 자신만의 방을 갖게 되었고, 자질구레한 집안일에서 벗어날 수 있었다. 그는 가게에서 일할 나이가 되어서도 외할머니와 이모를 도울 수 없었다. 소년은 운동을 싫어했고, 몸이 허약하여 자주 아팠다. 특히 부모가 이혼한 다음부터 당시에는 잘 알려지지 않은 투렛증후군을 앓고 있었기에 그의 존재는 오히려 제과점을 찾는 손님에게 거부감을 줄 수도 있었다. 그는 극도로 예민해지면 여러 가지 틱(tic) 증세를 나타냈고. 동작을 마음대로 조절할 수도 없었다. 하지만 어느 정도 성장하면 증세가 저절로 사라질 거라는 의사의 말에 식구들은 그의 병에 대해 별로 걱정하지 않았다.

사립학교에 입학한 앙드레는 그의 친구들 사이에서 단지 '가겟집 아들'일 뿐이었다. 하지만 활기차고 신중한 그는 왠지 모르게 끌리는 강렬한 눈빛으로 친구들에게 깊은 인상을 심어 주었다. 그에게는 평생토록 우정을 지킨 루이 슈바송이라는 친구가 있었다. 앙드레는 그에게 모든 이야기를 털어놓았고, 루이도 그의 말을 참을성 있게 들어주었다.

그가 사는 봉디 가에서 아이는 마치 우리에 갇힌 사자와 같았다. 쓸쓸한 우르크 운하와 인접한 음산한 거리에서 그는 삶이 지루했고, 애정 없는 어머니 때문에 더욱 고통받았다. 마음속 깊이 슬픔을 안고 사는 어머니는 두 귀가 불거져 나온 아들을 보고 늘 흉물스럽고 추하다고 말했다.

일주일에 한 번 파리에 가서 아버지를 만나는 시간과 여름방학 때 덩케르크에서 할아버지와 함께 지내는 시간이 성장기 그의 마음을 달래준 유일한 기쁨이자 숨통이 트이는 순간이었을 뿐, 그에게는 다른 즐거움이 전혀 없었다.

그는 공부에 열중하는 학생은 아니었지만, 성적은 상당히 좋은 편으로 특히 역사와 프랑스어 수업을 좋아했다. 또한 제과점 주인으로서는 상당히 유식한 외할머니에게 떠밀려 시립도서관에 자주 드나들게 된 그는 사서를 도와 책을 정리하고, 도서 구입에 관한 의견도 나누었다. 어린 소년의 독서욕은 무엇보다 모험을 좋아하고 이국정서를 선호하는 취향에서 비롯한 것이었다. 그가 열광하며 읽었던 첫 소설 덕분에 그는 평생 알렉상드르 뒤마를 좋아했고, 차츰 플로베르, 위고, 발자크의 작품들을 읽어나갔다.

그는 마른전투* 때 쾅쾅 울리는 대포 소리를 듣고, 병사들을 태운 택시가 봉디 가를 가로질러 가는 모습을 직접 목격한 적도 있었지만, 아버지 페르낭 말로 중위의 전쟁 이야기를 들으면서 1차 세계대전이 마치 중세 기사들의 전쟁이라도 되는 듯이 상상의 날개를 펼쳤다. 그의 아버지는 참담한 전투의 현실을 미화했고, 자신을 전쟁영웅으로 묘사했다. 1917년 기갑부대 장교였던 그는 전쟁 이야기를 들려주며 아들에게 마력적인 위력을 과시했지만, 실제로 앙드레의 아버지는 전선에서 훈장을 받은 적도 없었고, 부상을 당한 적도 없었다.

---

* La Bataille de la Marne: 제1차 세계대전 발발 직후인 1914년 9월 6~12일에 프랑스 파리의 북동쪽 마른 강을 사이에 두고 독일군과 프랑스·영국 연합군이 벌인 전투.

1915년 앙드레는 파리 레알 근처의 투르비고 거리에 있는 고등학교에 입학했다. 검은 머리와 우울한 눈빛 때문에 친구들은 그를 "에스파냐인"이라는 별명을 붙여주었다. 이제 낮시간을 파리에서 보내게 된 그는 프랑스의 수도를 재발견했고, 그 경험은 그에게 경탄 그 자체였다.

그는 친구 루이 슈바송과 함께 파리 시내를 돌아다녔다. 두 사람은 루브르 박물관에도 드나들었지만, 특히 극장과 영화관에 자주 갔다. 고전 비극과 찰리 채플린의 초기 작품에 매료된 그는 한때 배우를 꿈꾸기도 했지만, 그렇다고 해서 독서를 게을리 하지는 않았다. 그는 루이와 함께 센 강변의 헌책방을 뒤지고 다니며 책을 샀는데, 그 책들을 오래 간직하지 않고 오데옹 사거리에 있는 크레스 서점에 비싼 값에 되팔아서 극장과 영화관의 입장권을 사는 데 썼다. 이처럼 희귀본이나 고급 화집 등을 거래하는 일에 전문가가 된 그는 스무 살이 될 때까지 다른 직업에 관심이 없었으며, 오로지 작가가 되겠다는 계획을 친구에게 털어놓았을 뿐이다. 청년은 왕성한 활동이 자신의 신경질환 증세를 완화한다는 사실을 알았지만, 학교 수업에서는 늘 불편한 마음을 감출 수 없었다.

포상도 징계도 받은 적이 없는 어중간한 학생이었던 그는 그렇게 학교 밖에서 스스로 교양을 차곡차곡 쌓았다. 1918년 전쟁이 끝나기 직전 그는 장학금을 받지 못해 콩도르세 고등학교의 수업을 들을 수 없게 되었다. 고등교육을 포기하고 대학입학 자

앙드레 말로(1921)

격시험인 바칼로레아도 치르지 않은 그는 자유분방한 삶을 살기로 작정했으며 내면에서 용솟음치는 삶과 지식에 대한 갈망을 충족할 자신의 능력을 끝까지 믿어 보기로 했다.

레지스탕스 시절 앙드레 말로(1944)

파리 문학계와 예술계에 진입한 앙드레 말로는 1920년부터 평론과 산문 등 초기 작품을 출간하기 시작했다. 1921년 결혼 이후 특이한 모험에 뛰어든 그는 인도차이나에서 고대 예술품들을 암거래하였고, 1923년 앙코르와트 사원에서 훔친 조각을 중국 공산주의 혁명가들에게 넘기려다가 발각되어 체포되었다. 그는 이 경험을 바탕으로 1933년 공쿠르상을 받은 첫 소설『인간의 조건(La condition humaine)』을 발표했다.

1930년대에는 반 파시스트 투쟁에 투신하여 1936년 에스파냐 내란* 때 공화주의자들 편에 서서 전투 비행중대를 창설하고 지휘했으며, 이 투쟁의 경험을 바탕으로 1937년 소설『희망(L'Espoir)』을 발표했다. 이 작품은 당시 지식인 사이에서 열렬한 호응을 받았고 말로는 이 소재를 가지고 직접 영화를[Sierra de Teruel, 1938] 제작하기도 했다.

제2차 세계대전이 끝나갈 무렵 레지스탕스에 가담한 말로는 드골 장군의 측근이 되었고, 1958년부터 1969년까지 문화부 장관을 역임했다.

하지만, 그것은 또 다른 이야기의 시작이다.

---

* 1936년 2월 19일 에스파냐 제2공화국의 인민전선 정부가 성립된 데 대하여 7월 17일 군부를 주축으로 하는 파시즘 진영이 일으킨 내란으로, 1939년 3월 28일 프랑코군이 마드리드에 입성함으로써 내란은 끝나고, 프랑코 체제가 성립되었다.

우리는 모두 스타입니다.
누구나 자신을 빛낼 자격이 있습니다.

마릴린 먼로

Marilyn Monroe
조숙한 외톨이 소녀, 마릴린 먼로

(1926~1962)

아버지가 누군지도 모르고 태어난 노마 진 모텐슨(Norma Jean Mortensen) 은 정서불안에 시달리던 어머니마저 끝내 정신착란을 일으키는 바람에 생후 몇 달 만에 고아와 같은 신세가 되었다. 그리고 로스앤젤레스의 입양 가정과 고아원을 오가며 불안정한 어린 시절을 보냈다. 그녀가 어머니에 대해 간직한 유일한 기억은 영화를 좋아했다는 것, 특히 엷은 금발의 스타 진 할로우를 좋아했다는 것뿐이었다.

아홉 번째 생일이 지난 지 얼마 되지 않아 진 모텐슨에게는 최악의 상황이 현실로 다가왔다. 어머니가 정신착란으로 병원에 입원하자 진을 맡아준 어머니의 친구 그레이스는 로스앤젤레스 노스 엘 센트로 애비뉴에 있는 한 어두운 건물로 그녀를 데려갔다. 소녀는 직감적으로 그곳이 고아원이라는 것을 알았다. 진은 자신이 고아가 아니고, 그레이스가 착각한 것이라며 울고불고 완강히 저항했지만 아무 소용없었다.

첫날밤 24개의 침대가 놓인 공동침실에서 노마 진은 잠을 이룰 수 없었다. 그녀는 아침이 밝아올 때까지 창문 너머로 보이는 미국 굴지의 영화사 RKO*의 급수탑을 바라보았다. 그녀는 자신이 처한 상황에 갈피를 잡을 수 없었지만, 영화필름 편집자로 일하던 어머니와 함께 강한 조명을 받아 로고가 빛나던 그 급수탑 아래로 지나다니던 시절을 떠올리자, 고통이 조금 가라앉는 것 같았다.

고아가 아닌 것은 사실이었지만 고아나 다름없는 신세였던 그녀는 굴곡 많은 어린 시절을 보냈다. 훗날 마릴린 먼로라는 이름으로 전 세계에 신화 같은 인물이 된 노마 진 모텐슨은 1926년 6월 1일에 태어났다. 그녀의 출생신고서에는 아버지의 이름이 기재되어 있지 않았다. 적어도 그녀가 태어날 당시에는 그랬다. 그녀의 어머니 글래디스의 부모는 캘리포니아 노동계급 출신이었다. 그들은 가끔 철도부설 현장과 영화스튜디오에서 일하기도 했지만, 가난에서 벗어나지 못했다. 글래디스는 열네 살 때 베이커라는 사람과 결혼하여 두 아이를 낳았으나 3년 후인 1921년 열일곱 살 때 그와 헤어졌으며, 아이들은 아버지에게 보냈다. 그녀는 '콘솔

* Radio Keith Orpheum Pictures: 1928년 세워진 미국 영화 제작 보급사. 한때는 일주일에 한 편의 영화를 제작할 정도로 활발하게 활동했으나 1968년 파라마운트사에 합병되었다.

리데이티드 필름 인더스트리'라는 영화사에
취직이 되어 필름 편집자로 일했다. 친구라
고는 붉은 체리색으로 머리카락을 염색하
라고 충고했던 밝은 금발머리 직장 상사 그
레이스 맥키밖에 없었다. 한동안 같은 아파
트에서 살기도 했던 이 두 젊은 여인은 글래
디스가 가스 검침원 마틴 에드워드 모텐슨

노마 진 모텐슨(1920년대)

과 결혼할 때까지 함께 시내를 돌아다니며 자유롭게 살았다.

1925년 초 결혼 4개월 만에 자신이 결혼생활에 적합하지 않다는 결론
에 도달한 그녀는 남편과 헤어져 친구 그레이스에게로 돌아갔다. 그리고
1926년 6월 노마 진을 출산했다. 그녀는 주위 사람들에게 아이 아버지는
없다고 말했지만, 출생신고서에는 모텐슨의 딸로 기재했다. 그가 진짜 그
녀의 생부였을까? 글래디스는 딸에게 영화사에서 일하는 찰스 기포드라
는 사람에 대해 자주 이야기하면서 그가 딸의 친아버지리라고 가르쳐 주
었다. 그리고 가느다란 콧수염을 기르고 매력적인 미소를 짓고 있는 영
화배우 같은 그의 사진을 보여주기도 했다.

글래디스는 얌전한 가정적인 여성이 아니었다. 더구나 독신으로 살면
서 착실하게 아이를 양육할 여성은 더더욱 아니었다. 그녀는 생후 2주밖
에 되지 않은 아이를 할리우드에서 25킬로미터 떨어진 곳에 있는 어머니
델라의 집 맞은편에 살던 알버트와 아이다 볼렌더 부부에게 맡기고 양
육비를 지급하기로 했다. 그러나 1년 후인 1927년 8월, 평소 외손녀를 틈
틈이 돌보던 델라가 정신착란을 일으켰다. 후일 마릴린의 증언에 따르면

그녀는 볼렌더 부부의 집에 불법으로 침입하여 아기를 베개로 눌러 질식
시키려고 하다가 경찰에 연행되어 수용소에 감금되었고, 얼마 후 심장마
비로 사망했다.

　가끔 딸을 보러 찾아오는 '붉은 머리의 여인'은 아이를 데리고 잠시 산
책하며 시간을 보내다가 돌아갔다. 그러고는 몇 주가 지나도록 아무 소
식도 없었다. 오순절교회 신자인 볼렌더 부부의 지나치게 엄격한 교육에
짓눌려 있던 소녀에게 어머니와 함께 하는 짧은 산책은 마치 신선한 공
기와도 같았다. 노마 진이 의지할 곳이라고는 '티피'라는 작은 개밖에 없
었다. 그러나 아이가 일곱 살이 되던 해에 개가 시끄럽게 짖는다며 격분
한 이웃이 총으로 쏘아 죽이는 바람에 노마는 큰 슬픔에 잠겼다. 아이를
위로할 방법을 찾지 못한 볼렌더 부부는 결국 글래디스를 불렀고, 딸의
눈물을 본 글래디스는 양심의 가책을 느껴 아이를 데려가기로 했다.

　노마는 난생처음 행복을 느꼈다. 이제 일요일마다 교회에 가는 대신
어머니, 그리고 '그레이스 이모'와 함께 영화관에 갔다. 그들은 여전히 배
우가 되기를 꿈꿨고, 당시 최고의 스타였던 진 할로우를 숭배했다. 사실
소녀의 두 번째 이름(Jean)은 이 여배우의 이름에서 유래한 것이다. 자기
분수에 넘치는 고급 주택을 구입한 글래디스는 비용을 충당하기 위해 집
의 대부분을 임대해야 했고, 한 방에서 딸과 함께 지내는 것을 무척 힘들
어했다. 글래디스는 책장을 넘기는 소리도 견디지 못할 정도로 예민했기
에 노마 진은 늘 벽장 속에 갇혀 지내다시피 했다.

　대공황 때 글래디스는 농부인 할아버지가 파산하여 빚쟁이에 쫓기다

가 목 매달아 자살하자 큰 충격을 받았다. 그리고 심한 우울증에 빠졌다. 그녀는 혼잣말을 시작했고, 울부짖다가 웃기도 하며 신경발작을 일으켰다. 그로부터 6개월이 지난 1934년 초 그녀는 정신병원으로 들어갔고, 그레이스가 노마 진을 맡게 되었다. 영화계로 진출하려던 꿈이 완전히 무산된 그레이스는 그 꿈을 아이에게 심어 주었다.

진 할로우(1911~1937)

몇 개월 후 그녀는 '독(Doc)'이라 불리는 어윈 고다르라는 남자와 네 번째 결혼을 했는데, 그는 아무 관계 없는 어린 아이와 함께 살 의향이 전혀 없었다. 그레이스는 노마 진을 로스앤젤레스의 한 고아원으로 보냈다.

짧은 인생에 혼란스러운 삶을 살았던 그녀에게 고아라는 낯선 처지는 더욱 큰 충격을 안겨주었다. 노마 진은 말을 더듬기 시작했고, 이때 생긴 발성의 결함을 평생 고치지 못했다. 그녀는 훗날 영화에 출연하게 되었을 때 대사를 정확하게 발음하려고 부단히 노력해야 했다. 점점 움츠러들기만 하는 그녀의 유일한 희망은 영화배우가 되는 것이었다. 배우가 되겠다는 꿈은 당시 그녀가 처한 상황에서 전혀 현실성이 없었지만, 그녀에게는 그것이 이 세상에서 살아남아야 할 이유가 되었다. 그레이스 이모는 그녀의 꿈을 키워주었고, 주말마다 영화관이나 미용학원에 데리고 다녔다. 그레이스는 노마 진의 법적 후견인이 되었으며, 남편을 설득하여 그녀를 집으로 데려갔다. 1937년 6월 노마 진은 열한 번째 생일을

맞이한 직후 고아원을 떠났다. 하지만 어느 날 저녁 술에 취한 그레이스의 남편 독은 어린 그녀를 강간했다. 그레이스는 어린 소녀도 보호하고 결혼생활도 지키고자 그녀를 자기 이복형제의 어머니인 올리브 브루닝스에게 맡겼다. 그러나 열두 살 소녀는 새 가정에서 외삼촌 잭 먼로에게 또다시 겁탈당하여 그레이스의 집으로 되돌아올 수밖에 없었다. 노마 진은 어머니와 살고 싶었지만, 열세 살 생일에 샌프란시스코 병원에서 만난 어머니는 그녀를 간신히 알아보고 "조그만 네 발이 참 예쁘구나."라고 한 것이 전부였다. 그러나 키가 1미터 65센티나 되는 그녀는 이미 어린 아이가 아니었다. 키는 컸지만 성적이 형편없었던 그녀는 학교에서 주목받는 학생은 아니었다. 후에 그녀의 선생은 "착한 아이였지만 성격이 내성적이었어요. 두각을 나타내진 못했지요."라고 말했다. 그녀는 허름한 옷을 벗어버리고, 짙은 화장을 했으며, 돈도 없었지만, 도발적으로 싸구려 남자 옷을 입고 다녔다. 그녀는 사람들의 눈에 띄었다. 그녀가 지나가면 남자들은 관심을 보였고, 특히 수영복을 입고 해변에 나타나면 남자들이 줄지어 따라다녔다.

명예를 얻고 인정받고 싶은 그녀의 꿈은 그 어느 때보다 실현 가능해 보였지만, 한순간에 물거품이 되어버렸다. 1942년 버지니아로 이사하게 된 그레이스와 독은 그녀를 데려가지 않겠다는 의사를 분명히 밝혔다. 고아원으로 돌아가야 할 처지에 놓인 노마 진은 그 상황을 벗어날 수만 있다면 무슨 짓이든 할 각오가 되어 있었다. 1942년 6월 열여섯 번째 생일이 지난 지 며칠 되지 않아 그녀는 고등학교를 중퇴하고 그레이스가 소개한 이웃 남자와 결혼했다. 그는 짐 도허티라는 스물한 살의 노동자

였다. 그녀는 콧수염이 마음에 들었던 그 청년
을 '아빠'라고 불렀으며, 이후 그녀는 모든 남편
을 그렇게 불렀다. 주부로서 최악이었던 노마
진 때문에 젊은 부부의 금슬은 오래지 않아 처
참한 결과를 맞았다. 1943년 짐은 자원해서 외
국을 돌아다니는 무역선에 올랐다. 아시아로
떠나기 직전 절망에 빠진 노마 진은 남편에게
아이를 갖자고 제안했지만 소용없었다. 남편
이 돌아오기를 기다리며 시어머니와 함께 살

마릴린 먼로(1945)

게 된 그녀는 남편이 일하던 공장에서 하루에 열 시간씩 소형 원격조종
비행기에 칠을 하느라 기진맥진했다. 그 일이 너무 힘에 부친 그녀는 곧
낙하산 접는 일을 하는 작업장으로 자리를 옮겼다.

하지만 예상치 못한 곳에서 그녀의 꿈이 날개를 달았다. 1944년 말
600만 명의 미국 여성을 헌신적인 전쟁 노동자로 모집하는 홍보물의 사
진 모델을 찾아 공장에 온 군 사진사들의 눈에 띄었던 것이다. 젊은 하사
데이빗 코노버는 조립대에서 일하는 노마 진을 촬영한 사진을 보며 얌전
한 다갈색 머리에 수줍은 미소를 띤 이 매력적인 젊은 여인의 재능을 한
눈에 알아보았다. 그녀에게 옷 입는 법, 화장하는 법 등 몇 가지 조언을
하고 나서 그는 그녀를 로스앤젤레스의 모델 에이전시에 소개했으며, 그
곳에서 그녀의 화려한 변신이 시작되었다. 원래 갈색이었던 자기 고유의
머리 색을 되살렸고, 사람들의 충고를 모두 받아들였다. 예를 들면 이를
너무 드러내지 않고 웃는 법, 코가 길어 보이지 않게 하는 법, 풍만한 엉

영화 「7년 만의 외출」(1955)

덩이나 가슴 같은 장점을 카메라 렌즈를 통해 두드러져 보이게 하는 법 등을 터득했다. 그녀는 갑자기 수많은 잡지의 커버걸이 되었고, '으음~ 걸'이라는 의미심장한 별명을 얻었다. 그녀를 만난 전문가들은 그녀에게서 자연스럽게 발산되는 관능적인 매력이 그녀의 표정에서 느껴지는 불안정성과 특히 그녀의 몸매에서 배어난다고 했다.

시어머니는 그녀의 직업에 반대했지만, 그녀는 자신을 찾아온 천재일우의 기회를 놓치지 않았다. 그녀는 독립하여 생활했고, 짐과도 이혼했다. 찬란한 핀업걸(pin-up girl)*의 길이 그녀에게 열렸다. 막대한 보수를 받게 되자 그녀는 드디어 어머니와 함께 살 수 있다는 생각에 행복해했다. 글래디스는 딸의 제안을 받아들였지만, 불행하게도 몇 개월 후 다시 병원으로 돌아가야 했다. 또다시 혼자가 된 노마 진은 아무런 배경도, 지원자도, 조력자도 없이 혈혈단신 할리우드 공략에 나섰다.

1946년 7월 20세기 폭스와 첫 계약에 서명한 그녀는 영화사의 요구로 예명을 사용해야 했다. 그렇게 해서 마릴린 먼로라는 여배우가 탄생했지만, 이류 작품에나 등장할 뿐 스타가 되는 길은 멀고도 험했다.

1952년 그녀는 밝은 금발로 머리를 염색한 다음에야 비로소 스타

---

* 배우나 모델 등 섹시한 여자를 일컫는 말. 그런 여자의 사진을 핀으로 벽에 붙여 놓는다고 해서 생긴 용어이다.

로 발돋움하게 되었으며 「신사는 금발을 좋아해
(Gentlemen Prefer Blondes)」(1953)와 1955년 「7년 만
의 외출(The Seven Year Itch)」로 스크린에서 글래머
의 화신으로 확실히 자리매김했다. 그녀는 1954
년 당시 유명했던 야구선구 조 디마지오와 결혼했
으나 그들의 결혼생활은 9개월밖에 지속하지 못
했고, 1956년 작가 아서 밀러와 결혼하고 연기학
원에 다니며 섹시 아이콘 이미지를 벗어나 진정한
배우로서 재능을 인정받으려고 노력했다.

마릴린과 아서 밀러(1956)

　　하지만 할리우드에서 선정적인 금발 역할만 제안하자 그녀는 차츰
우울증에 빠지기 시작했고, 약물을 과다 복용하여 1958년 「뜨거운 것이
좋아(Some Like It Hot)」를 촬영할 때에는 자신의 행동을 제어하지 못할 정
도가 되었다.

　　공산당원이었던 아서 밀러는 늘 정보기관의 감시 대상이 되었고, 마릴
린이 여러 차례 아이를 유산하면서 그들은 결혼생활을 지속할 수 없었다.

　　1960년 아서 밀러와 이혼한 마릴린은 잠시 존 F. 케네디 대통령의 연
인이 되었으며 그의 동생 로버트 케네디와도 관계를 맺었다.

　　1962년 8월 그녀는 수면제인 바르비투루산을 과다 복용하여 사망한
것으로 보도되었지만, 사인에 대해 수많은 추측이 난무했다.

　　하지만, 그것은 또 다른 이야기의 시작이다.

> I did it to myself.
> It wasn't society··· it wasn't a pusher,
> it wasn't being blind or being black or being poor.
> It was all my doing.

모두 내가 이루었다.
사회가··· 도와주거나, 누가 강요하지도 않았다.
내가 맹인, 흑인, 가난뱅이였기에
그렇게 된 것도 아니다.
오로지 나 스스로 모든 것을 이루었다.

레이 찰스 로빈슨

Ray Charles Robinson
불행의 씨앗, 레이 찰스

(1930~2004)

레이 찰스 로빈슨이 다섯 살 때 몇 달 간격으로 일어난 두 사건은 그의 운명을 완전히 바꿔 놓았다. 고통스럽게도 눈앞에서 동생이 죽는 장면을 목격하고, 곧이어 자신의 시력을 잃어버리는 끔찍한 사건이 일어났던 것이다. 하지만 늘 주변 사람들과 소통할 줄 알았던 아이는 삶의 활력과 기쁨을 되찾았다.

레이가 미국 플로리다 북동부 세인트오거스틴 주립 시청각 장애인 학교에 들어간 것은 1937년 9월, 그의 나이 일곱 살 때였다. 몇 달 후 그는 시력을 완전히 상실했으며, 그전에 익혔던 모든 것을 처음부터 다시 배워야 했다. 사물의 윤곽만 어렴풋이 분간하는 장애인으로서 그가 할 수

있는 것이라곤 피아노 연주뿐이었다. 그는 자신이 태어난 마을에서 아주 일찍부터 피아노를 배웠지만, 병을 앓고 난 이후에는 전혀 연주하지 않았다. 성실한 교사인 로렌스 부인은 그에게 점자 음악을 가르쳤고, 클래식 화성과 솔페지오도 가르치려고 애썼다. 레이는 쇼팽의 야상곡을 좋아했지만, 바흐는 별로 좋아하지 않았다. 어떤 작곡가의 작품이든 클래식 연주는 그에게 모험이었다. 레이는 한 손으로 더듬어 읽은 악보의 각 소절을 다음 단계로 넘어가기 전에 완전히 암기해야 했다. 따라서 어린 소년이 라디오에서 들은 재즈의 선율, 특히 그가 좋아하는 재즈 뮤지션 아티 쇼(Artie Show, 1910~2004)의 음악을 따라서 즉흥연주를 하며 노래하는데 더 많은 관심을 보인 것은 지극히 자연스러운 일이었다.

학교에 입학하고 나서 처음 참여한 연말 공연에서 그는 자신만의 독특한 연주로 이름을 날렸다. 그는 유명한 「징글벨」을 상상 이상으로 활기차게 편곡한 「징글벨 부기」를 여러 친구와 함께 연주하여 선풍을 일으켰다. 그날 저녁 레이는 불행하기만 했던 자신의 운명에 멋지게 복수한 셈이었다.

금지된 사랑의 결실로 태어난 그는 제대로 사랑받지 못한 채 여기저기 떠돌며 불행한 어린 시절을 보냈다. 그의 아버지는 플로리다 북쪽 그린빌 출신의 건장한 사내로 이름은 베일리 로빈슨이었다. 그는 철도 침목을 놓는 노동자였다. 메리 제인과 결혼한 그는 어린 고아 아레타를 입양했다. 후일 세탁부가 된 그녀가 열여섯 살에 임신하자 사람들은 당연히 그녀의 양아버지를 의심했다. 그들 부부는 부끄러운 소문을 잠재우고

자 아레타를 수십 킬로미터 떨어진 조지아 주 남서부의 올버니로 보냈으며, 1930년 9월 23일 그녀는 그곳에서 아들 레이 찰스 로빈슨을 낳았다. 그녀는 아이를 데리고 그린빌로 돌아가려고 했지만, 당시 아내와 헤어져서 그린빌을 피해 남쪽의 소도시에 정착한 베일리는 애정도 못 느끼는 아들이 귀찮기만 했다. 그러나 아레타는 기대하지도 않았던 도움을 받게 되었다. 얼마 전 하나밖에 없는 아이 자보를 잃고 남편에게서도 버림받은 메리 제인은 아레타의 아들 레이 찰스에게 애정을 쏟으며 그의 두 번째 엄마가 되어주었다.

어려서부터 몸이 허약했던 아레타에게 공장 일은 너무나 버거웠다. 게다가 아들에게 노동의 신성함과 성실함의 의미를 일깨워줄 정도로 의무감이 넘치는 여인도 아니었다. 흑인 지역 젤리롤에 사는 그녀가 대공황 시기에 빨래와 다림질로 얻는 수익은 겨우 입에 풀칠이나 하는 정도였다. 집도 없는 그녀는 아들을 데리고 이곳저곳 전전하며 다른 사람의 오두막 신세를 져야 했다. 다행히도 제재소 직원인 메리 제인의 도움으로 아레타는 아들을 먹이고 입힐 수 있었지만, 안타깝게도 메리의 도움은 충분하지 않았다. 식사는 주로 익히지도 않은 채소를 먹었으며 맨발로 다니던 레이 찰스가 겨우 신발을 신을 수 있었던 것도 청년이 되어서였다. 설상가상으로 아레타는 레이가 태어난 지 1년 조금 지나 사내아이 조지를 출산했다.

아주 어린 나이에 셈을 할 수 있을 정도로 총명하고 창의적이었던 레이는 동생을 애지중지했다. 그는 매우 정교한 솜씨로 나뭇가지와 줄을 이용한 솜뭉치 장난감을 만들어 동생에게 주었다. 레이는 또한 기계장치에 관심을 보여 낡은 자동차의 모터를 수리하는 이웃사람들의 조수를 자청하기도 했다. 어린 시절 그는 가난했지만, 불행하지는 않았다. 소나무와 종려나무 숲에서 산책하며 달콤하고 부드러운 빌베리를 따먹거나 뉴실로 침례교회에서 흘러나오는 찬송가를 들으며 레이는 행복한 시간을 보냈다.

그의 주변 사람 중에 악기를 연주하는 사람은 아무도 없었지만, 레이 찰스는 자신의 영혼에 내재한 음악적 감흥을 느낄 수 있었다. 그는 그 지역 출신의 윌라이 피트맨(Willy Pittman)이 낡은 피아노로 연주하는 부기우기*를 들으러 '레드 윙 카페'를 드나들었다. 결국 음악에 대한 아이의 열정을 알게 된 피트는 그를 무릎에 앉히고 몇 가지 기초를 가르쳐주었다. 아이는 완전히 새로운 세계를 알게 되었다. 그때부터 레이는 윌리 피트맨의 피아노 소리만 들리면 장난감도 팽개치고 그에게 달려갔다. 소년의 열정과 재능에 감탄한 피아니스트의 배려로 그는 곧 혼자 연주할 수 있게 되었다. 또한 소년은 피아노 옆에 놓인 번쩍거리는 주크박스의 스피커에 귀를 바짝 대고 블루스나 빅 밴드들이 연주하는 곡을 들으며 행복해했다.

1935년 어느 날 오후, 천진난만했던 어린 레이 찰스의 인생에 돌이킬 수 없는 사건이 일어났다. 그날 그의 어머니 아레타는 집에서 다림질을

---

* Boogie-woogie: 블루스에서 파생된 재즈 음악의 한 형식이다. 저음의 리듬이 계속되며 간단한 멜로디가 몇 번이고 화려하게 변주되는 곡으로, 한 소절을 8박으로 연주한다. 1920년대 후반 시카고의 흑인 피아니스트에 의하여 흑인 사이에서 유행했다.

하고 있었고, 그는 집 근처에서 동생 조지와 놀고 있었다. 목이 마른 두 소년은 빨래 헹구는 물을 가득 받아놓은 커다란 물통으로 달려갔다. 키를 넘는 물통 위로 올라간 조지는 순간적으로 미끄러지면서 물속에 빠졌다. 헤어나려고 사투를 벌이는 동생을 내려다보던 레이는 놀라움에 온몸이 얼어붙은 듯 꼼짝할 수 없었다. 그는 물통을 엎으려고 했지만, 너무 무거워 움직이지 않자 황급히 어머니를 불렀다. 허겁지겁 달려온 아레타가 막내아들을 물에서 끌어냈지만, 때는 이미 늦었다. 동생이 죽는 모습을 바라보고만 있었다는 죄책감에 시달리던 레이는 그만 병이 들고 말았다. 그는 하염없이 눈물을 흘렸으며, 과도하게 분비된 눈물은 끈적끈적한 점액으로 변했다. 그러나 아레타는 살아남은 아들이 시력을 잃어가고 있다는 사실을 모르고 있었다.

어느 날 아침 레이는 눈에 두꺼운 딱지가 앉아 눈을 뜰 수 없었다. 시야가 좁아지고 점차 흐려지더니 얼마 되지 않아 사물의 형체만 알아볼 수 있었고, 급기야는 색깔만 구별하는 정도로 시력이 약해졌다. 연고를 바르고 물약도 써봤지만 효과가 없었다. 동네 의사는 레이에게 가까운 시일에 완전히 실명하게 될 것이라고 진단했다. 훗날 그는 그것이 선천성 어린이 녹내장이라는 것을 알게 되었지만, 당시에는 동생의 죽음에 대한 벌로 병에 걸렸다고 믿었다. 우연히 동시에 벌어진 이 두 사건은 아이의 인생을 송두리째 바꾸어놓았다.

그는 머지않아 맹인이 되리라는 믿기 어려운 사실만으로도 고통을 견디기 어려웠는데, 어머니가 그를 집에서 멀리 떨어진 세인트오거스틴

에 있는 주립 시청각 장애인 학교에 보내기로 하자 큰 절망에 빠졌다. 아들이 일반 학교의 수업을 따라가지 못하리라는 사실을 잘 알고 있었던 아레타는 아들을 국가에서 학비를 전적으로 부담하고 유색인종을 위한 반이 따로 있는 특수학교로 보내라는 의사의 제안을 따랐던 것이다. 하지만 그녀는 동생을 죽게 한 잘못 때문에 자기를 멀리 보낸다고 생각하는 레이에게 이 결정을 어떻게 설명해야 할지 몰랐다. 레이는 어머니가 자신의 미래를 걱정하여 최선의 결정을 내렸다는 사실을 이해하지 못했다. 그녀는 그렇지 않아도 삶의 여건이 흑인에게 몹시 열악한 미국 남부에서 장애까지 있는 아들이 가난에 찌든 인생을 살게 하고 싶지는 않았다. 그녀는 메리 제인과 이웃의 만류에도 불구하고 그가 집을 떠나는 순간까지 장애가 없는 아이와 똑같이 집안일을 시켰고, 시킨 대로 일하지 않을 때는 매를 들기도 했다. 레이는 펌프에 물을 뜨러 가다가 나무뿌리에 걸려 넘어지기도 하고, 땔나무를 하다가 다치기도 했다. 그러면서 그는 아레타가 의도한 대로 맹인으로서의 삶에 익숙해져 갔다.

1937년 9월 거의 실명한 어린 소년은 두 어머니와 함께 그린빌을 떠나 세인트오거스틴으로 향했다. 매 순간이 괴로움의 연속이었던 250킬로미터의 긴 기차여행 끝에 그는 이제 막 50주년 개교기념식을 치른 시청각 장애인 학교에 도착했다. 그곳에서는 인종차별이 엄격히 지켜지고 있었다. 100여 명의 흑인 학생은 백인 학생들과 격리된 채 대나무 울타리 뒤편에서 생활했으며, 백인 교사들보다 적은 임금을 받는 몇몇 유색인종 교사가 가르치는 빗자루 만들기나 옷 만들기 수업을 들었다. 학교 울타리 안에 있는 또 다른 학교는 레이에게 감옥과도 같은 곳이었다. 비탄에 잠긴 그는 다른 아이들과 어울리지 않고 혼자 떨어져 울기만 했으며, 아이들도 플로리다 주 정부에서 제공한 넝마를 입은 그를 조롱했다.

처음 몇 달간은 나쁜 소식만 있었다. 어머니에게 기차표 살 돈이 없었기에 아이는 아무도 없는 학교에서 혼자 크리스마스를 보내야 했다. 약간의 시력이 남아 있는 오른쪽 눈에서도 진물이 나고 아팠다. 그는 결국 섬유주 절제수술에 동의할 수밖에 없었다.

레이는 용기를 내어 8년 동안 그와 함께 지내게 될 헌신적인 교사들, 그리고 100여 명의 흑인 학생과 가족처럼 지내게 되었다. 백인 시각장애인들이 사용하고 물려준 낡은 점자책은 이미 닳아 버려서 흑인 학생들이 사용하기에 어려움이 있었지만, 레이는 열심히 노력하여 이 새로운 글자체계를 완전히 습득했다. 그는 수학에도 재능을 보였고, 의자 속을 채우거나 빗자루를 만드는 작업도 훌륭히 해냈다. 하지만 그는 자주 소란을 피워 벌을 받았으며, 특히 엉뚱한 사고를 내기도 했다. 그날 그는 조수석에 앉아 판을 두드리며 방향을 알려주는 청각장애인 학생의 도움으로 선생님의 포드 자동차를 운전하여 학교 안을 누비고 다니다가 결국 나무를 들이받고 말았다. 그는 자전거 타는 법을 배웠고, 나중에는 오토바이 타는 법도 배웠다. 앞을 보지 못하는 그가 어떻게 오토바이를 운전할 수 있었을까? 앞서 가는 친구의 머플러 소리를 듣고 따라갔던 것이다.

하지만 그의 온 마음을 사로잡은 것은 역시 피아노였다. 그는 이전처럼 피트의 조언을 구할 순 없었지만, 로렌스 부인의 충고에 따라 체계적으로 피아노를 배웠으며, 학교 행사가 있을 때마다 자신의 능력을 증명

해 보였다. 1943년 여름 그는 겨우 열세 살에 불과했지만, 직업무대에 첫 발을 내디뎠다. 어머니 친구들의 권고로 그는 '로여 스미스와 그의 밴드'에 입단하여 플로리다 주도인 탤러해시의 여러 클럽에서 연주했다. 처음에 무대 구석에 숨어서 연주하던 레이 찰스는 차츰 용기를 내어 몇 곡의 노래를 불렀다. 그것은 그가 앞으로 걸어갈 영광의 길이 시작되는 기점이었다. 학교로 돌아온 그는 공부에 관심을 잃었으며, 지역 라디오 방송국에서 연주하고 노래할 생각에만 빠져 있었다.

하지만 이 '음악 치료'도 1945년 5월 어머니가 서른한 살의 나이에 식중독으로 급사하는 바람에 중단되었다. 심한 충격을 받은 그는 몇 주 동안 부분적인 마비증상에 시달렸다. 어머니 장례식을 치르러 그린빌로 돌아온 레이는 식음을 전폐하며 서서히 죽어갔다. 어머니 친구는 그에게 "너희 엄마는 이런 날이 오리란 걸 미리 알고 널 준비시킨 거란다."라고 말해 주었고, 그녀의 위로는 그에게 큰 힘이 되었다. 그러나 이제 어떻게 살아가야 할 것인가?

레이 찰스(1950)

절망에 굴복한 것은 아니었지만, 학교를 그만두기로 결심한 레이는 자주 교칙을 위반했으며, 밤이면 애인을 만나러 여학생 기숙사로 찾아가곤 했다. 이런 상태에서 더는 관용을 베풀 수 없었던 교장은 그를 퇴학 처리할 수밖에 없었다. 1945년 10월 5일 레이 찰스 로빈슨은 '부적격 학생'이라는 꼬리표를 달고 학교를 떠났다. 그린빌로 돌아갈 이유가 없었던 그는 둘째 어머

프랑스 파리 공연에서 레이 찰스(1981)

니 메리 제인의 친구들이 있는 플로리다 북동부의 대도시 잭슨빌로 갔다. 그는 거기서 피아니스트로서 새로운 인생을 시작했다.

1947년 수개월의 궁핍한 생활 끝에 레이는 미국 북서부에 있는 시애틀의 클럽에서 가수생활을 시작했다. 그는 애틀랜틱 레코드사와 첫 계약을 한 후, 1951년 「내 사랑, 그대 손을 잡게 해주오(Baby, let me hold your hand)」로 성공을 거두었다. 1960년대 블루스보다는 팝에 더 가까운 노래를 부르며 그는 백인 사이에서 인기를 얻었고, 일약 세계적인 스타가 되었다. 1960년대 말 그는 솔로로 홀로서기에 성공했지만, 점차 히트곡 차트 순위에서 밀려났다. 그러나 그는 2004년 타계할 때까지 전 세계 순회 공연을 하며 전석 매진의 기록을 세웠다.

하지만, 그것은 또 다른 이야기의 시작이다.

율리우스 카이사르	Men freely believe that which they desire.
	사람은 누구나 자신이 원하는 것을 믿는다.
윈스턴 처칠	The pessimist sees difficulty in every opportunity. The optimist sees the opportunity in every difficulty.
	비관주의자는 기회에서 곤경을 보지만, 낙천주의자는 곤경에서 기회를 본다.
엘리자베스 2세	It's all to do with the training: you can do a lot if you're properly trained.
	모든 것은 훈련에 달렸다. 제대로 훈련받는다면 많은 것을 이룰 수 있다.
로미 슈나이더	Le talent, c'est une question d'amour.
	재능이란 열정의 문제이다.
빌 게이츠	Life is not fair; get used to it.
	세상이 공평하지 않다는 사실에 익숙해져야 한다.
알렉산드로스 대왕	There is nothing impossible to him who will try.
	노력하는 자에게 불가능이란 없다
재클린 케네디	If you bungle raising your children, I don't think whatever else you do matters very much.
	자녀교육에 실패한다면, 다른 어떤 일에 성공해도 별 의미 없다.
조앤 롤링	It is our choices that show what we truly are, far more than our abilities.
	한 인간의 진면목을 보여주는 것은 그의 능력이 아니라 그의 선택이다.

| 루치아노 파바로티 | The rivalry is with ourself.
I try to be better than is possible.
I fight against myself, not against the other.

경쟁은 우리 자신과 하는 것이다.
나는 내 한계 이상에 도달하려고 노력한다.
나는 남이 아니라, 나 자신과 싸운다. |

코코 샤넬

Une femme sans parfum est une femme
sans avenir.

향기 없는 여인은
미래가 없는 여인이다.

제임스 딘

Dream as if you'll live forever.
Live as if you'll die today.

영원히 살 것처럼 꿈꾸고,
오늘 죽을 것처럼 살아라.

넬슨 만델라

The greatest glory in living lies not in never falling,
but in rising every time we fall.

삶의 가장 큰 영광은
절대로 넘어지지 않는 데 있는 것이 아니라,
넘어질 때마다 다시 일어서는 데 있다.

마돈나

A lot of people are afraid to say what they want.
That's why they don't get what they want.

많은 사람이 두려움 때문에 원하는 것을 말하지 못한다.
그래서 그들은 원하는 것을 얻지 못하는 것이다.

레오나르도 다빈치

I love those who can smile in trouble,
who can gather strength from distress,
and grow brave by reflection.

나는 근심 속에서도 웃을 수 있고,
고난에서 힘을 모으며, 성찰을 통해
용감하게 성숙해 가는 사람을 사랑한다.

파블로 피카소

Others have seen what is and asked why.
I have seen what could be and asked why not.

사람들은 있는 그대로의 사물을 보고
그것이 왜 그렇게 되었는지 궁금해한다.
나는 그것이 어떻게 달라질 수 있었는지를 보고
왜 그렇게 되지 않았는지 궁금해한다.

엘비스 프레슬리

It's human nature to gripe,
but I'm going ahead and doing the best I can.

현재에 집착하는 것은 인간의 본성이다.
하지만 나는 앞으로 나아가 최선을 다한다.

루돌프 누레예프

I was like a bird inside a net.
A bird must fly,
see the neighbor's garden and what lies beyond.

나는 둥지 속의 새와 같았다.
그러나 나는 날아야 한다.
이웃 정원도 구경하고 아래 무엇이 있는지 보아야 한다.

지그문트 프로이트

Civilization began the first time
an angry person cast a word
instead of a rock.

인간의 문명은 화가 난 사람이 처음으로
돌 대신 말을 던지면서부터 시작되었다.

찰리 채플린

You have to believe in yourself, that's the secret.
Even when I was in the orphanage, when I was
roaming the street trying to find enough to eat, even
then I thought of myself as the greatest actor in the
world.
I had to feel the exuberance that comes from utter
confidence in yourself.
Without it, you go down to defeat.

자신을 믿어야 한다. 그것이 바로 비결이다.
고아원에 있을 때, 먹을 것을 찾아 거리를 헤맬 때에도
나는 자신을 세계에서 가장 위대한 배우로 믿고 있었다.
자신감이 넘치다 보니 기고만장했던 것 같지만,
그런 확신이 없다면 우리는 인생에서 실패할 수밖에 없다.

루이 암스트롱

We all do 'do, re, mi',
but you have got to find the other notes yourself.

'도레미'는 누구나 알고 있다.
그다음부터는 당신 스스로 찾아야 한다.

에디트 피아프

Je ne regrette rien de ce que j'ai fait,
de ce que j'ai connu,
et si c'était à refaire je recommencerais.

나는 내가 하고, 알았던 모든 것을
결코 후회하지 않는다.
다시 해야 한다면 기꺼이 다시 시작할 것이다.

오노레 드 발자크

Le génie a cela de beau qu'il ressemble à tout le
monde et que personne ne lui ressemble.

천재는 보통 사람을 닮았지만,
보통 사람은 천재를 닮을 수 없다.

앙드레 말로

Entre 18 et 20 ans, la vie est comme un marché où
l'on achète
des valeurs non avec de l'argent, mais avec des actes.
La plupart des hommes n'achètent rien.

열여덟 살에서 스무 살 사이 인생은
돈이 아니라 행동으로 가치를 사는 시장과도 같다.
그러나 대부분 사람은 아무것도 사지 않는다.

마릴린 먼로

We are all of stars
and we all deserve to twinkle.

우리는 모두 스타입니다.
누구나 자신을 빛낼 자격이 있습니다 .

레이 찰스 로빈슨

I did it to myself.
It wasn't society… it wasn't a pusher,
it wasn't being blind or being black or being poor.
It was all my doing.

모두 내가 이루었다.
사회가 도와주거나… 누가 강요하지도 않았다.
내가 맹인, 흑인, 가난뱅이였기에 그렇게 된 것도 아니다.
오로지 나 스스로 모든 것을 이루었다

성공한 사람들의 어린 시절

나는 나의 꿈이다

1판 1쇄 발행일 2009년 12월 1일
1판 9쇄 발행일 2019년 10월 10일

지은이 | 윌리암 레메르지
옮긴이 | 김희경
펴낸이 | 김문영
펴낸곳 | 이숲
등록 | 2008년 3월 28일 제301-2008-086호
주소 | 서울시 중구 장충단로8가길 2-1(장충동 1가 38-70)
전화 | 2235-5580
팩스 | 6442-5581
홈페이지 | http://www.esoope.com
페이스북 | http://www.facebook.com/EsoopPublishing
Email | esoope@naver.com
ISBN | 978-89-961252-9-7 03860
ⓒ 이숲, printed in Korea.